Rainbow Rowell

Landline

重拨时光

〔美〕彩虹·洛威尔／著
樊维娜／译

人民文学出版社

著作权合同登记号　图字01-2015-3596

Landline
Copyright © 2014 by Rainbow Rowell
This edition arranged with The Lotts Agency Ltd.
through Andrew Nurnberg Associates International Limited
Simplified Chinese translation copyright © People's Literature Publishing House, 2017
All rights reserved.

图书在版编目（CIP）数据

重拨时光／（美）彩虹·洛威尔著；樊维娜译．—北京：人民文学出版社，2017
ISBN 978-7-02-012791-7

Ⅰ.①重… Ⅱ.①彩… ②樊… Ⅲ.①长篇小说—美国—现代 Ⅳ.①I712.45

中国版本图书馆CIP数据核字（2017）第101392号

责任编辑　张海香
装帧设计　李思安
责任印制　王重艺

出版发行　人民文学出版社
社　　址　北京市朝内大街166号
邮政编码　100705
网　　址　http://www.rw-cn.com

印　　刷　三河市鑫金马印装有限公司
经　　销　全国新华书店等

字　　数　267千字
开　　本　880毫米×1230毫米　1/32
印　　张　11　插页1
印　　数　1—15000
版　　次　2018年1月北京第1版
印　　次　2018年1月第1次印刷

书　　号　978-7-02-012791-7
定　　价　39.00元

如有印装质量问题，请与本社图书销售中心调换。电话：010-65233595

目录

2013 年 12 月 17 日 / 星期二

003 · 第一章

2013 年 12 月 18 日 / 星期三

011 · 第二章

021 · 第三章

2013 年 12 月 19 日 / 星期四

033 · 第四章

042 · 第五章

2013 年 12 月 20 日 / 星期五

051 · 第六章

062 · 第七章

2013 年 12 月 21 日 / 星期六

073 · 第八章

083 · 第九章

092 · 第十章

098 · 第十一章

104 · 第十二章

2013 年 12 月 22 日 / 星期日

115 · 第十三章

125 · 第十四章

132 · 第十五章

151 · 第十六章

169 · 第十七章

188 · 第十八章

2013 年 12 月 23 日 / 星期一

203 · 第十九章

217 · 第二十章

230 · 第二十一章

236 · 第二十二章

237 · 第二十三章

240 · 第二十四章

246 · 第二十五章

258 · 第二十六章

2013年圣诞节前夕／星期二

271 · 第二十七章

276 · 第二十八章

281 · 第二十九章

284 · 第三十章

288 · 第三十一章

295 · 第三十二章

303 · 第三十三章

306 · 第三十四章

2013年圣诞节／星期三

311 · 第三十五章

318 · 第三十六章

323 · 之前

327 · 之后

333 · 致谢

附录

337 · 跟《重拨时光》一起观剧／观影

本书献给凯。

(一切重要之事皆是如此。)

DECEMBER

S	M	T	W	T	F	S
1	2	3	4	5	6	7
8	9	10	11	12	13	14
15	16	**17**	18	19	20	21
22	23	24	25	26	27	28
29	30	31				

2013 年 12 月 17 日

星 期 二

2013

第一章

乔吉把车开上车道，突然发现前面停着一辆自行车，急忙转向躲避。

尼尔从不嘱咐爱丽丝把自行车放好。

这也难怪，在内布拉斯加这个地方，从未曾发生过自行车被偷事件——也从未有人试图入室行窃。到了晚上，在乔吉下班回家之前，尼尔几乎从来不锁前门。乔吉老早就跟他说过，那就好比在自家院子里贴上"劳您大驾持枪来劫"的标语。"什么呀，"他说，"我觉得这根本就不是一码事。"

她把自行车拖到门廊，然后打开（没有上锁的）前门。

客厅里没有灯光，但电视还开着。爱丽丝在沙发上看卡通片《粉红豹》的时候睡着了。乔吉走过去想把电视关掉，结果踢翻了放在地板上的一碗牛奶。咖啡桌上放着一摞叠好的干净衣服——她顺手抄起最上面的一件开始擦地板。

这时，尼尔走进客厅和餐厅之间的拱门，就见乔吉猫着腰趴在地板上，用自个儿的内裤擦地上的牛奶。

"对不起啊，"他说，"那是爱丽丝给诺米倒的牛奶。"

"没事儿，是我不当心。"乔吉站起身，把手里的内裤揉成一团。她望着爱丽丝点了点头。"她还好吧？"

尼尔伸手接过内裤，然后把盛牛奶的碗捡了起来。"她挺好的。我跟她说可以等你回来再睡觉。只不过呢，又要哄她吃甘蓝，又要劝她不要再乱用'事实上'这个词，整场谈判下来，我事实上已经崩溃了。"他朝厨房走去，又回过头来问乔吉，"你饿不饿？"

"饿。"她说着，就跟他进了厨房。

尼尔晚上的心情不错。通常情况下，乔吉要是这么晚才回家……怎么说呢，通常乔吉这么晚回来，他可没什么好心情。

她在厨房的早餐台边坐下，面前堆放着各种缴费单、图书馆的借书和二年级的活页练习题，她给自己清理出一小片空间，把胳膊肘搭在上面。

尼尔走到燃气灶旁，拧开炉火。他上身穿了一件白色T恤衫，下身穿着一条睡裤，再看看他的脑袋，好像刚刚理过发——或许是为他们的旅行做准备吧。如果乔吉此刻要摸他的后脑勺，往下摸会感觉像天鹅绒般光滑，往上摸则像是触到了一枚枚钢针。

"我不知道你打算带哪些衣服，"他说，"不过，我把你洗衣篮里的脏衣服全都洗了。别忘了，那边比较冷——你总是不长记性。"

可不是嘛，她每次都要抢尼尔的毛衣穿。

今晚，他的心情确实不错……

他满面笑容地给她把食物盛到盘子里。有炒菜、三文鱼、甘蓝，还有其他的绿色蔬菜。他把攥在手里的腰果用力挤碎后撒在上面，然后把盘子放到她面前。

尼尔笑起来的时候，脸上会现出两个括号似的酒窝——又短又粗的括号。乔吉真想一把将他拽到餐台边，好用鼻子蹭蹭他的脸颊。（尼尔微笑的时候，她一般都会有这种冲动。）（不过尼尔或许对此并不知情。）

"我应该把你所有的牛仔裤都给洗了……"他边说边给她倒了一杯红酒。

乔吉深深地吸了一口气。她必须得跟他挑明了。"今天我有个好消息。"

他背靠餐台，扬起眉头。"是吗？"

"嗯。是这样的……马赫·杰法瑞看中了我们的节目。"

"马赫·杰法瑞是干什么的？"

"他是做电视传媒的,我们一直在跟他谈。他给《大堂》和那部新开播的关于烟草种植户的真人秀节目开过绿灯。"

"想起来了。"尼尔点点头,"就那个做电视传媒的。我原来还以为他不怎么搭理你们呢。"

"我们原来也这么觉得,"乔吉说,"后来才发现,他也就是摆摆架子。"

"呃,哎呀,这可真是好消息。不过——"他把脑袋歪向一边,"你好像不怎么高兴啊?"

"我都激动死了。"乔吉兴奋地尖声说道。我的天。她说不定汗都冒出来了。"他需要试播集,需要脚本。我们还要开个重要会议讨论演员人选……"

"太棒了。"尼尔说,他在等待。他知道她根本没有说到重点。

乔吉闭上双眼。"……就在二十七号。"

厨房里一片静寂。她睁开眼睛。啊,那个她既熟悉又挚爱的尼尔就在眼前。(既熟悉又挚爱,实实在在。)那交叉的双臂,眯缝的眼睛,还有下巴两侧隆起的肌肉。

"二十七号我们就在奥马哈了。"他说。

"我知道,"她说,"尼尔,我当然知道。"

"怎么?你打算提前飞回洛杉矶?"

"不是,我……我们得在那个时候把脚本写完。塞斯觉得——"

"塞斯。"

"我们只是拍摄了试播集,"乔吉说,"我们必须在九天的时间里写完四集剧本,然后就准备开会了——幸好这个星期《杰夫窘事》给我们放了假。"

"你们放假是因为要过圣诞节了。"

"我知道是圣诞节的缘故,尼尔——我又没说不过圣诞节。"

"你不是那个意思?"

"不是。就是不能去……奥马哈了。其实我们都可以不去奥马哈。"

"我们把机票都订好了。"

"尼尔,是试播集啊,合作指日可待,是跟我们梦寐以求的电视媒体。"

乔吉觉得自己就好像在念脚本中的台词似的。当天下午,她就跟塞斯说过这番话,几乎一字不差……

"要过圣诞节了。"她争辩道。办公室里,两人合用一张L形大办公桌,塞斯就坐在乔吉的那一头。事实上他已经把她逼到了死角。

"还犹豫什么呀,乔吉,我们又不是不过圣诞节——等开完会,我们会过一个有史以来最快乐的圣诞节。"

"你跟我的孩子说去。"

"说就说。反正你的孩子挺喜欢我的。"

"塞斯,要过圣诞节了。这个会等几天开不行吗?"

"自从干这行以来,我们一直都在等。现在机会来了,乔吉。就是现在。机会终于来了。"

塞斯不住地叫着她的名字。

尼尔的鼻孔都鼓胀起来了。

"已经跟我妈说好要回去了。"他说。

"我知道。"乔吉小声说。

"再说孩子们……爱丽丝已经给圣诞老人寄了一张变更住址的卡片,这样他就知道她住在奥马哈了。"

乔吉试图挤出一个微笑,无奈力不从心。"我想不管她在哪儿圣诞老人都知道。"

"这不是……"尼尔猛地把开酒瓶的螺丝锥推进抽屉,然后把抽屉重重地合上。他压低了嗓门,"这不是问题的关键。"

"我明白。"她俯下身子,"我们下个月也可以去看你妈妈。"

"那爱丽丝还要不要上学?"

"真要去的话,也顾不了那么多了。"

尼尔的两只手撑在餐台上,大臂的肌肉绷得紧紧的。似乎这个坏消息让他难以消受。他耷拉着脑袋,头发垂到了额前。

"这很可能是我们的机遇,"乔吉说,"我们自己的节目。"

尼尔头也不抬地点点头。"那好。"他说。他的声音变得柔和而平淡。

乔吉等待着。

一旦跟尼尔争执起来,乔吉有时会乱了方寸。争论往往会转向别的事情——朝更加危险的境况蔓延——这一点连乔吉自己都无法察觉。有的时候,当她还在据理力争,尼尔会突然叫停或者干脆退出争论,等尼尔都退出好一阵儿了,乔吉还一个劲儿唠叨个没完。

然而这一次,乔吉拿不准这究竟是不是一场争执。实在令人费解。

于是,她只能等待。

尼尔低垂着脑袋。

"你说的'那好'是什么意思?"她终于打破了沉默。

尼尔从餐台边走开了,他裸露着双臂,肩膀向后挺得直直的。"我的意思是你说得有道理。这不明摆着嘛。"他开始动手清洁炉灶,"这个会你必须参加。这件事很重要。"

他几乎不动声色说出了这番话。或许,一切最终都会好起来的。或许,他甚至还会为她而欢呼雀跃。这一天终于盼来了。

"这么说,"她试探性地说,"我们下个月再去看望你妈妈?"

尼尔打开洗碗机,接着开始收集盘子。"不。"

乔吉双唇紧闭并咬了咬。"你不想让爱丽丝耽误学习?"

他摇了摇头。

她看着他把盘子放进洗碗机。"那夏天再去?"

他的头微微动了一下,就好像什么东西蹭了一下他的耳朵。尼尔的耳朵生得很调皮,比一般人的耳朵要大些,顶部像翅膀一样向外张开。乔吉喜欢揪住他的耳朵以便拢住他的脑袋。不过那要在他乐意的时候。

此刻,她可以想象把他的脑袋捧在手里的情景,能够感觉到当她的大拇指摩挲他的耳朵顶部时，指关节擦过那刚理过的头发的样子。

"不。"他又说了一遍，然后挺直腰板儿，把手在睡裤上擦了擦，"我们已经把机票都订好了。"

"尼尔，我没有跟你开玩笑。我不能错过这次会议。"

"我知道。"他转过身子看着她说。说罢，他咬紧牙关，一言不发。

当年在大学里，尼尔就曾有过参军入伍的念头。要是让他负责宣布坏消息或者执行一项令人心碎的命令，他定能毫不动容地出色完成任务。就凭尼尔那张脸，让他驾驶艾诺拉·盖轰炸机一点不成问题。

"我不懂你的意思。"乔吉说。

"你不能错过这次会议，"他说，"我们又已经买好了机票。反正你整个星期都要忙。不如你留下，专心弄你的节目——我跟孩子去我妈那里。"

"可是，眼看就到圣诞节了。孩子们——"

"等我们回来的时候，她们还可以跟你再过一次圣诞节。她们会喜欢那样的安排。两次圣诞节。"

乔吉不知道该说些什么。倘若尼尔是笑着说出最后那句话，或许……

他指指她的盘子。"要不要我把饭菜再给你热热？"

"不用了。"她说。

他微微地点了点头，然后快速走到她身边，身体稍稍前倾，吻了吻她的脸颊。接下来，他走到客厅，把爱丽丝从沙发上抱了起来。乔吉能够听见他安慰她的声音——"没事，亲爱的，我抱着你呢"——然后上楼去了。

DECEMBER

S	M	T	W	T	F	S
1	2	3	4	5	6	7
8	9	10	11	12	13	14
15	16	17	**18**	19	20	21
22	23	24	25	26	27	28
29	30	31				

2013 年 12 月 18 日
星期三

2013

第二章

乔吉的手机没电了。

她的手机总是没电,除非接上电源——她可能需要换块新电池了,可她总是记不住换电池这事。

她把咖啡放到桌上,把手机接通笔记本电脑,接着像晃动一张宝丽来一次成像照片似的把手机晃动了两下,然后等着手机开机。

此刻,在她的鼻子和电脑屏幕之间,一颗葡萄从天而降。

"怎么样啦?"塞斯问道。

乔吉抬起头,这可是她上班后第一次郑重其事地打量他。只见他穿着一件粉色牛津纺衬衣,上面套了一件绿色的针织马甲,他的头发今天显得格外平滑。打眼一看,塞斯就好像是肯尼迪帅气的表兄弟。不过他的牙齿长得比肯尼迪好看多了。

"什么怎么样啦?"她反问道。

"我是说,谈得怎么样啦?"

他指的是她跟尼尔的谈话。但他不会明说"跟尼尔"——因为这是他们的相处方式,某种心照不宣的约定。

乔吉回头看看手机。没有未接来电。"挺好的。"

"我早就说过会没事的。"

"嗯,你说的没错。"

"我什么时候说错过。"塞斯说。

乔吉能够听见他往椅背上靠的时候发出的声音。她还能够在头脑中勾勒出这一幕——他那两条长长的腿翘得高高的,搭在他们合用的办公桌上。

"你偶尔才说对一次,很少完全正确过,这次实在是难得啊。"她仍然摆弄着手机说道。

现在,尼尔和孩子们或许已经坐上了第二班飞机。他们在丹佛短暂地停留过。乔吉想给他们发一条短信——我爱你们——并想象着在飞机降落奥马哈之前他们就能收到短信。

不过,尼尔从来都不发手机短信,因此也绝不会查看短信;给他发短信就好比发给了茫茫虚空。

她把手机放下,然后把眼镜推到脑门儿上,试图专注地看电脑。她有十二封新邮件,全是杰夫·哲门发送的,他就是那个在他们的节目中挑大梁的喜剧演员。

如果这个节目谈成了,乔吉跟杰夫可要不见不散了。她会时常收到他的邮件,或时常看到他戴的那顶红色鸭舌帽。或是领教他的一贯做派,比如当他觉得其他在《杰夫窘事》剧中饰演他家人的演员比他还要出彩,就会要求她重写整个剧集。

"我可受不了啦。"门突然打开了。司格提溜了进来。塞斯跟乔吉的办公室很小,只多放了一把椅子——一把从宜家买来的极不舒服的吊床样的椅子。司格提侧身躺了上去,手支撑着脑袋。"我完啦。我什么秘密都藏不住。"

"早上好。"乔吉说。

司格提透过指缝瞅着乔吉。"嗨,乔吉。前台那个女孩让给你捎个话,说你妈妈打电话进来了。2号座机。"

"她叫潘米拉。"

"拜托,我妈的名字是狄可希。"

"不是,我说的是新来的办公室经理,她的名字……"乔吉摇摇头,伸手去够摆在她和塞斯之间的那台黑色座机。"我是乔吉。"

她妈妈叹了一口气。"我都等了老半天了,我还以为那姑娘把我打电话的事给忘了呢。"

"她没忘。有事吗?"

"我打电话就想问问你最近怎么样了。"她妈妈的语气中透着关切。(她妈妈总喜欢让人家感觉到她的关切。)

"我挺好的。"乔吉说。

"唉……"又是一声叹息。一声实实在在的叹息。"上午我跟尼尔说话了。"

"你怎么会起那么早?"

"我上了闹铃。我知道你们很早就要出门了——我想跟你们道个别。"

她妈妈总是对坐飞机大惊小怪。对小手术也是如此。有的时候,连挂电话也会让她无法释怀。"你根本不知道哪天就是你跟某个人最后一次见面,你可不想连说再见的机会都错过。"

乔吉把听筒夹在耳朵和肩膀之间,为的是腾出手来敲字。"你可真够费心的。你跟孩子们说话了吗?"

"我跟尼尔说话了,"她妈妈又说了一遍,以示强调,"他跟我说你们俩打算分开一段时间。"

"妈,"乔吉说着,把听筒重新拿在手上,"就这个星期不在一起。"

"他说你们因为过圣诞节的事谈不拢就闹分手了。"

"根本不是那样的——为什么你非要说成那样?我只是工作上临时出了点状况而已。"

"以前过圣诞节,你可从来都不加班的。"

"圣诞节那天我不用上班。我就是得在圣诞节前后忙活。这个跟你说不清楚。"乔吉本想看看塞斯是否在偷听她说话,不过还是按捺住了这种冲动,"是我决定那样做的。"

"你决定要一个人孤零零地过圣诞节?"

"我不会孤零零的。我会跟你一块儿过。"

"不过，亲爱的，圣诞节那天我们打算跟肯德瑞克的家人一起过——我之前跟你说过——你妹妹要去她爸爸那里。我想说的是，我们欢迎你跟我们一起到圣地亚哥去……"

"没关系，我会安排好的。"乔吉扫了一眼办公室。只见塞斯正把葡萄往空中一扔，然后用嘴接住吃。司格提摊开四肢躺在那儿，一副痛苦万状的样子，就好像他痛经似的。"我得接着忙了。"

"我说，晚上回家来，"她妈妈说，"我来做饭。"

"不用了，妈，真的。"

"过来吧，乔吉。你这个时候不能一个人待着。"

"什么'这个时候'呀，妈。我没事的。"

"圣诞节要到了。"

"这不还没到嘛。"

"我来做饭——你得来。"乔吉还想争辩两句，可她已经挂掉了电话。

乔吉叹了口气，然后揉了揉眼睛。她觉得眼皮子都粘在了一起。她的手上闻起来有咖啡的味道。

"我受不了啦，"司格提痛苦地说，"大家都知道我藏着个秘密。"

塞斯朝门的方向瞅了一眼——门是关着的。"那又怎么样？只要他们不知道是什么秘密就行了……"

"我可不喜欢这个样子，"司格提说，"我觉得自己就是个无耻的叛徒。我就是云城上的兰多。我就是那个亲吻耶稣的家伙。"①

乔吉想知道，其他的编剧是不是真的听到了什么风吹草动。或许还不至于吧。虽然乔吉跟塞斯的工作合同眼看就要到期了，可大家都觉得他们肯定会续约的。《杰夫窘事》好不容易冲进了收视率前十名，他们干吗要离开呢？

如果他们选择留下，薪酬肯定非比寻常。那绝对是个天文数字，他们从此一步登天。每次提

---

① 云城上的兰多（Lando on Cloud City），指《星球大战之帝国反击战》中出卖汉·索罗的反面角色，是云城的行政官；亲吻耶稣的家伙（that guy who kissed Jesus），指犹大。

到那么多钱，塞斯的眼珠子鼓得比唐老鸭富有的舅舅史高治还要圆呢。

可如果他们选择离开……

如果现在他们选择离开《杰夫窘事》剧组，原因只有一个。就是他们要单干。自从他们认识以来，乔吉和塞斯就一直梦想着制作自己心目中的电视剧——早在上大学的时候，他们就一起写完了试播集第一稿。他们要制作属于自己的电视剧，他们要自己确定角色。什么杰夫·哲门都靠边去吧。俗烂的台词都歇菜吧。提前备好的笑声见鬼去吧。

如果他们要单干的话，肯定会拉司格提入伙。（等他们离开的时候，这句话塞斯不知道说了多少遍了。可问题是：什么时候，什么时候，什么时候。）司格提是自己人；乔吉在上两集的时候聘用了他，司格提是他们合作过的最出色的喜剧作家。

塞斯跟乔吉是写情景剧的高手。离奇的剧情山重水复，逗乐的包袱层出不穷，八集之后，突然峰回路转，出奇制胜。不过，话又说回来，你时不时还需要一个踩香蕉皮的插科打诨的角色。司格提正是这方面的专家。

"不会有人知道你心里藏着秘密，"塞斯对他说，"根本就没人在乎。他们一心想着怎么把手头的破事儿忙完，这样就可以回家过圣诞节了。"

"那我们是怎么计划的？"司格提猛地从椅子上坐了起来。他是个身材矮小的印度人，头发乱蓬蓬的，戴着一副眼镜，他的穿着跟编剧这行的人几乎没什么两样——牛仔裤，带兜帽的运动衣，蹩脚的人字拖。唯一不同的是，司格提是个同性恋。有的时候，大家以为塞斯是同性恋，可他不是。他只是相貌出众而已。

塞斯把一颗葡萄扔向司格提。然后把另一颗扔向乔吉。她躲开了葡萄。

"计划嘛，"塞斯说，"就是明天我们照常上班，开始动笔写。然后继续写下去。"

司格提捡起掉在地上的葡萄吃了下去。"我真不想离开大家。为什么我总是刚交到些朋友你们就要挪窝？"他转身看着乔吉，哭丧着脸，"哎，乔吉。你没事吧？我怎么看你怪怪的。"

乔吉这才意识到自己正看着什么出神儿呢。她并没有看他们两个。"没事的，"她说，"我挺好。"

她又拿起手机，用拇指写了一条短信。

或许……

或许早上尼尔出门前，她应该跟他谈谈。好好地跟他谈谈。把一切都安排得妥妥帖帖的。

不过，凌晨四点半尼尔的闹铃响起来的时候，他早已起床了，衣服差不多都穿好了。尼尔的闹钟是一只用旧的"梦想机器"牌子的收音机闹钟，他走到床头关闹铃的时候，跟乔吉说让她继续睡觉。

"上午你会撑不住的。"她还是坐了起来的时候，他这样说道。

就好像乔吉根本不会醒来跟孩子们说再见。就好像他们一家不会分开一个星期。就好像现在不是圣诞节似的。

她伸手去够挂在床头的眼镜并戴上。"我开车送你们去机场。"她说。

尼尔背对着她站在衣柜跟前，正把一件蓝色毛衣往头上套。"我已经叫过出租车了。"

或许乔吉那会儿就应该跟他争辩上两句。相反，她下了床，想给孩子们收拾一下。

其实并没有多少可忙活的。前一天晚上睡觉时，尼尔就让她们换上了运动裤和T恤衫，这样到了早晨，根本不用叫醒孩子，直接把她们抱到车上就行了。

乔吉却很想跟孩子们说说话，不管怎么说，她给爱丽丝穿那双粉色的玛丽·珍妮牌子的鞋子时，她正好醒了过来。

"爸爸说我可以穿靴子。"爱丽丝睡意蒙眬地说。

"靴子放哪儿啦？"乔吉轻轻问道。

"爸爸知道。"

找靴子的时候,诺米也给吵醒了。

紧接着,诺米也要靴子穿。

乔吉想给他们弄点酸奶喝,但尼尔说她们到机场再吃东西;他已经把备好的零食打包装好了。

他让乔吉给孩子们解释一下为什么她不跟他们一道坐飞机了——"那你要开车去吗?"爱丽丝问道——与此同时,尼尔楼上楼下、屋里屋外地跑着,仔细检查要带的东西,并把行李包集中放到一起。

乔吉试图跟孩子们说她们会玩得非常开心,根本没工夫想她的——还有,下星期他们全家就会在一起庆祝圣诞节了。"我们要过两个圣诞节。"乔吉说。

"我觉得那不大可能吧。"爱丽丝反驳说。

这时,诺米哭了起来,因为她的袜子没穿好,把脚趾弄得很不舒服。乔吉不知道诺米到底是想把袜子带缝的一边穿在脚面上还是脚底下。尼尔从车库走了进来,迅速把诺米的靴子脱掉,给她把袜子穿好。"车子已经到了。"他说。

那是辆商务车。乔吉搂着孩子们出了门,然后穿着睡裤跪在路边,把她们的脸亲了个遍,她想让孩子们觉得跟妈妈说再见没有什么大不了的。

"你是全世界最好的妈妈。"诺米说。在诺米的小脑袋瓜里,凡事不是"最好"就是"最糟",不是"从不"就是"总是"。

"你是全世界四岁的小孩子里最乖的一个。"乔吉说着,狠劲儿地亲了亲她的鼻子。

"是小猫咪。"诺米说。刚才因为袜子没穿好,她这会儿还眼泪啪嗒的。

"你是全世界最乖的小猫咪。"乔吉把诺米细软的黄褐色头发拢到耳后,然后把她的T恤衫往下拽了拽。

"是绿色的小猫咪。"

"是最乖的绿色的小猫咪。"

"喵呜。"诺米叫了一声。

"喵呜。"乔吉应了一声。

"妈妈?"爱丽丝叫道。

"怎么啦?"乔吉把七岁的爱丽丝拉到跟前——"来,让妈妈好好抱抱。"——可爱丽丝满脑子都在想事情,顾不上回抱一下妈妈。

"如果圣诞老人把给你的礼物送到了奶奶家,我会给你收好的。我会把它们放到我的箱子里。"

"圣诞老人通常不会给妈妈送礼物的。"

"嗯,可万一他送了呢……"

"喵呜。"诺米叫了一声。

"那好吧,"乔吉表示同意,她左臂抱着爱丽丝,右臂紧搂着诺米,"如果他送我礼物,你就替我收好吧。"

"妈妈,喵呜!"

"喵呜。"乔吉应和着,把孩子们搂得更紧了。

"妈妈?"

"怎么啦,爱丽丝。"

"圣诞节的真正意义并不是礼物,而是耶稣。但对我们来说不是那样的,因为我们不信上帝。对我们来说,圣诞节的真正意义就是阖家团圆。"

乔吉亲了亲她的脸颊。"说的没错。"

"我知道。"

"好啦。我爱你们。我爱死你们两个了。"

"有爱到月球再返回来那么爱吗?"爱丽丝问。

"哎哟哟,"乔吉说,"要比那远多了。"

"那就爱到月球再返回,无限循环吗?"

"喵呜!"

"喵呜，"乔吉说，"无限还要乘以无限哪。我简直爱死你们了，爱得我都心疼了。"

诺米一下子变了脸。"会疼吗？"

"她只是打了个比方，"爱丽丝说，"对吧，妈妈？不是真的疼了？"

"不是。不过呢，有的时候真的疼。"

尼尔走到跟前。"好了。要赶去机场了。"

乔吉给孩子们系安全带的时候，又亲了她们好多下，然后她交叉着双臂，紧张不安地站在车旁。

尼尔朝她走过去，然后冲她身后看了一眼，一副若有所思的神情。"飞机五点降落，"他说，"中部时间。也就是这里的三点……等到了我妈那里我给你打电话。"

乔吉点了点头，不过他说那番话的时候始终没有看她。

"注意安全。"她说。

他看了看手表。"我们没事儿的——不用担心。把你该做的事情做好。把那个会开得轰轰烈烈的。"然后，他敷衍地拥抱了她一下，一只手搭在她的肩膀上，嘴唇碰了碰她。当他说出"爱你"的时候，人已经走开了。

乔吉真想一把抓住他的肩膀不让他走。

她想一直拥抱着他直到双脚脱离地面。

她想把头缩进他的颈间，并且感受他抱紧自己时手臂对肋骨产生的压力。

"爱你。"她说。她不知道他听见了没有。

"我爱你们！"她用手敲着后座的车窗，朝孩子们喊道，她又亲了亲车窗，因为她知道那样会把她们逗乐；她们乘坐的普锐斯后窗被亲吻弄得斑斑点点。

孩子们使劲儿朝她挥手。乔吉从车边走开，两只手一起朝她们挥着。尼尔坐在前排，正在跟司机说话。

她本以为在车子拐弯前,他有可能会回过头来看她一眼——她的手僵硬地停在半空。

很快,车子就从她的视线中消失了。

第三章

"要帮忙吗?"

乔吉眨了一下眼睛。

塞斯就站在她旁边,用一个文件夹敲了敲她的脑袋。杰夫·哲门要求编剧们在回家过圣诞节之前把其中一集重写一遍——这项工作基本上是乔吉一个人的差事。(因为无论谁来操笔,她都不会放心。)(这可就是她自己的问题了。无论如何她都怨不着旁人。)

整个下午都沉浸在由喧闹声、食物和圣诞歌曲所营造的氛围里。也不知道是什么原因——说穿了,就是为了喝酒——大伙儿决定在两点到三点半之间去唱圣诞歌。不知道是谁,可能是司格提吧,把一盘小虾从她办公室的门下面塞了进来。看看时间已经六点了,周围静悄悄的,乔吉终于对如何改剧本有了想法。

"不用了,"她对塞斯说,"我知道怎么改了。"

"你确信吗?"

她的眼睛一直盯着电脑看。"那当然。"

他把身子靠在她办公桌的那一侧,紧挨着她的键盘。"这么说……"

"说什么呀?"

"这么说,"他说,"他们去了奥马哈?"

虽然答案是肯定的,可乔吉却摇了摇头。"这样也好吧。机票我们早都订了,而我这个星期无论如何都要忙工作。"

"说的是,不过……"塞斯用腿蹭了蹭她的胳膊。乔吉把头抬了起来。"圣诞节你打算怎么过?"

"我到我妈那儿去。"这基本上是个谎言。她当然可以去那里。即便她妈妈根本不在家。

"你可以到我妈家里去。"

"我会的,"乔吉说,"如果我没妈的话。"

"说不定我也会到你妈家里去呢。"塞斯笑眯眯地说,"她可喜欢我了。"

"你想拿她来证明你的人品吧,只可惜选错了人。"

"你知道吗,早上你来之前她就打过三次电话了。她觉得你是存心不给手机充电,为的就是躲开她。"

乔吉把目光又投向她的电脑。"我就应该躲着她。"

塞斯直起身子,把单肩皮挎包往肩膀上一搭。乔吉要重写这集剧情,起码得一个小时。或许,她此刻就该动笔写……

"哎,乔吉。"

她继续敲字。"什么事?"

"乔吉。"

她再一次抬起头。他就站在门口,凝视着她。"我们就要成功了,"他说,"我们的梦想终于要变成现实了。"

乔吉点了点头,试图挤出一个笑容。不过依然觉得有心无力。

"就是明天了。"塞斯说罢,用手掌狠狠地拍了一下门框,然后就离开了。

乔吉正开车往家赶,这时她妹妹打来了电话。

"我们没等你就吃了。"海瑟说。

"什么?"

"都九点了。我们饿得跟什么似的。"

对了。晚餐。"没关系的,"乔吉说,"你跟妈说一声我明天给她打电话。"

"她还是想让你晚上过来。她说你的婚姻玩完儿了,你需要有人安慰。"

乔吉真想紧闭双目,可她还在开车。"我的婚姻没有结束,海瑟,我不需要你们的安慰。"

"这么说,尼尔没有撇下你带着孩子们去内布拉斯加?"

"他带孩子们去看望奶奶,"乔吉说,"他根本不是在跟我争孩子的监护权。"

"你难道不觉得尼尔会争取到全部的监护权吗?"

他肯定会全部拿到,乔吉心想。

"你应该回家来,"海瑟说,"妈做了金枪鱼通心粉。"

"她放豌豆了吗?"

"没有。"

乔吉想到她那座位于卡拉巴萨斯的空荡荡的房子,放在衣橱旁边的空空的行李箱,还有那张空荡荡的床。

"那好吧。"她说。

"你有没有 iPhone 的充电器?"乔吉把钥匙和手机往厨房的餐台上一扔。她从来都不带手提包;她把驾驶证和信用卡一股脑儿扔进汽车的手套箱里。

"你要是给我买个 iPhone 的话,我肯定就有充电器。"海瑟靠在餐台上,正在吃盛放在一个玻璃容器里的金枪鱼通心粉。

"我还以为你都吃过了呢。"乔吉说。

"我就不爱听你说那样的话。你会让我消化不良的。"

乔吉翻了个白眼。"咱家的人从来都不会出现消化问题。不要再吃我的晚餐了。"

海瑟又狠狠地吃了一大口,然后把容器递给乔吉。

海瑟今年十八岁,她是一个人试图改变命运的产物——也就是说,乔吉的妈妈一门心思想要改变自己的命运,就跟雇用她的按摩师搞在了一起,结果在三十九岁那年意外怀孕了。她妈妈和那个按摩师在海瑟刚生下来不久就离婚了。

乔吉那会儿已经上了大学,因此她跟海瑟在同一个屋檐底下总共才生活了一两年。有的时候,乔吉觉得自己更像是海瑟的姨妈,而不是她的老姐姐。

这姐儿俩长得很像,看上去就像双胞胎似的。

海瑟有一头跟乔吉一样的金棕色卷发。她的蓝眼睛也像乔吉那般黯淡无光。从她的身材来看,活像上高中时的乔吉,好比一个压扁了的沙漏。不过,海瑟的个头儿要比乔吉高点……

海瑟的运气还算不错。或许将来某一天,等海瑟怀孕了,胎儿就不会把她的肚子撑得跟加勒比的钢鼓似的。"那都是剖腹产的后遗症。"乔吉的妈妈总那样说。就好像是乔吉自己选择要做两次剖腹产手术似的,就好像她纯粹因为懒惰,连菜单都不看就随便点了菜。"我生你们俩的时候是自然分娩,生完后很快就恢复了身材。"

"你干吗盯着我的肚子看呀?"海瑟问。

"这不还在盘算着怎么让你消化不良嘛。"乔吉说。

"乔吉!"她妈妈走了进来,胸前抱着一只月份已经很大的小哈巴狗。乔吉的继父肯德瑞克——一个身材高大的非裔美国人,身上还穿着满是尘土的建筑工作服——跟在后面走了进来。"你进门的时候我没听见。"她妈妈说。

"我刚回来。"

"我去给你把饭热热。"她妈妈端起金枪鱼通心粉,然后把狗递给乔吉。乔吉抓着狗,唯恐它碰到自己的身体;她不喜欢摸狗——即便这会使她在一出浪漫喜剧中成为一个恶人,她也毫不在乎。

肯德瑞克俯下身子,从乔吉手里把狗抱了过去。"乔吉,你还好吧?"他一脸的亲切让乔吉难以消受。她真想大声喊:"我老公没有离开我!"

不过这可怪不着肯德瑞克。他可是一个女孩子可能拥有的最好最年轻的继父了。（肯德瑞克四十岁了，只比乔吉大了三岁。他来清理她们家那个小得可怜的游泳池的时候跟她妈妈认识了。）（事实上这种事真的会发生。）（就在社区里。）

"我挺好的，肯德瑞克。谢谢关心。"

她妈妈在微波炉旁边伤感地摇了摇头。

"是真的，"乔吉对一家人说，"我好得很。我留下来过圣诞节，是因为我们的节目很快就要通过了。"

"你们的节目？"她妈妈问，"你们的节目出问题了吗？"

"没有。我说的不是《杰夫窘事》，而是我们自己的节目——《寻开心》。"

"你们的节目我可受不了，"她妈说，"那个男孩子简直太放肆无礼了。"

"崔佛吗？"海瑟问道，"大家都喜欢崔佛。"

崔佛是《杰夫窘事》里那个二儿子。他是乔吉特意塑造的人物——一个表情呆滞、厌恶人类的十二岁少年，他对任何事情都不喜欢，也从未做过任何让人喜欢的事情。

乔吉把自己全部的怨恨一股脑儿倾泻到了崔佛这个人物身上。这其中有对杰夫·哲门的怨恨，有对电视传媒的怨恨，有对崔佛这个人物本身的怨恨。还有就是，她为之操劳的这个节目说到底不过是《家居装饰》之类的剧集，还没有《家居装饰》包含的优秀元素——也没有乔纳森·泰勒·托马斯和威尔逊加盟。①

不过崔佛也成为使该剧突破俗套的明星。

乔吉眯缝着眼看着妹妹。"你喜欢崔佛？"

"老天，可不是我一个呀，"海瑟说，"人人都喜欢。学校里那帮家伙都穿着印有'这太垃圾了'这句话的 T 恤衫。我说的可不是那帮装酷的凶神恶煞——而是那些神情忧郁、其貌不扬、爱

---

① 乔纳森·泰勒·托马斯（Jonathan Taylor Thomas），常被称为 JTT，是美国童星，曾为《狮子王》中的辛巴配音，出演美剧《家居装饰》中主角家庭泰勒家的老二；威尔逊，《家居装饰》中的角色，是泰勒家的好邻居。

听疯狂小丑波塞这支乐队的家伙。"

"根本就不是'这太垃圾了,'"肯德瑞克帮她纠正道,"应该是'这太太太太太太太垃圾了。'"

海瑟大笑起来。"我的天哪,老爸,你说得跟崔佛一模一样啊。"

"这太太太太太太太垃圾了。"肯德瑞克又说了一遍。

"这太垃圾了"是崔佛的口头禅。乔吉把眼镜摘掉,揉了揉眼睛。

她妈妈摇了摇头,把一盘金枪鱼通心粉放到桌子上,然后把狗从肯德瑞克手里抱了回去,还把脸在它湿润的灰鼻头上来回蹭着。"你是不是以为我把你给忘了?"她柔声细语地说,"我怎么会忘呢,小妈妈。"

"谢谢。"乔吉说罢就在餐桌旁坐了下来,并把那盘金枪鱼通心粉挪到自己跟前。

肯德瑞克拍拍她的肩膀。"我喜欢崔佛。你的新剧会不会朝那个方向发展?"

"不全是。"她皱着眉头说。

当肯德瑞克试图像个父亲那样对待她时,乔吉还是会觉得浑身不自在。他只比她大三岁。"你不是我爸。"她有时真想当着他的面说出来。他简直把她当十二岁的小姑娘了。(乔吉十二岁的时候,肯德瑞克也不过十五岁。她当年都有可能跟他在购物中心谈情说爱呢。)

"《寻开心》,"海瑟脱口而出,并从冰箱里取出一盒比萨饼,"是一部每集长达一个小时的电视喜剧。就是什么加上什么再加上别的什么。"

乔吉朝妹妹投去一个赞赏的微笑。至少家里有个人能听懂她说的话了。

"是《方挂钩》,"乔吉说,"加上《我的青春期》,加上《发展受阻》。"

如果塞斯在场的话,他会补充说,"再加上人们看过的某部电视剧。"

司格提也会说:"再加上《考斯比一家》!"

然后乔吉会说:"减去《考斯比一家》。"他们的试播集没有什么特别之处,这让乔吉对此很是失望。(明天她要跟塞斯说说这事……)

《寻开心》这部电视剧捕捉到高中生活方方面面的焦躁不安——所有的高潮和低谷,各种各样的荒诞可笑——并使高潮更加激越,低谷更加迷离,荒诞更加不经。

不管怎么说,他们对这部电视剧就是那样定位的。上个月乔吉跟马赫·杰法瑞也是那样说的。那次会上,乔吉情绪激昂,句句都说到了点子上。

从杰法瑞的办公室出来,她跟塞斯直奔街对面的酒吧。塞斯站上酒吧的高脚凳向乔吉表示祝贺,并像洒圣水似的,用手指把加拿大俱乐部威士忌弹洒在乔吉头上。

"你真他妈的牛×,乔吉·莫库。那简直是一场史翠珊式的演出。你瞧你给他逗的,笑个没完没了,还伴着那该死的眼泪,你看见了没有?"

接着,塞斯在高脚凳上跳起了踢踏舞,乔吉牢牢握住他的脚踝——"别闹了,你会摔下来的。"

"你,"他说着,弯下身子举起酒杯,"是我的秘密武器。"

此刻,海瑟背靠着乔吉的椅子,手里拿着一块冰凉的比萨饼比画着。"《寻开心》现在是我最爱看的电视剧了,"她说,"我正是你们竭力取悦的那个收视群体中的一分子。"

乔吉把徘徊在喉咙边上的那口金枪鱼通心粉咽了下去。"谢啦,孩子。"

"今天你给孩子们打过电话没有?"她妈妈问。她把哈巴狗紧贴着自己的脸抱着,还用下巴在它的耳朵中间来回磨蹭着。每磨蹭一下,哈巴狗水汪汪的眼睛就暴凸出来。

乔吉冲哈巴狗做了个鬼脸,然后就把目光移开了。"还没有,"她说,"我正要打电话呢。"

"时差是多少?"肯德瑞克问,"那边会不会已经是半夜了。"

"完了完了。"乔吉扔下叉子,"让你给说中了。"她的手机没电了,于是她朝厨房墙上那台棕色的壁挂电话走了过去。

海瑟、肯德瑞克、她妈妈和哈巴狗都盯着她看。这时,另一只狗也慢吞吞地进了厨房，它抬起头看着乔吉，爪子在瓷砖上弄出嚓嚓的声响。

"我房间里原来的座机还在不在？"乔吉问。

"应该在吧，"她妈妈说，"你在壁橱里找找看。"

"太好了。我这就……"乔吉冲出厨房，朝过道跑去了。

乔吉刚一高中毕业，她妈妈就把她儿时的房间变成了狗狗奖杯陈列室——乔吉窝了一肚子的火，因为她直到大学毕业后才正式搬出去住了。

"那你说我那些绶带应该放哪儿啊？"乔吉当时不同意，她妈妈就那样质问她，"它们可是屡屡获奖的优等犬。你反正一只脚已经跨出门了。"

"这会儿总没有吧。这会儿我的两只脚可都在床上呢。"

"把你的鞋子给我脱了，乔吉。这是房间，又不是牛圈。"

乔吉原来的床还在房间里。她夜间用来学习的桌子也在，还有一盏台灯，再就是一堆她根本没空收拾的旧书。她打开壁橱，在一堆废旧物品中翻来找去，最后终于找到了一台古色古香的黄色拨盘电话；那是她上高中的时候，在一次车库卖场上淘来的——因为以前的乔吉可甭提有多爱慕虚荣了。

我的天，可够重的。她把电话线解开，一半身子钻到床底下去插电话线。（她已经忘了那是一种怎样的感觉——就是把电话线的末端插上端口时发出的"咔嚓"的咬合声。）接着，她爬上床，把电话放在大腿上，深吸了一口气，然后拿起听筒。

她试着拨了尼尔的手机号，但无法接通——奥马哈的电信系统实在太垃圾了。于是，凭着记忆，她拨响了尼尔妈妈的座机……

乔吉和尼尔只分开过一个夏天——那是大学三年级的时候，他们那会儿刚刚开始约会。那个夏天，她每天晚上都要给远在奥马哈的尼尔打电话。事实上，她就是在这个房间给他打的电话，用的正是这台黄色的座机。

那个时候，她房间的墙上只贴了为数不多的几张狗狗的画像，不过那也足以使乔吉觉得，要想半夜三更在电话里跟尼尔热烈地调情，就必须得猫在毯子下面。（你可能觉得尼尔不是那种在电话中讲荤话的人，平日里他连赌咒发誓都不会。可是，那个夏天实在漫长得让人心焦。）

电话铃响了四声后，尼尔的妈妈拿起听筒。"喂？"

"嗨，玛格丽特，你好。我知道时间已经不早了，对不起啊，我总是忘了时差——尼尔还没睡吧？"

"是乔吉吗？"

"哦，对不起。是的，是我——乔吉。"

尼尔的妈妈犹豫了一下。"你等一下，我去看看。"

乔吉等待着，不知道为什么竟有些紧张。就好像她打电话的对象是自己十四岁时喜欢过的那个人，而不是已经跟自己结婚十四年的那个人。

"喂？"听尼尔的声音就好像他一直在睡觉。他的声音比较沙哑。

她的腰挺得更直了。"嗨。"

"乔吉。"

"是我……嗨。"

"这边时间已经很晚了。"

"我知道，我总是记不住，对不起。这个时差啊。"

"我——"他拉长的声调里透着懊恼和失落，"——我可没想到你会在这个时候打电话。"

"哦，是这样。我就是想知道一路上是否顺利。"

"挺顺利的。"他说。

"那就好。"

"嗯……"

"你妈妈还好吧？"她问。

"她挺好的——他们两个人都挺好，人人都好。乔吉，你看，时间不早了。"

"好吧,尼尔,对不起——我明天打给你。"

"真的?"

"真的。我的意思是,我明天早点打给你。我就是,嗯……"

他又发出那种烦躁的声音。"就这样吧。"接着他挂了电话。

乔吉坐在那里,被挂断的电话听筒还贴在耳朵上。

尼尔竟然挂她的电话。

她甚至没来得及问问孩子们的情况。

她连说句"我爱你"的机会都没有——乔吉总要对尼尔说"我爱你",尼尔就算是敷衍一下,也会对她那样说。这是一道安全防线,是他们依然保持婚姻关系的明证。

或许,尼尔正在生她的气呢。

很明显,他在生她的气,他从来都在生她的气——不过,也许他生气的程度比她所能想象的还要严重。

或许。

或许他只是累了。他从凌晨四点起就没合过眼。

乔吉从凌晨四点半开始也没合过眼。猛然之间,她也感到了疲倦。她想着回到车上,然后开往卡拉巴萨斯,开到那座无人为她守候的空空如也的房子……

接着,她踢掉鞋子,爬到床罩下面,再拍了两下手把灯关掉。不过,她依然能看见五十双哀伤的哈巴狗的眼睛在黑暗中熠熠闪光。

明天她就给尼尔打电话。

她开口就说"我爱你"。

DECEMBER

S	M	T	W	T	F	S
1	2	3	4	5	6	7
8	9	10	11	12	13	14
15	16	17	18	**19**	20	21
22	23	24	25	26	27	28
29	30	31				

2013 年 12 月 19 日
星期四

2013

第四章

潘米拉（前台的女孩）在乔吉办公室的门上留了一张便利贴。昨晚下班的时候，乔吉肯定没有注意到。

你丈夫打电话过来的时候，你跟哲门先生正在谈话。他让告诉你飞机已经落地，让你在方便的时候给他打个电话。

其实那天早晨上班的路上，乔吉就给尼尔打过两次电话——上次的谈话干巴巴的，她想打个电话缓和一下气氛——可尼尔没接电话。

这倒不值得大惊小怪。尼尔经常把手机放在楼下或者落在车上，有时他会忘记打开手机铃音。他从来没有故意不接乔吉的电话。至少到目前为止是这样。

她没有给尼尔留言——她心里七上八下的。不过，至少尼尔能看到她打过电话了。这一点意义重大。

昨天晚上，听尼尔说话，觉得他很不对劲儿……

很显然，乔吉的电话把他给吵醒了。不过事情还不止如此。尼尔说她妈妈挺好时说了一句——"他们两个人都挺好"——有那么一会儿，乔吉觉得他或许指的是他的爸爸。

尼尔的爸爸三年前就去世了。他是铁路上的调度员，上班的时候因心脏病突发而死。那天他妈妈打电话告诉他这个消息后，尼尔一声不吭地走进卧室。那是乔吉第二次看见他哭。

或许那天晚上,尼尔的心情本来就不怎么好,醒来后发现睡在父母家里,而且是睡在他以前的房间。所有关于父亲的记忆……

或许,他指的是爱丽丝和诺米。"她挺好的。她俩都挺好。大家都好。"

乔吉把咖啡放到桌子上,然后给手机接上充电器。

塞斯看着她的一举一动。"你是不是快来例假了?"

在工作场所,问那样的问题可能已经侵犯了个人隐私,其实不然。十多年来,你天天跟这个人一块儿工作,你不可能对他绝口不提你的经前综合征。

或许,你可以守口如瓶,不过乔吉庆幸自己不必藏着掖着。"没有。"她冲塞斯摇了摇头,"我挺好的。"

"你看起来可不怎么好,"他说,"你昨天也穿着这身衣服吧?"

一条牛仔裤。一件尼尔穿旧的"金属乐队"演唱会的T恤衫。一件开襟羊毛衫。

"我们真应该在那间大办公室工作,"她说,"那样就可以用白板了。"

"你昨天就是这身行头,"塞斯说,"昨天看着就挺惨。"

乔吉深呼出一口气。"拜托,昨晚我住我妈那里好不好?算你运气好,我早上好歹洗了淋浴。"她用的是海瑟的淋浴间和洗发水。现在,她身上闻起来有股糖霜的味道。

"你在你妈那里过的夜?你是不是酒喝多了没法儿开车?"

"累得不行了。"她说。

他眯起眼睛,"你看上去还是累。"

乔吉朝他皱了皱眉;当然啦,塞斯看上去神采奕奕。他上身穿着一件方格子纯棉衬衣,下身穿着一条露出脚踝的棕色九分裤,脚上蹬着一双小山羊皮马鞍鞋。他这身行头,就好像是刚去了一趟香蕉共和国这个潮牌店。或许,那只是乔吉对香蕉共和国的记忆——她已经好些年没去过那里了。现在,她所有的购物都在网上进行,而且只有在万不得已的情况下才会购物。

不过，塞斯对自己从来都不马虎。如果非要说这些年有什么变化，那莫过于他对自己越来越精心了。他看上去就好像自打1995年他和乔吉初次见面到现在，一天都没变老。

乔吉第一次看见塞斯的时候，他正坐在一个漂亮女孩的办公桌上逗弄她的头发。能在《勺子》剧组看见另一个女孩，乔吉感到兴奋不已。

后来，她才发现那个女孩是来推销广告的，而且只在每周三才来。"女孩子通常对喜剧不怎么感冒。"塞斯解释说。这要比剧组很多男同事的说法中听多了，他们会说："女孩子不懂幽默。"（在大学里的幽默杂志工作了四年之后，乔吉终于说服几个同事在那句评论后面加上几个字："在场者除外。"）

因为《勺子》杂志，她选择了洛杉矶大学。不过呢，也跟洛杉矶大学开设戏剧课程有关系，还有就是这所大学离家比较近，她仍然可以住在家里。

不过《勺子》杂志是她最看重的。它对乔吉意义重大。

乔吉上九年级的时候，就开始阅读这本杂志；她过去常收藏过刊，并把过刊的封面贴在卧室的墙上。人人都说《勺子》就好比西海岸的《哈佛妙文》[①]——却更轻松欢快，外观也更漂亮。一些她最喜欢的喜剧作家都是从这本杂志起步的。

刚进大学的头一个星期，乔吉就来到《勺子》编辑部，那在学生会地下室的一个闹哄哄的娱乐室兼机房里，她什么活都愿意干——无论是冲咖啡还是校对私人广告——不过，她最渴望的事情，还是写作。

塞斯是她在那儿遇见的第一个人。他是大二学生，并且已经成了一名编辑。刚开始的日子里，编辑部成员开会的时候，塞斯是唯一跟她有眼神交流的人。

不过，就塞斯来说，那是本性使然，因为乔吉是个女孩子。

那个时候，塞斯消遣的主要方式就是观察女孩子。（又是一个至今未变的点。）他运气比较好，

[①]《哈佛妙文》(*The Harvard Lampoon*)，哈佛大学本科生幽默刊物，创刊于1876年。

从那时到现在,女孩子们通常都会被他吸引。

塞斯长得风流潇洒,仪表堂堂——高高的个子,褐色的眼睛,浓密的红褐色头发——从他的穿衣打扮来看,他似乎也该登上早期的"海滩男孩"音乐专辑的封面呢。

乔吉已经习惯塞斯穿着马德拉斯棉衬衣和卡其布裤子。

她已经习惯了塞斯。他总是坐在她的桌子上,要么就是倒在她旁边的沙发上。她习惯了在《勺子》编辑部被塞斯时刻关注着——因为大多数时候,她都是编辑部里唯一的女孩子。

也因为他们是一组黄金搭档。

几乎从一开始,这一点就显而易见。乔吉和塞斯被相同的笑话逗得乐不可支,他俩只要一见面就趣味横生——只要其中一个刚踏进编辑部的门,另一个立马就开始调侃。

也是从那个时候起,塞斯开始把乔吉唤作他的秘密武器。《勺子》编辑部的其他成员可没有工夫关注乔吉,因此大多数时候,他们根本不知道她有多么幽默风趣。

"没有人会在乎他们最喜欢的情景喜剧的编剧是谁,"塞斯总会说,"就算写剧本的是个戴着小金丝边眼镜的帅哥也没有人关心。"(那会儿还是九十年代。)"就算编剧是个黄头发的可爱姑娘也没人理睬。"(那说的就是乔吉。)"好好跟我混,乔吉,谁也不会料到我们有一天会飞黄腾达的。"

她照做了。

大学毕业后,她跟乔吉合作写出了五部时长半小时的情景喜剧,每一部都要比前一部有起色。

现在,他们终于有了一部热播剧,一部火得不得了的热播剧——《杰夫窘事》——就算有人说不好又能怎么样?(除了乔吉、塞斯,还有他们那个愤愤不平、垂头丧气的写作班子,没人会在乎。)就因为这部戏火了,而这部戏是他们的。

如果这次谈成了,这些年付出的辛苦都是值得的。

自从接到从马赫·杰法瑞的办公室打来的电话,塞斯就好像进入了一种迷狂状态。之前他们觉得,即便那次关键的会谈举办得相当成功,杰法瑞还是会毙掉《寻开心》,毙掉他们。杰法瑞给他们发了一张奇怪的消息,一看就像封拒信。谁料想,两天前,他的助理打来电话说,电视台需要一部季中剧。这个他们很快就能搞定,并且花费不了多少成本。"马赫说,你们两个人身上有种特别的东西,"那个助理说,"你们能不能用一个星期来搞定?"

塞斯拍着胸脯说,无论让他们做什么,一个星期都保证完成。"你要早说的话,我们上个星期都能搞定。"他说。

接着,他又爬上自己的办公椅跳起舞来。"这就是我们的《黑道家族》,乔吉,这就是我们的《广告狂人》。"

"快下来,"她说,"大家会以为你喝醉了呢。"

"喝醉了好啊,"他说,"我正打算喝个痛快呢。时间只是一场虚幻。"

"我看你是精神错乱。我们根本不可能在圣诞节之前写完四集。"

塞斯还在手舞足蹈。他用一只拳头托住下巴,另一手举过头顶做出扔套绳的动作。"我们的截止日期是二十七号。那可是足足十天哪。"

"那十天,我可在内布拉斯加的奥马哈欢庆圣诞呢。"

"去他妈的奥马哈。让圣诞节快点来吧。"

"别跳了,塞斯。我们好好谈谈。"

他停了下来,朝她皱着眉头。"你听到我说的话了吗?马赫·杰法瑞要上我们的节目。我们的电视剧,听明白了吗?一部我们生来就注定要写的电视剧。"

"你觉得有谁生来就注定要写电视喜剧吗?"

"有啊,"塞斯说,"咱俩就是。"

塞斯这副德行真的没法儿控制了——哪怕乔吉在跟他理论,哪怕她不搭理他。塞斯始终一副笑容可掬的样子。他嘴里的小调永远也停不了,她或许会觉得心烦。不过,乔吉对此也已经习惯了。

这时,她重新抬起头,想问他关于《杰夫窘事》的截稿期限……

结果却只是看着他。

只见他笑得合不拢嘴,为了故意扮傻,他在用两个无名指敲着一封邮件。瞧他眉飞色舞的样子。

她叹了一口气。

他俩本该走在一起的,塞斯和乔吉。

不过,严格说来,他们的确在一起。从他们认识那天起,他们每天都有说不完的话。

可是,他们本该成为一家人的。大家都这么想——乔吉也曾这么觉得。

她在等塞斯把其他的可能性全部排除掉,等他把屁股后面为数众多的崇拜者考查完毕。他一点都不着急,而乔吉在这件事情上没有任何发言权。她已经排上号了。她耐心地等待着。

后来有一天,她决计不再等下去了。

等塞斯去了创作室后,乔吉决定再给尼尔打个电话。

铃声响过三声之后,他拿起手机。"喂?"

不对。那不是尼尔。"爱丽丝?是你吗?"

"是我。"

"我是妈妈。"

"我知道。电话响的时候,你的专属歌就开始唱了。"

"我的专属歌叫什么名字啊?"

爱丽丝开始唱《日安,宝贝》①。

乔吉咬了咬嘴唇,"那是我的专属歌啊?"

"对呀。"

---

① 《日安,宝贝》(Good Day, Sunshine),披头士乐队的歌曲。

"真好听。"

"是的。"

"嗨,"乔吉说,"爸爸在哪儿?"

"在外面。"

"外面?"

"他在铲雪呢,"爱丽丝说,"这里下雪了。我们要过一个白色圣诞节了。"

"你们运气可真好。坐飞机还顺利吧?"

"嗯哼。"

"这次旅行你最喜欢的是什么?……爱丽丝?"孩子们喜欢接听电话——也喜欢给人打电话——不过一旦电话接通,她们很快就失去了兴趣。"爱丽丝,你在看电视吗?"

"嗯哼。"

"暂停一下,跟妈妈说会儿话。"

"我暂停不了。奶奶没有暂停键。"

"那就把电视关掉一会儿吧。"

"我不知道怎么关。"

"好吧,那就……"乔吉尽量不让自己的语调里夹杂着愤怒,"我真的很想你。"

"我也想你。"

"我爱你们……爱丽丝?"

"怎么啦?"

"让我跟诺米说两句。"

电话那头传来拖脚走路的声音,接着嘭的一声,就好像谁把电话掉到了地上——终于,那边传来了声音:"喵呜?"

"诺米?我是妈妈。"

"喵呜。"

"喵呜。你在干什么呢?"

"我们在看奇奇和蒂蒂①。"

"奶奶见到你们高兴吗?"

"她说我们可以看奇奇和蒂蒂。"

"好的。我爱你。"

"你是世界上最好的妈妈!"

"谢谢。哎,诺米,跟爸爸说一声我打过电话了。好吗?"

"喵呜。"

"喵呜。一定要跟爸爸说,好吗?"

"喵呜!"

"喵呜。"乔吉挂断电话,然后在手机上翻看了一会儿孩子们的几张照片。她很不喜欢用电话跟孩子们交谈,孩子们会觉得她遥不可及,她自己也感到孤立无助。比方说,即便她听到发生了不好的事情,她也帮不上任何忙。有一次,乔吉在高速路上给家里打电话,结果爱丽丝把电话掉到了盛着麦片的碗里,她一时间不知道是不是应该把电话从碗里拿起来,乔吉却无能为力,只能在另一头聆听。

还有……电话中孩子们的音量要比平时高出很多。她们说话的声音听上去比实际年龄要小,她们的每一口呼吸乔吉都听得一清二楚。这时刻在提醒她自己很挂念孩子。那种挂念真真切切。再就是,孩子们一天天地成长着、变化着,而她却不能陪在身边。

如果乔吉一整天都不跟孩子们说话,她会产生一种心理错觉,那就是在她忙碌的时候,孩子们的世界则在某个地方冰冻起来了。

她每天都给孩子们打电话。通常会打两次。

天黑以后,乔吉、塞斯和司格提还在忙《寻开心》的剧本。他们一直忙到司格提都睡着了,

---

① 奇奇和蒂蒂(Chip and Dale),迪士尼公司创作的一对花栗鼠兄弟,曾出现在《大兵布鲁托》中。

只见他的脑袋朝后仰着搭在椅背上,嘴巴是张开的。塞斯不想叫醒他。"至少他明天会准时上班的。"

不过,乔吉却有些不忍心。她冲了三包纤尔乐代糖,给司格提灌了下去,他给呛到后打着喷嚏就醒来了。接着,她又让司格提喝下半罐儿没汽儿的健怡可乐,这样他在开车回家之前就能醒过神儿来。

司格提走了以后,她和塞斯继续待在那里,两个人盯着那块白板看了好一阵儿。今天,他们主要梳理了一下人物关系——他们画了一个枝繁叶茂的家谱图,标明每个人在剧中是如何产生关联的,并讨论从这些人物身上可能会引发的一些故事。

他们现在的主要工作,其实就是把这些年来积攒的点子回忆并整理出来,当然有些早都过时了。(比如说克洛伊一心想变得情绪化,可就是搞不清楚情绪化到底是怎么一回事。亚当不遗余力地替莫妮卡·莱温斯基辩护。)这些人物他们已经讨论了相当长的时间,乔吉满脑子都是这些人物——她连每个人说话的声调都能模仿出来。

塞斯从墙上撕下几张他们之前贴上去的记事卡。"还是蛮好的,对吧?从本质上来看呢?这个剧本——挺逗乐的吧?"

"没错,"乔吉说,"只是我们进度有点慢了。"

"我们什么时候快过。我们会完成的。"

"那是。"她揉了揉眼睛。等她再抬起头来的时候,就见塞斯给她送上了一个只属于她的笑容。这个笑容要比他送给其他人的小一点,目光却饱含深情,牙齿只露了一点点。

"回家去吧,"他说,"好好睡觉。你看上去还是累得要死的样子。"

她确实累极了。

于是,她就离开了。

第五章

乔吉到了家门口,发现前门是锁着的,便手忙脚乱地找了一通钥匙。

那天早上出门的时候,她特意亮了几盏灯,这样到了晚上,家里就不会是一片漆黑——可感觉上还是黑。乔吉意识到自己在踮着脚尖儿走路。她清了清嗓子,"就我一个人。"她抬高嗓门说,以此证明她还可以大声说话。

她试图回想上一次回到一个空荡荡的家是在什么时候,却怎么也想不起来。那不是在这个家里。

乔吉怀上诺米后,他们就搬到了卡拉巴萨斯;这之前他们住在银湖,那是一座低矮的薄荷绿平房,只有两间卧室,那一带的刺青店和卡拉OK厅比小孩子还要多。

乔吉想念那个地方了,不过她想的可不是刺青店和卡拉OK厅……她跟尼尔一向很少外出,即便在爱丽丝和诺米出生之前也是如此。她心里放不下的是那个家。那个家多么狭小,却又是那么亲切。她想念那个寒酸的前院,还有那棵歪脖子蓝花楹,一到春天,那黏糊糊的紫色花瓣就掉落在她的旧捷达车上。

那座房子是她跟尼尔一块儿装修的。整整一年,她跟尼尔每个周末都要去趟五金店,为了买油漆的事而争得不可开交。乔吉总想要那种抹在卡片上就会被完全吸收掉的颜色。

"不能总由你来选底色吧。"尼尔说。

"可你选的底色会使其他颜色显得黯淡无光。"

"你对颜色的认识很有问题。"

"那怎么可能呢?"

尼尔几乎总是让着乔吉;他们位于银湖的房子看起来就好像彩虹·布莱特①在那里住着——你能看出哪几面墙是乔吉粉刷的,因为她总是刷不好边边角角。

那个时候,他俩都有工作。尼尔周末也要工作。于是,有很多个白天和夜晚,乔吉一个人守着空荡荡的房子。那会儿她就看电视,她看的节目尼尔从来都不喜欢看。(华纳兄弟影视出品的所有节目。)等尼尔回到家里,就爬到躺在沙发上的乔吉身上卿卿我我,不折腾到做晚饭的时间他绝不善罢甘休。

那个时候,乔吉还装出一副要帮忙的样子。她会跟尼尔待在厨房里,看着尼尔切蔬菜,而她则喝着红酒。

"你都可以靠这个赚钱养家了,"她会说,"你切西红柿的技术都可以上切西红柿比赛的广告了,你看你有多厉害。"

于是,尼尔就故意切得很大声,并且把刀在切好的西红柿片上挥来舞去的。

"我没有开玩笑。你都可以去挑战《铁人料理》②了。"

"要么去挑战,要么就去苹果蜂餐厅工作。"

在厨房的餐台上,乔吉习惯待在一个固定的位置,尼尔就在她周围忙来忙去。他会给她倒很多酒——在晚餐做好之前,他会不时给她喂小片的食物,并且把食物插在叉子上使劲儿吹,直到不烫了才喂给她……

那是多少年前的事了?八年?十年?

咖啡桌上放着一堆诺米的图画书,乔吉把手机和钥匙往上面一丢,便溜达着进了厨房。两天前尼尔做的那盘煎三文鱼还在冰箱里放着。虽然

---

① 彩虹·布莱特(Rainbow Brite),人称彩虹娃娃,是美国贺曼公司创造的卡通人物,使命是使荒凉的世界变得五颜六色。
② 《铁人料理》(Iron Chef America),美国的美食节目。

那天晚上她饿得跟什么似的，却一点儿胃口也没有。此刻，她才懒得把三文鱼热一下再吃，便顺手抓起一把叉子，端着盘子走到客厅；在沙发上坐下后，为了照明，她打开了电视。硬盘录像机上有两集新的《杰夫窘事》，一集是重播，另一集是长达一个小时的圣诞特辑。

那集圣诞特辑拍得人叫苦不迭。在那一集里，杰夫和崔佛各自在私底下跟一只流浪狗扯上了关系，而表面上，他们却装作很讨厌那只狗。当杰夫把狗赶出家门，崔佛就会把狗放进来，然后杰夫又满世界找狗，并想偷偷把它放进来，当他的意图被揭穿后，他又只好把狗赶了出去。在这一集插入的笑声音轨中，"噢"这个声音比笑声要多，乔吉就知道那个音响师一定把同一个"噢"反复使用。

安排狗的情节是个错误。

杰夫·哲门坚持要用他自己的狗，那是一只年老的猎兔犬，既分不清方向，别人还不能随便摸。后来又发现，那个饰演崔佛的男孩对狗过敏，他妈妈一整天都紧跟着他，手里拿着一支肾上腺素过敏急救笔。虽然后来他根本没用到那支药笔，可他的眼睛却一直流泪红肿。

"没事，"塞斯说，"他看上去就好像他一直在哭似的。"

"咱们把狗拿掉吧，"乔吉说，"我们可以重新设计一个情节。"

"你就是不喜欢狗。你想怎么改？改用猫吗？"

"我脑子里想的是一个孤儿。"

"门儿都没有，乔吉。电视台是不会让我们变动剧情的。"

通常情况下，两个人观看《杰夫窘事》的时候，乔吉会跟塞斯通过手机短信进行讨论。不过手机正在房间的另一头充着电，她也懒得起身去拿。

倘若尼尔打电话过来，她肯定会过去接听。

可假设的情况不太有可能发生，都已经这么晚了——整整一天，尼尔也没有给她回电话。

从午饭时间到现在，乔吉已经给他打过六七次电话，每次都会转为语音留言。她也试着打过他妈妈的座机,可惜是占线。(那部座机几乎从不占线,乔吉心里有些纳闷。)

她把吃完的盘子放在咖啡桌上,然后把那条阿富汗毯子披在肩上。

"噢噢噢噢噢……"电视观众感叹道。

乔吉抬头看着天花板。尼尔在上面喷着花束图案。图案先从角落开始,然后往墙上蔓延。蓝色背景,光芒四射的白光——她忘了这种图案叫什么名字。

现在他们住在卡拉巴萨斯,这座房子是尼尔选定的。他喜欢有门廊跟院子的房子,喜欢宽大的开放式厨房,还有就是房子总共有两层,还带了一个阁楼。(他们在银湖的房子只有一层半,卧室在上面那半层。尼尔很讨厌夜里雨打在屋顶上的声音。)

乔吉怀孕五个月的时候,他们搬到了这里,因此粉刷的活儿她就帮不上忙了。(油漆的味道受不了。)再说了,她那会儿跟塞斯负责一部电视连续剧的日常播放,也忙得不可开交——还有就是,她觉得自己就像是一堆垃圾。

整个怀孕期间,她都觉得自己像垃圾。怀着诺米的时候,她的体重更是直线上升,身体上的不适也比之前多。她的手指肿得非常厉害而且颜色发紫,以致在电脑上写东西的时候,她就盯着自己的手指看,想象着自己就是维奥莱特·布瑞嘉德[①]——想象着当她出现分娩症状的时候,塞斯就得把她从创作部滚到医院去。

(不过,她后来并没有经受分娩的痛苦。乔吉是个很容易怀孕、却没法儿产下孩子的女人。无论生哪个孩子,她都没有真正经历过一次子宫收缩产生的阵痛。)

尼尔开始粉刷墙壁的时候,乔吉的内心就释然了。一开始,他选的颜色是色谱里最深的颜色——其中有几个房间刷的是乔吉喜欢的亮色。

---

① 维奥莱特·布瑞嘉德(Violet Beauregarde),"查理与巧克力工厂"系列小说中的人物,她骄傲自大,目中无人,酷爱嚼口香糖,宣称一块口香糖可以嚼上三个月。在参观巧克力工厂时,因不听旺卡劝阻,触碰蓝莓派甜点,皮肤变成靛蓝色。

不过房子的主色调是白色,淡黄色,或者水蓝色。

几年前,尼尔就开始画壁画,那时诺米已经用不着婴儿带了,可以跟爱丽丝在地板上一块儿玩耍。有天晚上,乔吉下班回到家里,发现衣柜边上伸出来一棵弯弯的柳树。

尼尔还画了风景和海景。还有天景。(有这个说法吗?)他在房子里画满了壁画,总是一幅还没画完就开始画另一幅。乔吉也没问他是什么缘故。

尼尔不喜欢人家问为什么。这会让他的脸色很不好看。他会随便给你一个答案敷衍过去。给人的感觉就是,无论你问的是什么,他都会觉得你在多管闲事。

就好像什么事都不关你的事。

就好像人家就不该问那些根本没必要回答的问题。

这些年来,乔吉已经完全习惯了不问尼尔任何问题。有的时候,她甚至觉察不到自己的这种改变。

这座房子的确要比他们之前的房子漂亮多了……

尼尔在选择涂料和摆放家具方面可比乔吉强多了。还有就是,自从尼尔负责洗衣服以来,洗衣服的事再也没有拖延过。

"家务事永远也忙不完。"他说。

"我们可以雇个人手。"乔吉提议。

"我们不需要雇人。"

他们的邻居雇了一个保姆、一个清洁女工、一个割草工人、一个游泳池清理工和一个会上门服务的宠物狗护理工。尼尔很讨厌他的邻居。"你雇来的人竟然比你自个儿家里的人还要多。我们住的是房子,又不是庄园。"

"就跟马尔福家一样,"爱丽丝说,"还有家养小精灵呢。"[1]

尼尔那阵儿给她读的是"哈利·波特"系列。

尼尔自己用割草机除草。他穿着高中时期的已经磨损的工装裤和T恤衫。他身上总散发着一

[1] 马尔福(Malfoy)、家养小精灵(house elves),"哈利·波特"系列小说中的角色。

股防晒霜的味道，因为不涂防晒霜的话，他立马就会晒伤。即便有防晒霜的保护，他的脖子后面仍旧被晒得通红。

尼尔自己修剪树木。尼尔会把郁金香的块茎放在冰箱里，在全食有机超市购物小票背面绘制花园设计方案。他在床上把种子目录翻来覆去地看，然后让乔吉选出她最喜欢的植物。

"紫茄子还是白茄子？"去年夏天他问她。

"你怎么会想要白茄子呢？那就好比……紫绿色豆角。"

"紫绿色豆角倒是有的。还有黄色的橙子。"

"快别说了。你把我的脑袋都搞乱了。"

"哦，我就是要把你的脑袋搞乱，小妞儿。"

"你在跟我调情吗？"

于是，他面朝着她，嘴里含着笔帽，头高高仰起。"是啊，没错。"

乔吉低头看看她的旧运动衣，再看看她的旧瑜伽裤。"是这身衣服挑起了你的兴趣？"

尼尔露出一个饱满的笑容，笔帽从嘴里掉了出来。"到目前为止是的。"

尼尔……

她明天一早就给他打电话。这次，她一定要打通。这简直是——这两天真的觉得怪怪的。乔吉在忙。尼尔也在忙。时差也在给他们添乱。

他生她的气了。

她会解决好的，她不怪他。到了明天早上，一切都会好起来的。

早晨的荣光，入睡之前，乔吉心想。

DECEMBER

S	M	T	W	T	F	S
1	2	3	4	5	6	7
8	9	10	11	12	13	14
15	16	17	18	19	**20**	21
22	23	24	25	26	27	28
29	30	31				

2013 年 12 月 20 日
星期五

2013

第六章

一个未接来电。

该死，该死，该死。

早晨，乔吉从沙发上一觉醒来，发现比平时晚起了半个小时，因为昨晚她把定闹铃的事给忘了。她跑到楼上冲了个澡，匆忙换上一件新买的牛仔裤和那件"金属乐队"T恤衫。（T恤衫上，尼尔的味道还是比乔吉的重。）

出门时她去拿手机的时候，看到一条短信提醒：

一个未接来电
来自紧急联系人

尼尔的名字在乔吉的电话簿上就是这样存入的。（为了以防万一。）（发生什么事。）还有一条语音留言——她摁了播放键，可尼尔什么话也没说，只留下了半秒钟的沉默。尼尔打来电话的时候，她一定正在洗澡。

乔吉立刻给尼尔打了过去，那边转入了尼尔的语音邮箱，听到一声提示音后，她立刻开始留言。"嗨，"她说，"是我。我刚刚错过了你的电话，但我以后不会再错过了——给我打电话吧。什么时候打过来都行。你不会影响我的工作的。"

她刚挂断电话，就觉得自己又犯了傻。因为尼尔的电话当然会影响到她的工作。这也正是她为什么要留在洛杉矶，因为她不想受到干扰。

该死。

那天上午,乔吉的工作一点儿进展都没有。

塞斯假装什么都不知道。他还装作没看见她穿的那件"金属乐队"T恤衫。

"在这个地方写另外一个剧本总觉得怪怪的,"司格提说着,环视了一下创作部,"就好像我们在父母的床上干那种事。"虽然塞斯跟乔吉身边有八把椅子都是空着的,司格提却习惯待在会议桌另一头离他们比较远的一个位置,"真希望那个前台女孩能过来给咱煮点咖啡。乔吉,你知道怎么煮咖啡吗?"

"你开什么玩笑?"

司格提翻了一下白眼。"我那样问绝没有性别歧视的意思。我是真的不知道怎么开那个咖啡机。你还以为他们会把操作弄得简单明了呢。"

"那个啊,我也不知道。"她说。

塞斯把头从电脑上抬起来看着司格提。"你为什么不去给大家买咖啡呢?"他说,"至少半个小时以内,我们还用不着你那些狗屁玩笑。"

"去死吧你,"司格提说。他冲着墙上镶框的《杰夫窘事》海报皱起了眉头。"就好像我们在杰夫·哲门的床上干那种事。"

"没人会干那种事,"乔吉说,"快给咱们弄咖啡去吧。"

司格提坐了起来。"我可不想留下你们一个人去。我一走你们就把我给忘了。"

"我可还没忘呢,"塞斯说着拿起手机,"我这就给你发短信下命令。"

司格提刚一走,塞斯就把椅子转到了乔吉身边,并靠着她的椅子扶手。"我可见过你用咖啡机。"

"那是个原则问题。"她说。

"听你的口气,是不是白板上的内容你也不管啦?"

"我又不是你的秘书。"

"那是,不过呢,让司格提做记录你不放心,我的字迹你又辨认不出来。"

乔吉很不情愿地站起身,找到一支白板笔,在白板上开始写他们的进展。事实上,她非常喜欢亲自动手写。那感觉就像是个决策者。

以前在大学里,乔吉在电脑上做记录,塞斯就在《勺子》编辑部的办公室里游来荡去,绞尽脑汁地想点子。等杂志出版后,他可窝了一肚子无名火。

"乔吉,我那个大学炸弹客[①]的笑话跑哪儿去了?"

"那谁知道呢?说不定溜到蒙大拿藏起来了。"

"你把一个绝好的笑话给毙了。"

"那就是你所谓的笑话?你得明白,你要是能把自己的笑话弄得好笑点,我的工作就容易多了。也不至于把我搞得丈二和尚摸不着头脑。"

等到大三的时候,乔吉跟塞斯在《勺子》的第二版开了个一周一次的专栏。直到那个时候,乔吉才开始觉得自己真正属于这个创作团体了。也就是说她觉得自己够资格了。

也是从那个时候起,她跟塞斯开始合用一张办公桌;也是在那个阶段,他们开始习惯坐在一起工作了。塞斯很喜欢挨着乔吉坐,这样就可以揪她的头发玩了,乔吉也喜欢挨着塞斯坐,这样就可以随时踢上几脚。

"哎呀,乔吉,你把我踢疼了——你穿的可是马丁靴。"

乔吉清楚地记得那次塞斯由于大学炸弹客而大发雷霆,因为正在他俩你一言我一语的时候,她第一次在《勺子》编辑部看见了尼尔。塞斯当时正在跟她说他想让专栏的政治气息浓厚一点。要多点"辛辣"……

"我是讽刺专家,乔吉,不用你来告诉我——"

"那个人是谁?"她打断他。

"哪个啊?"

"就是刚走进制作部那个。"

[①] 大学炸弹客(Unabomber),指希尔多·卡辛斯基(Theodore Kaczynski),十六岁读哈佛,曾任伯克利大学助理教授,后到蒙大拿州做隐士;更为人所熟知的身份是连环爆炸案的主谋、恐怖分子和反科技"斗士"。

塞斯身子往后一仰,绕过乔吉看过去。"哪一个?"

"穿蓝色运动衣那个。"

"哦。"他重新坐直身子,"是那个画漫画的霍比特人。你不认识那个画漫画的霍比特人吗?"

"不认识。你怎么那样称呼人家?"

"因为他就是干那个的——你是知道的,就是杂志封底的漫画。"塞斯手头上有本《勺子》,他正在那个专栏边上的空白处写他那个大学炸弹客的笑话。"就凭这一个笑话,杂志就可以卖出四千零九十九份。"

"就是写《拦住太阳》那个人吗?是漫画?"

"又写。又画。又涂鸦。"

"那可是杂志最有趣的部分。"

"不对,乔吉,我们的栏目才是杂志最有趣的部分。"

"那就是尼尔·格莱夫顿啊?"她的头没怎么动,眼睛却使劲儿往制作部里看。

"没错。"

"那我以前怎么没在这儿见过他呢?"

塞斯抬头看着她,狐疑地低垂着一只眉毛。"我哪儿知道。他这个人不善交际。"

"你见过他吗?"

"你是不是喜欢上漫画霍比特人了?"

"我都没怎么见过他,"她说,"我只是觉得他太有天分了——我记得《拦住太阳》被好几家杂志转载过。你为什么叫他霍比特人?"

"因为他又矮又胖又霍比特。"

"他可不胖。"

"你连正眼都没看过他。"塞斯伸手去拿乔吉的那本《勺子》,然后在杂志的封二开始写自己的笑话。

乔吉坐在椅子上头朝后仰,窥探着制作部。她只能看见尼尔弯腰伏在一张绘图桌上,一半身子被一根柱子给挡住了。

"我们的作品才是杂志最有趣的部分。"塞斯咕哝着。

司格提把咖啡买回来了,却没帮上什么忙。

乔吉犯了头疼。再就是胃疼。虽然她已经洗过澡了,可她的头发闻起来还是有一股海瑟的洗发水那种甜甜的味道。

她在内心对自己说她只是累了。不过,感觉上似乎并不是累——而像是害怕。这简直毫无道理。一切都好好的,也没有什么麻烦事。她只是……

她已经有两天半没跟尼尔说话了。

他们之间从来没有这么长时间不说话。从他们认识到现在都没有过。嗯,从他们认识以来几乎没有过。

无论任何事,都不可能总是……(她在寻找什么字眼?好极了?顺利?幸福?)在乔吉和尼尔之间,事情可不总是……容易的。

有的时候,即便他们在说话,也不是真正意义上的交谈。有的时候,他们只是就事论事,让彼此知情各自的近况而已。

可即便那样,他们也从来没有像现在这个样子。无线电沉默。

以前,到处都能听到尼尔的声音。

假如乔吉能听到尼尔的声音,她会感觉好受一点儿。

塞斯跑出去买午餐的时候,她就猫在办公室给尼尔打电话。她拨了他的手机号码,然后手指在桌子上敲着等他说话。

"喂?"有人迟疑地应了一声——就好像那个人不大确定手上拿的就是电话,也不确定自己真的在接听电话似的。尼尔的妈妈。

"玛格丽特?嗨,我是乔吉。"

"乔吉,你好啊。我一时没搞清楚声音到底是电话上传来的还是 iPod 发出的。我还以为我在对着 iPod 说话呢。"

"真高兴你接的是电话。你还好吧?"

"你知道吗,今天早些时候,内奥米在 iPod 上看过电视。就在这个房间,就像看一台效果非常好的电视一样。看来我们已经生活在未来了。那个东西从形状上看,也不像电话呀,你说是吧?倒更像是一副牌……"

玛格丽特是唯一一个直呼诺米大名内奥米的人。乔吉每次听着都觉得不舒服——即便给诺米取名字的人是乔吉自己。

"你说的很有道理,"乔吉说,"我还真没想到过。你还好吧,玛格丽特?很抱歉那天我打电话的时候已经很晚了。"

"乔吉,你能听见我说话吗?"

"我听得挺清楚的。"

"因为我搞不懂麦克风到底在哪个位置——这个电话太小了。"

"你说的没错,是有点小。"

"我应该把它对着我的耳朵还是嘴巴?"

"嗯,"——即便她用的是同一款手机,乔吉也得想想再回答——"我想是你的耳朵吧。"

"我用的是翻盖手机,看上去更像真正的电话。"

"我看你妈妈有阿斯伯格综合征。"乔吉曾跟尼尔这么说过。

"二十世纪五十年代的人可不会得那个病。"

"我只是说她可能有那个迹象。"

"她就只是个数学老师。"

"玛格丽特,"——乔吉勉强地笑了笑,希望自己的声音听着不那么焦躁——"尼尔在吗?"

"他在。你要跟他说话吗?"

"那太好了。是的,谢谢你。"

"他刚刚带孩子们去了道恩家。你知道吗?她家有只澳洲鹦鹉,她觉得孩子们可能会喜欢的。"

"道恩。"乔吉说。

道恩，那个邻家女孩。她就住在隔壁。道恩，差一点就成了尼尔的前未婚妻。（只要没戴订婚戒指就不能算数，不是吗？如果那只是夏天度假时的口头协定也不能算数，是吗？）

天哪。乡下。真该死。

尼尔凭什么就不能有一长串前女友？他或是跟她们聊天，或是跟她们约会。还有就是跟她们交往纯粹为了性爱，而后又为此感到愧疚……可为什么偏偏是道恩呢？

乔吉跟尼尔来到镇子上的时候，道恩总要到尼尔妈妈家里来打声招呼；她就住在隔壁，并照顾着父母的生活。

道恩长着一双漂亮的棕色眼睛，留着一头顺滑的棕发。她是个护士，离了婚。她带来动物毛绒玩具给孩子们玩，这些玩具经过长途跋涉到了加利福尼亚，现在就摆放在她们的床上。

乔吉的头又疼起来了。她的头发闻起来就像有毒的纸杯蛋糕。

"阿玛迪斯！"玛格丽特说，就好像她刚才一直在想什么似的。

"那是什么？"乔吉说着，清了清嗓子。

"阿玛迪斯！那是道恩的澳洲鹦鹉。这只鸟可不一般。"

"要不你跟他说一声我打过电话了。"

玛格丽特沉默了几秒钟，然后说——"哦，你是说尼尔。"

"对，是的。"

"当然了，没问题，乔吉。我会跟他说的。"

"谢谢你，玛格丽特。你跟他说任何时间给我打电话都行。"

"没问题。哦，等一下，在你挂电话之前——圣诞快乐，乔吉！希望你的新节目能被选中。"

乔吉犹豫了一下，这才想起来她其实真的挺喜欢尼尔的妈妈。"谢谢你，玛格丽特。圣诞快乐。替我拥抱一下孩子们。"

"乔吉,等一下,我怎么才能挂断电话呢?"

"我来挂断。你不用管了。"

"好的,谢谢你。"

"那我挂了啊,玛格丽特。圣诞快乐。"

"很有意思,对吧?"塞斯问了一句,然后第四次重复一个笑话,"这个有趣吗?还是就觉得怪怪的?"

乔吉说不上来。她一直都很难集中精力。

"我要休息会儿,"司格提说,"我眼睛都花了。"

"挺住,"塞斯命令道,"见证奇迹的时刻就要到了。"

"吃酸奶冰淇淋的时间到了。"

"你就知道吃。你刚吃完,马上就会想着下一口要吃什么。"

"只有吃才是打破沉闷的唯一办法。"司格提说。

塞斯火冒三丈。"我们的工作一点儿也不沉闷。我们是在实现该死的梦想。"

"会实现的,"司格提说,"等我吃到酸奶冰淇淋的时候就实现了。"

"乔吉,你告诉他,说不出有趣的点子就别想吃酸奶冰淇淋。"

只见乔吉无精打采地靠着椅背,双脚搭在桌子上,双眼紧闭。"这会儿不能说话。太多的奇迹正在发生呢。"

"你要酸奶冰淇淋吗,乔吉?"司格提走到门口的时候问她。

"不用了,谢谢。"

她听见门合上的声音,接着感觉到有支笔在她肩膀上弹了一下。

"你应该去打个盹儿。"塞斯说。

"嗯……"

"我们缺个打盹儿的沙发。《寻开心》剧组很快就会有沙发的。你记不记得《勺子》编辑部就有一张沙发?那个沙发绝对是极品。"

乔吉当然记得。那张沙发的面料是灰天鹅绒，靠垫已经磨得溜光。如果乔吉在沙发上坐着，塞斯肯定会紧挨她坐下，他才不管沙发上空间很大，还是一点空间也没有。他喜欢把头枕在她的大腿上，要么就是靠在她的肩膀上。如果那阵儿他没有女朋友，乔吉就由着他。（他几乎从来都不缺女朋友。）

塞斯可是个调情高手。即便跟乔吉也不例外——或许跟乔吉尤其如此。

他们认识的最初几个月，塞斯时时刻刻的关注令她兴奋不已。后来——当她发现塞斯跟所有的女孩子都调情，并且通常都是他积极主动地追人家女孩子——她的心都碎了。

再往后乔吉也就习惯了，就好像习惯了听塞斯说话、听他哼着小曲儿似的。乔吉喜欢听他说话哼曲儿，哪怕她根本没有用心听。坐在沙发上的时候，塞斯的头照旧靠在她的肩膀上，还用他那头鬈曲的樱桃木色的头发挠她耳朵的痒痒……

乔吉第二次看见尼尔的时候，她跟塞斯正东倒西歪地靠在沙发上。塞斯那段时间有个女朋友——修长的双腿，高高的颧骨，跟女演员似的——因此他不得不用手撑着自己的脑袋。乔吉用胳膊肘戳了戳他的肋骨上。"他又来了。"

"哦，谁啊？"

"那个画漫画的。"她说。

"那个霍比特人？"

"我要过去跟他认识一下。"

"为什么呀？"

"因为我们在一块儿工作嘛，"乔吉说，"这是人之常情。"

"他不在这儿工作。他只是来交漫画的。"

"我要过去跟他介绍下自己，并且跟他说我多喜欢他的作品。"

"你那样做肯定会后悔的，"塞斯警告她，"他从来都没个好脸色。他是夏尔最不友好的霍比特人。"

"甭跟我提托尔金的小说。我只知道'佛罗多活了下来'。"①

塞斯这时把头靠在她的肩膀上。

乔吉把他的脑袋给顶了回去。"我要过去了。去介绍我自己。"她从沙发上站了起来。

"随你便吧,"他不高兴地说,"我祝愿你们幸福美满地生活在一起。可爱的霍比特夫妻和一大堆圆乎乎的霍比特小崽子。"

乔吉扭头看了他一眼,然后就走出去了。"我可不是霍比特人。"

"你个头儿可不高,乔吉。"他在沙发上躺了下来,"身体圆乎乎的,长相还凑合吧。要面对现实。"

乔吉拐过一个弯后走进制作部,然后停下来看。编剧们几乎从来不进制作部。画家们才会聚在这里——《勺子》杂志印刷前的那些晚上,排版部也会聚在那里。

尼尔坐在一张绘图桌旁。他的面前放着一张铅笔漫画,而他正在拧开一瓶墨水。制作部某个地方有台收音机,里面正在播放喷火战机乐队的歌。

乔吉本想转身回到沙发那边去。

"嗨。"相反地,她打了个招呼。

尼尔头也不抬地瞥了她一眼,然后继续看他的漫画。"嗨。"

他身上穿着一件黑色的T恤衫,外面套着蓝色的法兰绒衬衣,他的头发又黑又短,短得几乎跟部队里的士兵没什么两样。

"你是尼尔,对吗?"

他仍旧埋着头。"是的。"

"我是乔吉。"

"是吗?"

"怎么啦?"

"你真的是吗?"他问。

---

① 夏尔(the Shire),霍比特人聚居地,风景优美,物产丰富,房屋低矮;"佛罗多活了下来"(Frodo lives),《霍比特人》和《指环王》的粉丝们创造的短语,旨在表达惊喜地发现佛罗多·巴金斯一直活在整个故事中。

"嗯，怎么啦？"

他点了点头。"我还以为那是个笔名呢。乔吉·莫库，听上去像是个笔名。"

"你知道我的名字？"

尼尔终于抬起头望着她，他睁着圆圆的蓝眼睛，整张脸都朝向她。"《勺子》杂志上有你的照片。"他说。

"哦。"乔吉平日里就不太善于跟男人打交道——不过那也比这会儿强多了。"你说得对。你也是。我是说，你的漫画。我过来就是想跟你谈谈你的漫画。"

尼尔再次把目光集中到纸上。他手上拿着一支旧式钢笔，看上去就像是带着长尖的水笔。"我的漫画有问题吗？"

"不是，"她说，"我就是……看着喜欢。我其实是想跟你说我有多喜欢你的漫画。"

"那你现在还要跟我说吗？"

"我……"

刹那间，他们的视线撞到了一起，她感觉好像看到了他的微笑。

她也回赠他一个笑容。"没错。我确实很喜欢。我觉得那是杂志最有趣的部分了。"

此刻，她几乎敢断定尼尔在笑。不过，他的嘴唇只轻轻动了一下。

"这我可不敢说，"他说，"大家似乎对星座比较感兴趣……"

乔吉写星座部分。（算是人物性格方面的吧。这很难解释。）尼尔知道她写星座。他知道她的名字。他的手比较小巧，在纸上移动时坚定有力，一下子就画出一条粗粗的直线。

"我不知道你用的是真正的墨水。"她说。

他点了点头。

"我可以看你画画吗？"

他又点了点头。

第七章

乔吉母亲的乳沟可是相当壮观。棕褐色,斑斑点点,足有十英里深。

"那是遗传。"她妈妈对正盯着她看的乔吉说。

海瑟用一只盛着绿豆的碗碰了一下乔吉的胳膊。"你刚才是在盯着妈妈的胸部看吗?"

"是的,"乔吉说,"我实在太累了——她穿那种低胸衬衣,分明就是要大家观赏嘛。"

"哦,你真行,"海瑟说,"你还怪起受害者来了。"

"你们不要当着肯德瑞克的面说那样的话,"她们的妈妈说,"你们瞧他的脸都红了。"

肯德瑞克正在吃意大利面,他埋头笑了起来,然后摇了摇头。

那天下午,乔吉拿着手机眼巴巴地等着尼尔打来电话,结果被她妈妈撞见了。"晚上我给你做饭。我很担心你。"

"不要,"乔吉说,"不要担心。"不过她倒是同意下班后就过来。

她妈妈做了手工肉丸意面,甜点是菠萝翻转蛋糕。他们要等乔吉回来之后才开饭,这样她就不至于刚回来就立刻走开去给尼尔打电话。(那会儿已经快七点半了,而在奥马哈是九点半。)

下班回来的路上,乔吉试着给尼尔拨过两次电话。她的电话还是直接转入语音信箱——虽然那并不意味着他一定还在道恩家里,不过那也很难说。

（为一个道恩而忧心忡忡实在有点愚蠢。尼尔跟她好的时候只是个青少年。）

（可有相当多的男人，只要高中毕业舞会上的舞伴在脸书上加他们好友，不是就会跟妻子闹离婚吗？）

（还有就是，无论从哪个方面来看，道恩一点衰老的迹象都没有。每次见到她都让人心情愉快，她看上去也总是那么漂亮。上一次乔吉看见道恩，是在尼尔爸爸的葬礼上，看她的言行举止，就好像从来都是这样光鲜亮丽。）

"今天你跟孩子们说话了吗？"她妈妈问。

"我昨天跟她们说过了。"

"她们一切还好吧？"

"还好。"乔吉吞下半个丸子，"你是知道的，本来就没什么事情。"

"小孩子机灵着呢，乔吉。她们就像狗一样聪明，"——她用叉子叉了一个肉丸子喂给卧在大腿上的哈巴狗——"家里面谁心情不好了，她们一准儿知道。"

"我怎么觉得你把外孙女们比作动物了。"

她妈妈不屑地挥了挥那把空叉子。"你知道我在说什么。"

海瑟往乔吉身上一靠，叹了口气。"有的时候吧，我觉得像她的女儿。而有的时候，我觉得自个儿就像一只最不受待见的狗。"

海瑟吃的也是意大利面，不过是盛在餐馆外卖的饭盒里。乔吉决定什么也不问。她瞅了一眼钟表——七点四十五。

"是这样的，我跟尼尔说好要早点打电话。"不管怎么说，她在给他的语音留言里就是这么说的，"你们没什么事的话，我这就到房间里用座机打电话了。"

"可你的饭还没吃完呢。"她妈妈表示反对。

可乔吉已经走到过道中间了。"我一会儿就回来！"

进到房间里面，她的心怦怦跳了起来。她是身体不舒服了，还是太过紧张了?

她用手抓住那部黄色电话的听筒,往床上一坐,把听筒拉到腿上,然后等心情平复下来。

求你接电话吧,她在心里说,脑海中浮现出尼尔阴郁的蓝眼睛和绷紧的下巴,还有那张倔强而苍白的脸。求你了。此刻我真的很需要听到你的声音。

她开始拨他的手机号码,旋即又挂断,她又开始拨座机的号码——或许玛格丽特接电话的可能性更大;他们父母那一辈人依然认为接电话是一个道义上的责任。

乔吉听着那头响起的铃声,试图扼住肚子里翩飞的蝴蝶。事实上,她想把蝴蝶压成碎片。

"喂?"

尼尔。终于是他。

尼尔,尼尔,尼尔。

蝴蝶又死而复生,都快要扑闪到乔吉的嗓子眼儿了。她咽了一口唾沫。"嗨。"

"乔吉。"他叫她名字的语调就好像在跟她确认什么似的。温和地确认。

"嗨。"她又说了一次。

"我没想到你还会打过来。"

"我跟你妈妈说过我会的。我们上次打电话的时候我就跟你说过——我怎么可能不想给你打电话呢?"

"我不知道,上次我也没料到你会打电话。"

"我爱你。"她脱口而出。

"什么?"

"上次我们——我还没来得及跟你说我爱你,你就挂断了电话。"

"这么说你打电话就是为了说你爱我?"

"我……"乔吉内心乱作一团,"我打电话是想知道你们是否安全到达。想知道你好不好。想知道女孩子们好不好。"

尼尔大笑了起来。不过那可不是舒心的笑。那是他的防御机制全面启动时发出的声响。"女孩子们,"他说。"女孩子们挺好的。你指的是道恩吗?因为我还没见到她呢。"

"不会吧?你妈说你们今天到她家去了。"

"你什么时候给我妈打的电话?"

"就今天。她说道恩要给你们看她的澳洲鹦鹉,阿玛迪斯。"

"道恩的澳洲鹦鹉名叫菲尔科。"

乔吉警戒地咬紧了牙关。"对不起。我对道恩的澳洲鹦鹉一点都不了解。"

"我也一样。"

她摇了摇头,把眼镜摘了下来,用手心捂住眼睛。"尼尔,你听我说。很抱歉,我打电话可不是为了那个。"

"对了,你打电话是为了告诉我你爱我。"

"事实上,是这样的。没错,我爱你。"

"哦,我也爱你。这不是问题的关键,乔吉。"他听上去就好像在说悄悄话。

乔吉也压低了声音:"尼尔,我不知道你心情这么不好。你本该在走之前告诉我你心情不好才对。我要知道就不会让你走了——我会跟你一道走。"

他又大笑了起来,这次比上次更糟糕。"我本该告诉你?"他压低嗓门厉声说道,"我告诉过你了。我说:'我再也受不了了。'我说:'我爱你,但我觉得这可能还不够,可能永远也不够。'我说:'我不想再这样生活下去了,乔吉。'——你都忘了吗?"

乔吉无言以对。她当然记得。可是……

"你等会儿,"尼尔小声说,"我不想当着父母的面跟你说这些……"他接下来说的话就听不清了:"爸,我上楼后能把这个挂断吗?"

"行,跟你的乔吉姑娘说我向她问好了。"

"你自己跟她说吧。她就在电话里。"

"乔吉?"电话里有人说话了。那个人不是尼尔的爸爸。也不可能是他。

"格莱夫顿先生?"

"很遗憾你今年不能来过圣诞节。为了你,为了一切,我们都让天下雪了。"

"很抱歉我去不了。"乔吉说——她一定说了这句话,她听见自己说了。

"嗯,那就明年吧。"他说。那个人绝不是,也不可能是尼尔的爸爸——他已经死了。三年前他死在了铁路调车场。

只听咔嚓一声,从电话那头的另外一部电话传来空旷的说话声。"我接到了,爸爸,谢谢。"

"再见啦,乔吉姑娘,"尼尔的爸爸说,"圣诞快乐。"

"圣诞快乐。"她不自觉地说了一声。

接着又传来咔嚓一声。

乔吉僵直地坐在那里。

"乔吉?"

"尼尔?"

"你没事吧——你哭了吗?"

她在哭。"我……我很累。我到现在都没有休息过,尼尔,哦,我的上帝,我刚才幻想了一件最不可思议的事情。我幻想着你爸爸跟我说圣诞快乐。难道那不是……"

"他的确跟你说圣诞快乐。"

她倒吸了一口凉气。

"乔吉?"

"我觉得现在不适合跟你说话。"

"乔吉，等等。"

"我现在不能说了，尼尔。我只是……我得挂了。"

她狠狠地把听筒挂上，并瞅着它看了一两眼，然后猛地把它从眼前推开。电话机重重地摔到了地上，并发出叮叮当当的响声，而听筒则飞到了床头柜里。

乔吉目不转睛地看着电话。

事情有些不大对头。这一切都有问题。

尼尔的爸爸已经死了。尼尔一直都说我爱你。他也知道"女孩子们"指的是谁。

还有……还有，尤其是——特别是，特别是——尼尔的爸爸明明已经死了。

乔吉在……她一定产生了幻觉。

精疲力竭，她已经精疲力竭了。

再加上心情不好，压力太大，睡眠又不充足。

还有，或许有人给她下了药——那是有可能的。这个要比尼尔的爸爸死而复生并祝她圣诞快乐的可能性大多了。而那一幕。根本就。没有发生过。

今天还有什么事情压根儿就没发生过？她真的去上班了吗？她昨晚是睡在沙发上的吗？她究竟有没有醒过来？

醒醒！你他妈的给我醒醒，乔吉！

也许等她醒过来，等她真正醒过来，就会发现尼尔正躺在她的身边。他们可能根本就不会吵架。（他们吵架了吗？）也许，在那个真实的世界里，在那个醒着的世界里，乔吉跟尼尔从来就没吵过架。

"我做了一个梦，梦里的一切跟生活中一模一样，"醒来后她会这样说，"可我们过得不开心。就要过圣诞节了，你却抛下我走了……"

"乔吉？"她的妈妈在厨房里喊她。这个不会也是在做梦吧。"你没事吧？"她的妈妈大声问道。

"我没事!"乔吉大声回答。

不过,她的妈妈还是来到她的房间。"我刚才听到了响声,"她站在门口说,她低头看看地上的电话,听筒甩在一边,"没出什么事吧?"

乔吉擦了擦眼睛。"没事,我只是……"——她摇了摇头——"我不知道,可能我有点精神失常吧。"

"那还用说嘛,宝贝。你的丈夫抛弃了你。"

"他没有抛弃我。"乔吉说。但或许他真的那么做了。或许那就是为什么乔吉整个人都快崩溃了。"我觉得我需要休息。"

"那再好不过了。"

"要不,我还是喝点酒吧。"

她的妈妈走到房间里面,把电话从地上捡起来放到桌上。"我看你还是不喝酒为好。"

乔吉是不是一直在喝酒?今天这一幕以前发生过吗?她有没有喝得神志不清?

"你还记得尼尔的爸爸吗?"她问妈妈。

"保罗?当然了。尼尔跟他长得一模一样。"

"是现在,还是以前?"

"什么?"

"你对尼尔的爸爸了解多少?"乔吉问。

"你胡说些什么呀?他不是得心脏病死了吗?"

"没错。"乔吉伸手抓住妈妈的胳膊,"他得了心脏病。"

这时她的妈妈显得非常担心。"你是不是觉得你的心脏病要发作了?"

"没有。"乔吉说。她有心脏病吗?或者中了风?她笑了笑,摸了摸自己的脸颊;并没有皮肤松弛的迹象。"没有,没有,我可能就是需要休息一下。"

"我觉得你还是不要开车回家。"

"我也这么觉得。"

"那就好。"她妈妈仔细打量着她,"你会挺过去的,乔吉。你爸跟我离婚后,我当时就觉得我这辈子可能都要孤零零一个人过了。"

"是你为了另一个男人抛弃了他。"

她妈妈不赞成地摇了摇头。"感情本来就不是理性的东西。婚姻也没有任何理性可言。"

"是致命的心脏病,对吗?"

"你为什么要在尼尔爸爸的问题上纠缠不清呢?他是个可怜人。可怜的玛格丽特。"

"我不知道,"乔吉说,"我得休息会儿。"

"那你休息吧。"她妈妈关掉灯,走了出去。

乔吉在黑暗中躺了一个小时。

她又哭了一阵儿。

还自言自语。"我一直在幻想。我累了。我就是累了。"

她闭上眼睛,想睡过去。

她又睁开眼睛,看着那部黄色电话。

她想到要回家。她走出去,在车里坐了一会儿。最后,她把手机连上充电器,要试着给尼尔打个电话。(他没有接听。)(因为他从来都他妈的不接电话。或许,他确实已经离开了她,或许他们之间是如此不协调,以至于尼尔千真万确离开她的时候,她甚至都没有觉察到。或许,他早都跟她说过他要走了,可惜她没注意听。)

她坐在车里,哭了起来。

虽然她知道时间已经很晚了,她还是拨了尼尔妈妈的电话。乔吉只想跟尼尔再谈谈。怀着一颗平常心。她需要心平气和地跟他谈一次,让一切恢复正常。

他妈妈的电话占线。也许在中部时间半夜三更的时候,他爸爸的鬼魂有非常重要的电话要打。

乔吉又想着要睡会儿觉。她觉得自己惊慌失措的样子可能会让眼前的境况——不管是什么境况——变得更糟。

于是,她走进屋里,在厨房的柜子里翻找,最后找到了一瓶薄荷甜酒,可能是她妈妈上次做绿色威风派时剩下的。(她妈妈跟肯德瑞克从不酗酒。)(说不定是瘾君子?尼尔曾经怀疑过。)

乔吉拿起瓶子就灌了下去。就好像糖浆也能把人喝醉似的。

不知道过了多久,反正她肯定是睡着了。

DECEMBER

S	M	T	W	T	F	S
1	2	3	4	5	6	7
8	9	10	11	12	13	14
15	16	17	18	19	20	**21**
22	23	24	25	26	27	28
29	30	31				

2013 年 12 月 21 日
星期六

2013

第八章

四个未接来电——都是塞斯打来的。

时间已经是中午了,乔吉正准备出门上班去。她刚把手机插到车子的点烟器上,就有电话打进来了。

"对不起,"她回答说,"我睡过头了。"

"我的老天,乔吉,"塞斯说,"我正准备给警察局打电话呢。"

"不要虚张声势。"

"或许我真就是呢。我正打算一路开到卡拉巴萨斯去找你呢。你到底在搞什么鬼?"

"我又待在我妈这儿了。对不起,我忘了定闹铃。"

乔吉的回答简单得有点过分。她半个小时前在她妈妈家的沙发上醒了过来,有只哈巴狗在舔她的脸。然后她吐了二十分钟。接下来的十分钟,她在海瑟的房间里找衣服——一件合适的都没有——然后又到她妈妈的衣柜里找,最后勉强找到了一条丝绒运动裤和一件嵌着水钻的低胸T恤衫。乔吉甚至连牙都没有刷。(她觉得没有那个必要;她浑身都散发着薄荷的味道。)"我马上就到,"她对塞斯说,"我给你带午饭。"

"我们这儿有午饭吃。剧本只写了一半——真他妈的要人命,你赶紧的。"

"马上就到。"她挂断电话,接着开上了101公路。

四个未接来电,都是塞斯打来的。尼尔一个都没打。

乔吉的大拇指在手机触屏上来回滑动。她可没有想昨晚的事。眼下,她可没工夫想昨晚发生的一切。

这是一个新的早晨。她要给尼尔打电话,让一切重新开始。她拿着手机,把手搭在方向盘上,然后用拇指翻找最近的通话,然后按下"紧急联系人"。

电话铃响了起来。

"日安,宝贝。"

"嘿,爱丽丝。我是妈妈。"

"我知道,我听到你的歌了。还有就是,你打来电话的时候,会看到你的照片——就是万圣节那天照的。你打扮成了白铁樵夫的样子。"

尼尔扮的是那只胆小的狮子,爱丽丝扮的是多萝西,诺米扮的是吐吐猫。①

"我需要跟爸爸说说话。"乔吉说。

"你在开车吗?"

"我在上班的路上。"

"你答应过开车的时候不打电话的——我要告诉爸爸去。"

"我保证在并道的时候不打电话。爸爸到底在哪儿?"

"我不知道。"

"他不在家吗?"

"不在。"

"奶奶在哪儿?"

"我不知道。"

"爱丽丝。"

"什么事?"

"你去把奶奶叫来。"

"可是我们在看《救难小英雄》呢。"

"你暂停一下。"

"奶奶家里没有暂停!"

---

① 白铁樵夫(Tin Man)、胆小的狮子(Cowardly Lion)、多萝西(Dorothy)、吐吐猫(Toto the cat)及后文的亨利叔叔(Uncle Henry)跟艾姆婶婶(Auntie Em),皆出自《绿野仙踪》。

"你只不过耽搁几分钟。我到时给你讲发生了什么。"

"妈妈,你不要打扰我看电视。"

"爱丽丝,你听听我的口气。你觉得我有心情跟你讨价还价吗?"

"没有……"爱丽丝听上去有点受伤,"你的口气凶巴巴的。"

"找奶奶去。"

那边传来电话放下的声音。很快,有人拿起了电话。

"你不要凶巴巴的,妈妈。"是诺米,正在哭呢。很明显是在装哭。诺米几乎从来都没真正哭过;在眼泪真正掉下来之前,她总要装哭好一阵子。

"我没有凶巴巴的,诺米。你好吗?"

"我就是很难过。"

"不要难过。"

"可是你的声音凶巴巴的,我不喜欢。"

"诺米,"乔吉这次或许真的不耐烦了,口气的确有点凶,"我根本就没打算跟你说话。看在上帝的分上,你给我安静点。"

"乔吉吗?"

"玛格丽特!"

"一切都还好吧?"

"都好,"乔吉说,"我就是……尼尔在家吗?我是真的真的需要跟尼尔说话。"

"他为了孩子们过圣诞节跑去最后抢购了。"

"哦,"乔吉说,"我想他可能没带手机。"

"可能没带——你真的一切都好吗?"

"是的。我就是想他了。他们几个。每一个人。"她闭上眼睛,然后很快又睁开。"你跟……保罗。"

她婆婆那头沉默了。

乔吉决定继续说下去。她不知道自己到底能问出点什么。"很抱歉,孩子们没能像我那样跟他熟悉。"

玛格丽特吸了一口气。"谢谢你,乔吉。谢谢你让尼尔把孩子们带到奥马哈。自从保罗走了之后,唉,每年一到这个时候,一个人总是最难熬的。"

"肯定的,"乔吉说着,用拇指根擦了擦眼睛,"你就跟尼尔说我打过电话了。"

她按下结束键,然后把手机扔到了副驾驶上。

已经确定无疑了。

乔吉已经走火入魔了。

"我的老天!"当她走进办公室的时候,塞斯惊呼道。他的下巴拉得长长的,或许只是为了制造效果。"我的老天哪!"

司格提把健怡可乐朝塞斯的鼻子砸了过去。"哎哟,该死,"他说,"哎哟,上帝,疼死我了。"

"咱们能不能——"乔吉试图劝和。

"你怎么穿成这个样子了?"塞斯从椅子上站了起来,围绕着乔吉转来转去。"你这身行头看着就像小甜甜布兰妮,那时她正在跟给她伴舞的演员谈恋爱呢,还光着个脚丫子在加油站晃来晃去。"

"我蹭我妈的衣服穿了。我想你不至于让我再浪费一个小时赶回家换身衣服吧。"

"还有洗澡呢。"塞斯瞅着她的头发说。

"你妈就穿那样的衣服?"司格提问。

"她是个无拘无束的人,"乔吉说,"我们现在要工作,对吧?我已经来了,那咱们就忙工作吧?"

"你脸上有点儿绿色的东西,"塞斯说着,伸手去摸她的下巴,"黏糊糊的。"乔吉一把将他的手打开,然后在那张长会议桌旁找到了自己的位置。

司格提继续吃午餐。"是不是只要尼尔一出远门,你就沦落得如此狼狈？难怪他把你拴得紧紧的。"

"我没有被拴起来，"乔吉说，"我只是结了婚。"

塞斯把一个泡沫塑料盒子推到她跟前。乔吉打开盒子一看，是软软的韩式玉米面卷饼。她没有立马吃，她想弄清楚自己到底是病了，还是饿了……饿了吧。

塞斯递给她一把叉子。"你还好吧？"

"还好。就跟我说说你们目前的进展吧。"

不好。一点儿都不好。

"我本该告诉你？我告诉过你了。我说：'我再也受不了了。'我说：'我爱你，但我觉得这可能还不够，可能永远也不够。'我说：'我不想再这样生活下去了，乔吉。'——你都忘了吗？"

这很合乎情理。如果乔吉因为丈夫离开她而产生幻觉、恐惧等精神失常的症状，那么她回想起尼尔曾经真的离开过她的情景就解释得通了。

多少算是离开过她。

就在他们结婚之前。

事情发生在大学四年级的圣诞节假期。他们去参加一个聚会，一个在当时貌似比较重要的电视台聚会。塞斯那时已经在写一部福克斯的情景喜剧，他想让乔吉去认识一下这部戏的其他编剧——那部戏的大明星按理也会来。聚会地点是在某个人家里的后院，那里有游泳池，有啤酒，柠檬树上环绕着圣诞彩灯。

整个晚上，尼尔始终站在篱笆边上，拒绝跟任何人交谈。他的拒绝是出于原则性的考虑。就好像跟人家说两句话——就好像表现得礼貌一些——简直就是对他人过分的让步。(对塞斯的让步，对加利福尼亚的让步，对乔吉很快就会拥有一份跟这些人打交道的工作而他也会被拉上贼船这个事实的让步。）

因此他才站在篱笆边上，有意挑那种最廉价的啤酒喝，并且牙关紧咬，一言不发。

尼尔的对抗姿态让乔吉怒不可遏，她决意等所有的人都散了，她跟尼尔再离开。她跟塞斯所有的新朋友都一一认识并交谈。在塞斯和乔吉这对黄金组合秀上，她扮演了她的角色。（这个角色相当不错；乔吉简直就是妙语连珠。）她使每个到场的人都喜欢上了她。

最后，她上了尼尔那辆破土星汽车，他开车把她送回她妈妈那里。然后他对她说他要分手。

"我再也受不了了。"他说。

"我爱你，"他说，"但我觉得这可能还不够，可能永远也不够。"

他说："我不想再这样生活下去了，乔吉。"

第二天早上，他抛下乔吉独自去了奥马哈。

一整个星期，乔吉都没有收到尼尔的任何信息。她想他俩结束了。

她想也许他是对的，他们应该分手。

谁曾料到，1998年的圣诞节早晨，尼尔突然出现在她家门口——单膝跪在门口绿色的室内外两用地毯上，手里举着他姨婆的结婚戒指。

他请求乔吉嫁给他。

"我爱你，"他说，"我爱你胜过我痛恨别的一切。"

乔吉给逗乐了，因为也只有尼尔会觉得那样说才够得上浪漫。

然后她就答应了。

乔吉把手机连接到笔记本上充电，并特意把铃音调到了最大。

"你在搞什么名堂？"塞斯问，"创作部不能带手机，你忘了吗？那可是你定的规矩。"

"可我们还没正式搬到这儿办公呢。"乔吉说。

"你现在可不是非正式地在这儿工作。"他杀了一个回马枪。

"很抱歉。我心烦意乱。"

"说的是。我也一样。四集剧本,你没忘吧?"

她揉了揉眼睛。昨晚,那只是一场梦,虽然感觉跟真的一样——可梦本身就是那个样子。一段插曲而已。

人人都会做梦。正常人。几段插曲。之后,他们给眼睛敷上凉毛巾清醒一下,然后就盘算着去海边度假了。

她脑子里一直想着尼尔,还有尼尔的爸爸——她的大脑会就此继续运转。乔吉的脑瓜擅长的就是那个。接连不断地编故事。

"这可能是我们的职业生涯中最重要的一个星期,"塞斯念叨着,"你却事不关己,高高挂起。"

"我可没有置身事外。"司格提说。

"我又没说你,"塞斯对他说,"我从来都懒得搭理你。"

司格提把双臂交叉在胸前。"你给我听着,旁人不在跟前的时候,我可不想成为你那些混蛋笑话里的笑柄。我不是这儿的克里夫·克莱文①。"

"我的天哪,"——塞斯用手指着他——"你简直就跟克里夫·克莱文一个德行。从现在开始,我还就那么看你。你看过《亲情纽带》没有?你也跟我们的斯基皮②差不离儿。"

"我演《亲情纽带》未免太嫩了吧。"司格提说。

"你演《干杯酒吧》倒真是太嫩。"

"我在网飞③上看过。"

"你甚至长得都像斯基皮——乔吉,司格提是我们的斯基皮呢,还是我们的克里夫?"

乔吉从来没有过那种经历。

虽然她觉得自己此刻可能又出现了那种情

---

① 克里夫·克莱文(Cliff Clavin),美剧《干杯酒吧》中的角色,是个邮递员,总是一副万事通的样子。

② 斯基皮(Skippy),即欧文·斯基皮·汉德尔曼(Irwin "Skippy" Handelman),美剧《亲情纽带》中的配角之一。

③ 网飞(Netflix),美国一家娱乐公司,业务涵盖在线影片租赁、流媒体文件供应、影视制作等。

况。她把眼镜推到头发上,然后用手掐着自己的鼻梁。

"乔吉。"塞斯用铅笔带橡皮的那一头戳了戳她的胳膊,"你听见了没有?司格提——斯基皮还是克里夫?"

她把眼镜又重新戴好。"他是我们的雷达·奥瑞利①。"

"噢,乔吉。"司格提咧嘴笑了起来,"快别说了,你都要把我感动得哭了。"

"你演《陆军野战医院》还太嫩。"塞斯不高兴地说。

司格提耸耸肩膀。"你也一样。"

他们继续忙节目。

他们一起忙活的时候,时间就比较容易打发。一起忙活的时候,乔吉就权当一切的烦心事都不存在。

什么烦心事都没有。就在几个小时前,她才跟爱丽丝和诺米说过话——她们挺好的。尼尔不过是出门去买过圣诞节的物品去了。

所以他才不急着跟她通话——以前他就那样。他们有什么要紧话非说不可呢?(差不多)从两个人认识那天起,他们天天都在说话。他们并不是很长时间都没说过话了,因此需要互报近况。

乔吉在忙她的节目。他们自己的节目。她跟塞斯状态都不错,写了足有一个小时的人物对话,两个人切磋人物对话就像打乒乓球似的不依不饶、势均力敌。(他们通常就是以这种方式完成剧本的写作。所谓竞争性的合作。)

塞斯首先眨了一下眼睛,乔吉马上就抛出一个"你老妈"之类的极其无厘头的笑话,他把身子往椅背上一靠,咯咯地笑了起来。

"我真不敢相信你们已经这么合作了二十年了。"司格提为他们鼓起了掌,然后诚恳地说。

"没你说的那么久。"乔吉说。

塞斯抬起了头。"十八年了。"

---

① 雷达·奥瑞利(Radar O'Reilly),美剧《陆军野战医院》中的角色,本名为尤金·奥瑞利,雷达是他的昵称,因为他具有听力超群、预知力等超感官知觉。

她望着他。"不会吧?"

"你是 1995 年高中毕业的,对吧?"

"对。"

"今年是 2013 年。是十八年没错。"

"天哪。"

天哪。真的过了那么久吗?

千真万确。

从乔吉在《勺子》编辑部跟塞斯巧遇,已经过去十八年了。

自她第一次注意到尼尔,已经十六年了。

自她嫁给他,已经十四年了,婚礼就在他父母后院的一排丁香树旁边举行。

乔吉没有想到有一天谈到生活的时候,她竟会使用十年二十年这样的时间长度。

这并不是说,她觉得自己很快就要死了——她只是从来都没法儿想象有一天会有如此的感受。时间竟过去了那么久。二十年来坚守一个梦想。十六年来始终跟一个男人过活。

很快,他们在一起的时间就会超过他们认识之前不在一起的时间。对于自己,她更多的只有一种身份认同,那就是他的妻子。

这实在让人受不了。不是要拥有的东西实在太多了,而是有太多的东西需要重新审视。承诺就像一堆鹅卵石,压得人喘不过气来。

从他们结婚到现在,已经十四年了。

从尼尔试图跟她分手到现在,已经十五年了。从他又重新回到她身边,也已经十五年了。

从她第一次看见他,已经十六年了,那时他身上的某种东西像磁铁一样牢牢地吸引住了她。

塞斯扬起一只眉毛,还一个劲儿地看着乔吉。

如果她试着把过去三十六个小时里发生的事情告诉他,他会说些什么?

"天哪,乔吉。下周你就等着疯狂吧。下周发生什么都可以。睡大觉。过圣诞节。精神失常。这周我们得铸就我们的梦想,让它成为现实。"

"我去煮点咖啡。"乔吉说。

第九章

他们三个边吃晚餐边讨论工作。他们的步伐也开始越来越快,进展也越来越大……

紧接着,他们都发现了一个问题,那就是他们之所以进度飞快,是因为他们的剧本不知不觉竟复制着《杰夫窘事》的模式。

"我的天,完了,完了,完了,"塞斯说,"我们搞砸了。这下我们彻底搞砸了。"

"这糟糟糟糟糟糟透了。"司格提说。

塞斯开始用两只前臂擦起了白板——要是他后来看见格子衬衣变成了什么样子,一定会后悔的。

他们决定看几集《笑警巴麦》来换换脑子。塞斯在办公室的 VHS 录像带上保存着《笑警巴麦》的全集。办公室还有一台录像机,跟一台老旧的电视被塞在角落里。

"我们干脆在网上看吧。"司格提说着,爬到了那张宜家买来的吊床上。

塞斯跪在录像机面前,然后把一盒录像带放了进去。"那不一样。你的蛊惑没用。"

乔吉的手机还在电脑上充着电,于是她拿起笔记本电脑走到门口,然后给尼尔打了个电话。(那边没有接听。)

电视剧《笑警巴麦》的贝斯旋律刚一出来,塞斯就松了口气。他朝乔吉灿烂地一笑,露出洁白的牙齿。"我们会摆平的。"他说。

她也朝他笑了一下——她可是情不自禁那样做了——并挨着他在地板

上坐下。

乔吉大学的前两年就是那样度过的。只要不在《勺子》编辑部跟塞斯一起工作,她肯定就在他的大学兄弟会公寓里观看《笑警巴麦》《疯狂的士》和《陆军野战医院》。他的房间里上上下下摆满了 VHS 录像带。

"你在兄弟会做什么?"她问道,"喜剧作家是不加入兄弟会的。"

"不要把我归类,乔吉。我可是无穷的。"

"没错,但为什么呀?"

"原因很简单。多认识些朋友,结交些海军军官——还有,说不定我哪天还要竞选总统呢。"

他们在塞斯的房间里写完了《寻开心》的第一稿。第二稿是在《勺子》办公室完成的,打字是乔吉一个人的差事。

她怎么会在上大三的时候才遇见了尼尔?他跟她一样,大一的时候就在《勺子》工作。乔吉肯定见过他很多次,但就是没注意。是不是她被塞斯给牢牢地锁定了?塞斯是个控制狂——咄咄逼人,吆五喝六,总是要求乔吉时刻围绕着他转……

可乔吉注意到了尼尔,她常会在办公室看见他。当他经过她的桌子走进制作部时,她尽量不让自己盯着他看。有的时候,如果她运气好的话,尼尔还会朝她这边看一眼,点下头。

"我实在不明白你哪儿被电着了。"这样的情况持续了一个月后,塞斯说。

"什么电着了?"

他俩就坐在合用的办公桌上,塞斯吃着乔吉的贵妃鸡。他用一支筷子在上面来回戳着。"说的就是你。被那个胖胖的小漫画人给电着了。"

说实在的,乔吉也有些纳闷儿——怎么尼尔突然就成了她的雷达上唯一的信号。"我们只是朋友。"她说。

"真的吗?"塞斯说。

"关系比较好的熟人。"

"是吗？但问题就在这里，乔吉——他可不太友好。如果谁靠得太近，他真的就朝人家吼起来了。"

"他可不朝我吼。"她说。

"嗯，他不会的。"

"为什么不会呢？"

"因为你是个漂亮姑娘。你可能是跟他说过话的女孩里最漂亮的一个。他给惊呆了，怎么会吼起来呢？"

乔吉尽量不朝尼尔的方向看。即便看见他了，她也尽量装作若无其事的样子。但只要他一来，乔吉很快就会找个借口又去一趟制作部。有的时候，她装作有事要跟别的画家谈的样子。而有的时候，她径直走到尼尔的画图桌旁，靠墙站着，等他的目光注意到自己。

塞斯是个傻瓜：尼尔根本就不胖。他只是让人感觉比较柔和。他个头不高，但很结实，身体比较圆润。

"你在鬼鬼祟祟。"那天晚上尼尔对她说。就是吃贵妃鸡那天晚上。

乔吉绕了一大圈才走进制作部，懒懒地靠在他桌旁的一根柱子上。"我可没有鬼鬼祟祟，"她说，"我只是不想吓着你。"

"你觉得自己很可怕吗？"

这个星期的连载漫画比以往要复杂些。一幅画面上出现了很多人物。尼尔从一个角落开始画。

她伸长脖子往下看。"我可不愿意看见你给吓得跳了起来，结果把墨水泼到了画纸上。"

他摇了摇头。"我不会的。"

"你有可能会。"她说。

"我从来都不跳。"

"钢铁般的意志，是吗？"

尼尔耸耸肩膀。

"这么说,"她说,"就算我悄悄走到你身后,然后,我说不好啊,或许尖叫一声吧,你也会一动不动。"

"也许不会。"

乔吉拉过一把转椅,跟他面对面坐着。"不过,我或许是个杀人犯呢。"

"不可能。"

"有可能。"

"乔吉·莫库,一个杀人犯……"他抬起头,就好像在思量,"不,你不可能。"

"不过,你可不知道偷偷溜到你背后的人是我。"他说。

"我就知道是你。"

"怎么知道的?"

他抬起头看了她一眼,然后又继续工作。"你的身影很特别。"

"特别?"

"很显然。"尼尔说。

乔吉努力不让自己笑出来。"你那是在夸我吗?"

"我说不上,你想让我夸你吗?"

"我来这儿想让大家都知道吗?"

"你想让我知道吗?"

"我……"

尼尔朝她身后望了望,然后重新低下头。"你男朋友在等你呢。"

乔吉把半个身子转了过去。塞斯就站在门口,脸上带着佯装的轻快笑容。"嗨,乔吉。能不能过来看个东西?"

她斜瞅了他一眼,思忖着他到底是真的有事,还是故意过来捣乱的。"嗯,行,"她说,"马上就来。"

他在门口等着。

"就。一会儿。"她又说了一遍,朝他使劲儿皱了皱眉头。

塞斯噘着嘴,点点头,走开了。

乔吉站了起来。"他不是我男朋友。"

"啊,"尼尔说,他在给一只卡通兔子画笑脸。"连体婴儿?"

"写作搭档。"她很不情愿地向门口走去。

"写作搭档。"尼尔小声说着,继续忙他的事情。

塞斯其实并不需要她帮忙——当然不需要。(他把她晚餐里所有的好东西都给吃掉了。)

"我就知道你在喊狼来了,"她说,把饭盒往他那边一推,"下次,我就不理你了。"

"我没喊狼来了。"他迅速地把椅子移到她身边,"我喊的是霍比特人来了。"

"如果你跟女朋友聊得热火的时候我那样对你,你会怎么想?"

"哦,天哪,乔吉,千万别那样说。你不会跟那个漫画霍比特人打得火热吧?"

"我可从不评价你任何一任女朋友。"

"因为她们都漂亮迷人。齐刷刷都是。天哪,她们真应该穿上制服,这个想法有创意吧?"

"关键是——我必须这样做,塞斯。我得跟男人打交道。你想让我这辈子一个人过吗?"

"没有。别说傻话了。"

"那就闪开。"

他俯身向前,胳膊肘撑在她的座椅扶手上。"你觉得寂寞吗,乔吉?你有需要吗?"

"我叫你闪开。"

"因为你可以告诉我你所有的需要,"他说,"我觉得就凭我俩的交情,这没的说。"

"我恨你。"

"'恨'就是'爱',没有'恨'就没有'爱'。"

"我现在不想搭理你。"

"等等,这个我真的需要你帮下忙。"他把电脑显示器转向她,然后指着一个地方,"这个有意思吧?它长得既像史努比,又像史努比·狗狗,每次查理·布朗给它喂东西的时候,它就会说:'谢谢,史查克……'"①

又有一次,她跟尼尔正说话的时候,塞斯又来捣乱,乔吉真的没搭理他。她用一句"我相信那件事可以等等再说"就把他给打发了。

尼尔听到这话,一直埋着的头高高抬了起来。他扬起一道眉毛,嘴角翘了起来,显出一个不露齿的微笑。

尼尔的嘴唇很好看。

或许,每个人的嘴唇都很好看,可你如果不时刻观察,就不容易发现。

乔吉的眼睛一刻不停地盯着尼尔的嘴唇看。

盯着尼尔看其实并不是什么难事,因为他总是在埋头工作,根本就不用担心被他发现。盯着尼尔看一点都不费劲,还因为他比较耐看。

或许不会让人透不过气来。塞斯就另当别论了,当他精心打扮一番,摆几个造型,再用手撩一下头发,凭谁也无法抵挡那种魅力。

尼尔不会让乔吉透不过气来。或许正相反。不过,这没什么——事实上,这兴许还是好事呢,身边这个人让你的肺充满空气,自在呼吸。

乔吉就是喜欢盯着尼尔看。她喜欢他头发黑,却又不十分黑。她喜欢他白白的皮肤。尼尔实在太白了,连他的脸颊和那宽宽短短的手背都是白的。乔吉实在想不通,一个人天天在校园里跑来跑去,皮肤怎么会保持得这么白。或许,尼尔总是打着太阳伞。不管怎么说,相比之下,他的嘴

① 史努比(Snobby),美国漫画家查尔斯·舒尔茨漫画《花生》中的狗狗,主人便是查理·布朗;史努比·狗狗(Snoop Dogg),美国的说唱巨星小卡尔文·布罗德斯(Calvin Broadus Jr.),小时候因长相酷似史努比,而得史努比·狗狗之名;史查克(Chizzuck),查理·布朗的熟人们管他叫查克(Chuck),此处的史查克为戏仿。

唇就显得粉嫩嫩的。

尼尔的嘴唇绝对是一流的——又小又精致又对称。在垂直方向上极为对称,上嘴唇跟下嘴唇的厚度毫厘不差。甚至连凹处都保持对称,一个在上嘴唇上面一点,另一个在下嘴唇下面一点。一个永恒的二十度的噘嘴。

乔吉当然很想亲他一下。

只要好好看上一眼,或许人人都忍不住想亲他一下。这保不准就是他为什么很讨厌跟人用眼神交流——为了摆脱众人骚扰。

此刻,尼尔在漫画的空白处正画着什么。一个女孩。戴着眼镜,心形脸……一头恣意卷曲的头发。接着,他画了一个心理对话框:"我可不能天天都耗在这儿。喜剧离不开我!"

乔吉生怕自己的脸都红了。"我是不是打搅你的工作了?"

尼尔摇了摇头。"你耗在这儿觉得带劲儿吗?"

"不是带劲儿,是……入神儿。就好像在看一个人表演魔术。"

"我正在画一只刺猬戴着单片眼镜。"

"似乎你心里无论想要什么,你的手都能画出来,"她说,"这就是魔术。"

"也许吧,如果我的手里真能跑出一只刺猬来。"

"对不起。"她从椅子上站了起来,"我不打扰你了。"

"你在这儿打扰不到我。"他低着头说。

"不过……"

"你哪怕在我身边说话都不会影响到我。"

乔吉犹豫了一下,重新坐到椅子上,"那就好。"

尼尔给她的漫画又添了一个心理对话框:"现在我该说点什么呢?!?!"

接着,他在那一页纸的最下面画了一个心理对话框,指向自己:"你想说什么都行,乔吉·莫库。"

紧接着,他又画了一个小一些的心理对话框:"如果那是你的真实姓名的话……"

乔吉知道自己的脸已经红了。她看着他的手落在漫画上,然后清了清嗓子,"你不是本地人吧?"

尼尔嘴角上扬,露出一个微笑,一个真正的微笑。"内布拉斯加。"他说。

"是不是跟堪萨斯差不多?"

"我觉得可能在很多方面跟堪萨斯更像吧。你对堪萨斯了解多吗?"

"我看过《绿野仙踪》,记不清看了多少遍了。"

"不错啊,"他说,"内布拉斯加就跟堪萨斯一样。不过是色彩上。"

"你在这儿干什么?"

"让你着迷呀。"

"你大老远跑到加利福尼亚是为了使我着迷?"

"本来嘛,"他说,"那可比真正的原因有趣多了。"

"那是……"

"我来加利福尼亚是为了学习海洋学。"

"听上去很有说服力嘛。"她说。

"嗯,"——他用笔在刺猬脸的周围很快地画了短短几笔——"后来发现,其实我并不喜欢海洋。"

乔吉笑了起来。尼尔的眼睛也透着笑意。"我来这儿之前,从没见过大海,"他说着,很快地瞥了她一眼,"我原以为大海非常壮观。"

"大海不壮观吗?"

"不就是湿漉漉的,"他说,"还在户外。"

乔吉接着笑。尼尔接着画。

"晒伤……"他说,"晕船……"

"那你现在学什么呢?"

"我学海洋学是铁板钉钉改不了的事,"他边说边朝自己的画点头,"我拿了海洋学的奖学金,所以一直都在学这个。"

"那太可惜了。你如果不喜欢就不该学嘛。"

"学着喜欢呗。"他露出一个隐隐的微笑,"反正别的我也都不喜欢。"

乔吉笑了。

尼尔在纸的底端又添了一个心理对话框:"别的几乎也都不喜欢。"

"你现在还不能走。"塞斯站在门口,双臂交叉在胸前。

"塞斯,现在都七点了。"在奥马哈是九点。或者是 1998 年的奥马哈。

"没错,"他说,"可你一点才来的,你一整天几乎一点用都没有。"

"第一,你在胡说;"乔吉争辩道,"第二,如果我一点用都没有,我倒不如回家去。"

"别走,"他恳求道,"留下来。或许你马上就会出成果了。"

"我累死了,"她说,"或许还有些醉。你知道吗?过去的三个小时里,你也是毫无收获——你想找个什么借口?"

"你没有进展的时候,我才没有进展,乔吉。"——塞斯无助地甩了一下手臂——"这是条铁律。"

她把手机从电脑上拔了下来。"或许,明天我们的状态都会好一些。"

"你跟我说说吧,"他说,他的声音有些低沉,没有了往日的装模作样,"你今天到底怎么回事,这个星期是怎么啦?"

乔吉抬起头看着他。看他那双棕色的眼睛和没有一根白头发的脑袋。从来都那么光鲜。

他是她最好的朋友。

"不行,"她说,"我不能跟你说。"

第十章

那天晚上回家的路上,乔吉把手机往车子的点烟器上一插,便开始拨尼尔的手机号码——转念一想又停住了手。

整整一天了,她的电话尼尔一个都没接。

她跟尼尔最近一次谈话……那还是好几天前的事情。

那次的谈话令乔吉不知所措。

那次的谈话她依然无法消受。

乔吉一想到她家那座房子——又大又黑,空空荡荡——就觉得阴森森的……

于是她决定不回家了,便在芮塞达下了高速路。

她没有她妈妈房子的钥匙,于是只好敲前门了。

开门的是海瑟,看得出她的化妆水平比以往有了很大提高。她涂着唇彩,画了三道眼影。

"哦,"她说,"是你啊。"她抓起乔吉的一只胳膊就往里拉,"快进来——快点——还有,千万不要靠近窗户。"

"怎么啦?咱家被贼盯上啦?"

"你先进来再说。"

乔吉进到房子里面。她的父母——她妈妈和肯德瑞克——正坐在沙发上看电视,那只怀了崽儿的身子笨笨的哈巴狗就躺在他们之间,被四只手摩挲爱抚着。"乔吉!"她妈妈说,"我们可没想到你晚上会过来。"

"我懒得开那么远回卡拉巴萨斯。这儿离我的工作室近多了。"

"那还用说。"她妈妈露出关切的神色。乔吉不知道她的关心究竟是冲着自己,还是冲着那只狗。"心情好些了吗?"

"嗯,我——"门铃这时响了起来。乔吉转身要去开门。

"别开!"她妈妈大喊一声。狗也叫了起来。海瑟把乔吉推到一边,火急火燎地打手势叫她退回去。

"送比萨饼的男孩子来了。"她妈妈悄悄地说。

"这算什么解释。"乔吉低声回答。

海瑟从窗户向外偷看了一眼,把身上那件保暖T恤衫整了整,然后打开门,走到门廊上,再从身后把门合上了。

"她迷上人家了,"她妈妈挠着哈巴狗鼓起的肚子说。"你记得那种感觉的,"她用哆哆的声音对狗说道,"是不是呀?小妈妈,是不是呀?"

"我想它根本不会记得,"乔吉说,"是你让它在塔萨那跟一只它从来都没有见过面的狗进行交配。"

"嘘,"她妈妈捂住狗的眼睛说,"那可是因为它的丈夫射不出子弹来。"

"呃——"乔吉故意浑身哆嗦了一下。

"看样子你的心情好多了呀,"她妈妈还是操着哆哆的语调说,笑眯眯地对着那只狗。

"好多了。"乔吉说。相比之下,确实是好多了。她既没有喝醉,也没有余醉。在过去的差不多二十四个小时里,她可没再跟任何已经过世的人说过话,这已经算是不错了。

"嗯,那就好,"她妈妈说,"你要是饿了,冰箱里有剩下的瑞士牛排。"

"还有比萨饼呢。"海瑟说着,朝客厅走了过来,瞧她一脸的容光焕发。刚才关上前门后,她把比萨饼端在胸前,背靠着门站了一会儿。

乔吉低头看看装比萨饼的盒子。"噢,这可不行。你的比萨饼一看就是为你专门定制的。我可不敢吃。反正我也吃过工作餐了——我想我还是直接睡觉得了。"

她穿过客厅朝过道走去。"其实我想问……"她又转向妈妈,"我用下你的手机行吗?"

"还用问吗,在我手提包里。"她妈妈把狗往肯德瑞克的大腿上一推,然后从沙发上站了起来。"我把你的牛仔裤洗了,"她边说边在手提包里翻手机,"还别说,你穿牛仔裤真的很好看。你就应该多穿居家服。"她把手机递给乔吉,那是一只用宝石装饰起来的安卓系统之类的手机,屏保用的是一张哈巴狗的照片。

乔吉拨了尼尔的手机号码,听到转入语音留言的提示音后就挂断了电话。接着她又拨了尼尔妈妈的电话,她屏住呼吸等待着。占线。

"谢谢。"她把手机还给妈妈的时候说。"肯德瑞克,能不能用下你的手机?"乔吉觉得自己好像在测试什么似的,却说不上到底是什么。

肯德瑞克的手机是黑色的,没什么特别,上面还沾着已经干硬的墙泥。又是语音留言。又拨了座机还是占线。"谢谢。"乔吉说着把手机还给了他。

她妈妈低头看着手机,可能是在查看乔吉给谁打了电话。"对了,亲爱的,你说尼尔会不会对来电进行了屏蔽?"

"那我可不知道,"乔吉老老实实地说,"谢谢。谢谢你让我待在你这儿。"

她妈妈伸出一只胳膊搂住乔吉的肩膀,在她的耳畔亲了一下。乔吉在妈妈身上靠了一会儿,然后朝自己的房间走去。

这种感觉很像在学校度过了极其糟糕的一天之后回到家里。她妈妈把她的牛仔裤和尼尔那件T恤衫都叠好了放在枕头上,就好像早料到乔吉会回来似的。(就好像尼尔已经离开了乔吉,还把她赶出了家门。)乔吉的旧床上甚至铺上了新床单。

她想着要洗个澡,却又爬上床,把电话拽到腿上。她已经找不到再给尼尔打电话的理由了。因为她刚刚打过,他没有接听。

会不会他有意不接她的电话?

看样子确实如此。如果乔吉打尼尔的电话不是尼尔本人接的,那他一定不在手机跟前……一般情况下是这样。保不齐他妈妈就在替他打掩护。或许她知道一些乔吉并不知道的事情。

玛格丽特可不想让这种事发生。她喜欢乔吉，也绝不想让这种事降临到孩子们头上。(这种事，乔吉心想，她不想寻找更好的字眼来粉饰这可悲的局面。)

玛格丽特既不希望也不想要那样的事情发生……

可尼尔毕竟是玛格丽特的儿子。况且她也知道尼尔过得不顺心。

那是一个不争的事实。

那并非乔吉在夸大其词、大惊小怪或者妄想臆断。那是乔吉态度诚恳的表现。

尼尔日子过得不痛快。尼尔已经有相当长一段时间都过得不痛快了。

他口头上并没有抱怨。他没有说："我过得很郁闷。"（上帝啊——如果他肯说出来，那也不至于让人如此忧心了。）他就是把不快乐写在脸上，呼吸在血液里，并横在两个人之间。只有在睡梦中，他才会把它卷起来丢在一旁。

尼尔不快乐，乔吉就是原因。

但并不是她曾经说过什么或者做过什么。而就是因为乔吉这个人本身。

乔吉是尼尔的精神支柱。(可惜不是什么好的精神支柱。她没法给你安全感，使你觉得脚踏实地，踏实得就像胸前的刺青。) 乔吉活脱就是……一个死沉的大包袱。

行了。这会儿她倒是有点故弄玄虚了。

这也是为什么她从来不让自己去想这件事。因为她的大脑会无休止地向下俯冲，永远不会触底。她不让自己去想这件事。可这件事却在她的意识里清楚地存在着。他们周围的人都知道这件事——玛格丽特肯定知道：尼尔不快乐，他很讨厌加利福尼亚，在那儿他不是觉得茫然失措，就是觉得阻力重重，他被困住了。

大家都看得出，乔吉对尼尔的需要远远超过了尼尔对她的需要。而孩子们对尼尔的需要也远远超过了她们对乔吉的需要。

尼尔当然会拿到监护权。尼尔已经拿到了监护权。尼尔跟爱丽丝和诺米——他们是一个封闭的系统，一个独立自足的有机体。

尼尔送她们上学，尼尔带她们去公园，尼尔给她们洗澡。

乔吉吃晚餐的时候才回家。

几乎天天如此。

有次乔吉开车送爱丽丝去上游泳课，爱丽丝一路上就担心她会找不着路。"如果你不知道往哪里开，我们可以给爸爸打个电话。"

一到星期六上午，尼尔一般都会出去办点日常琐事，等他回到家之后，孩子们才嚷嚷着要吃早点。要是她们摔倒了磕破了，她们会哭喊："爸爸！"

乔吉就是多余的。她就是第四个轮子。（对只需三个轮子的交通工具来说是多余的，比如三轮车的第四个轮子。）

如果没有他们，乔吉什么也不是。什么也不是。但如果没有她呢？他们还会是原来的样子。还有尼尔……或许尼尔会过得更好。

她又觉得受不了了。

她拿起黄色的听筒，却用一根手指按住挂断那个按钮，她还不想听到拨电话的提示音。现在根本没有理由给尼尔打电话——她刚刚打过。

明天上班的路上，乔吉应该回家取个可以插在墙上的充电器。

要不就得叫人把你的电池修好，她的大脑又冲她喊上了，要不就回家去，家里到处都是可以插在墙上的充电器！

只要尼尔不在家，我就不会再回那个家，乔吉大声回应了一句，第一次发现自己真的喊出了声。

她把电话的挂断键松开，听着拨电话的提示音。

不会再发生那种事了，她对自己说。毕竟一天都过去了，那种离奇的事情再也没有发生过。尼尔纵然在躲她，那也不是什么离奇的事；也就是让人觉得伤心罢了。

不会再发生那种事了。乔吉的大脑十分清醒。她觉得自己被现实捆绑得结结实实。她感到了疼痛。她拿听筒敲了敲自己的脑门儿,以证明自己能感觉到疼痛。然后,她用食指在塑料键盘上划了一下,就开始拨尼尔妈妈的座机。因为……

她想打固定电话。

因为到目前为止,她用座机打座机已经打通过两次,至于那次发生的离奇事情,她才懒得在乎呢。

1,她拨着,4、0、2……

这种旋转式拨法就像是冥想。它逼着你放慢速度,集中精力。如果你拨下一个数字时过于心急,你就得把所有的数字从头再拨一次。

4、5、3……

不会再发生那种事了。那种古怪离奇。那种神智癫狂。说不定尼尔根本就不会接呢。

4、3、3、1……

第十一章

"喂?"

当听到尼尔的声音,乔吉松了一口气,她非常想问他现任总统是谁,不过最终遏制了那种冲动。"嗨。"她说。

"乔吉。"他的语气听上去很轻松。(听着就像尼尔,就像天堂。)"你打过电话了。"

"嗯。"

"很抱歉,昨晚我简直就是一个混球。"他语速很快。

昨晚。她感到一阵恐惧。昨晚,昨晚,昨晚。尼尔不应该记得昨晚,因为在乔吉清醒的意识里,昨晚他们并未通过电话。

"乔吉?你在听吗?"

"我在听。"

"你听我说,我为昨晚的举止向你道歉。"他的声音非常坚定,"今天一整天我都在想这件事情。"

"我也很抱歉。"乔吉哽咽地说。

"就是你吓了我一跳,"他说,"哎——你是不是又哭了?"

"我……"她在哭吗?还是呼吸短促?也许都有吧。

尼尔的声音低沉下来。"哎,别哭了,宝贝,对不起。别哭了。"

"我没哭,"乔吉说,"我是说,我不会哭的。对不起,我就是……"

"让我们重新开始,好吗?"

乔吉不由得破涕为笑。"重新开始?我们可以吗?"

"这次谈话,"他说,"让我们重新开始这次谈话。昨晚的也算上。让我们回到昨晚,好吗?"

"我觉得我们必须得回到很久以前。"乔吉说。

"不。"

"为什么不呢?"

尼尔喃喃地说:"我不想回到昨天之前,我不想错过从前的一切。"

"那好吧。"她说着,擦了擦眼睛。

这太疯狂了。既诡异又疯狂。这不是真的。可眼下却还在发生。如果乔吉挂断电话,这一切会停止吗?

还是她就应该继续保持电话里的疯狂,以便能够查清电话的来龙去脉?

"那好吧。"她又说了一次。

"好,"尼尔说,"这么说……你打电话过来是为了看看我是否顺利到达。很顺利。路程可不短,我只有三张 CD,所以我在半夜的时候就收听广播节目——节目的名字叫《绵延的海岸线》——我想我现在相信外星人的存在了。"

乔吉决定把这出戏演下去。她之所以产生这种幻觉一定是有原因的。如果她继续演下去,兴许还会搞清楚幻觉背后的缘由,而幻觉最终也会自然消失的。(那不会只对鬼魂有效吧?)

"你一直都相信有外星人。"她说。

"才不是呢,"尼尔说,"我是个怀疑论者——过去也是。可现在我相信外星人了。"

"你看见过外星人吗?"

"没有。不过我在科罗拉多见过双层彩虹。"

她笑了。"约翰·丹佛[①]都流泪了。"

"实在太不可思议了。"

---

① 约翰·丹佛(John Denver),美国乡村音乐歌手,成名作包括《乡村之路带我回家》(Take Me Home, Country Roads)、《阳光照在我肩上》(Sunshine on My Shoulders)等。

"你是一直开车,中途没有暂停吗?"

"没错,"他说,"我开了足足二十七个小时呢。"

"那也够傻的。"

"我知道。不过我需要思考的事情很多——我觉得思考可以让我保持清醒。"

"很高兴你安全到家了。"

就一场幻觉而言,这场谈话进行得相当富于理性。(这个不难理解;乔吉最擅长的就是创作对话。)

她猜得没错:很明显她就是在跟尼尔说话——要么就是想象着自己在跟他说话——就在上大学期间那场圣诞节前的大吵之后。

不过事实上,那次争吵之后,他们并没有说过话。

尼尔离开乔吉到奥马哈之后并没有给她打电话,因此乔吉也没有给他打电话。他只是在那个周末,也就是在圣诞节的早晨突然现身,手里拿着一枚订婚戒指……

"你听上去似乎还很难过。"尼尔说。并非尼尔在说话。是那个幻想中的、听觉上虚构的尼尔在说话。

"我过了很奇怪的一天,"乔吉回答,"还有——我以为你几天前可能已经跟我分手了呢。"

"没有。"他急忙说。

她摇了摇头。脑袋还是晕乎乎的。"没有?你确定吗?"

"不确定。我是说……我那会儿很生气,就说了些浑话——当时怎么想就怎么说的——可我并没有跟你提出分手。"

"这么说我们没有分手?"她说到"分手"两个字的时候,声音有些沙哑。

"没有。"尼尔坚持说。

"可我一直都以为你跟我分手了。"

"一直?"

"一直……就从那次吵架之后。"

"我不想跟你分手,乔吉。"

"可你说过你不想再那样过下去了。"

"我知道。"他说。

"那可是你的心里话。"她说。

"没错。"

"可我们没有分手?"

尼尔嘟囔了一声,不过她听得出那不是针对她的。通常尼尔嘟囔的时候,都是冲着他自个儿的。"我是再也受不了了,"他说,"可我希望这一切会有所改变,因为……我觉得没有你我也活不下去。"

"你当然能活下去。"乔吉并没有开玩笑。

尼尔居然笑了。(其实呢,他并没有真的笑出来——尼尔很少会笑出来。不过对他来说,从嘴里发出的一声扑哧已经算是笑声了。)"你真觉得没有你我能活下去?因为到目前为止,我都没有那个运气。"

"那不是真的。"乔吉说。她那样说倒也无妨;这场谈话本来就不是真的,也不会给她造成任何损失。事实上,那或许就是她此刻应该做的事情——把她对现实中那个尼尔永远无法说出口的话统统说出来。不必再压抑自己,一吐为快。"我们认识之前的那二十年,你的运气就不错嘛。"

"那个不算。"他说,好像也在逢场作戏。(不,我才是那个逢场作戏的人,乔吉心想,你,先生,只是一个幻影。)"我不知道在我认识你之前,我都错过了什么。"

"失意,"她说,"烦心,胡扯的行业聚会。"

"还不止那些吧。"

"经常熬夜,"她继续说,"不吃晚餐。还有我想给人留下深刻印象时所用的语调……"尼尔讨厌那种语调。

"乔吉。"

"……还有塞斯。"

尼尔又"哼"了一声。这次他可不是在笑。"你为什么非要拒我于千里之外呢?"

"因为,"她鼓足劲儿说,"因为你走之前说的那番话。说什么这样下去是不行的,说什么你过得不舒坦,还有就是你不想再那样生活下去了。我反反复复地琢磨着你说的话——我时时刻刻都在琢磨——我实在想不出如何为自己辩解。你说的一点儿没错,尼尔。我不会改变的。我在你痛恨的世界里难以自拔,再下去我就会成为你的拖累。趁现在还不晚,你或许应该退出。"

"你觉得我应该跟你一刀两断吗?"他说,"那就是你想要的?"

"那是两回事情。"

"你觉得没有你我会生活得更好?"

"也许吧。"说出来,她对自己说,快说出来。"我是说——没错。想想那次聚会后你说的那番话。那就是证明。"

"打那以后发生了很多事情。"

"你看见了一道双层彩虹,"她说,"还有就是你现在相信外星人的存在了。"

"不是。你打了三个电话跟我说你爱我。"

乔吉吃了一惊,屏住呼吸。她给尼尔打了很多个电话,而不是三个。

听声音,他好像把电话朝嘴边靠得更近了:"你爱我吗,乔吉?"

"比什么都爱。"她说。她说的的确是事实,让之前的那些浑话见鬼去吧。"比什么都爱。"

尼尔哼了一声,或许是感到了释然。

"不过,"她继续试探,"你说过那或许是不够的。"

"或许是不够。"

"那……"

"那我也不知道,"尼尔说,"不过我不会跟你分手的。我现在做不到。你要和我分手吗?"

"不要。"

"让我们重新开始吧。"他温柔地说。

"从什么时候开始?"

"就从这次谈话开始。"

乔吉深吸了一口气。"你一路上还顺利吧?"

"顺利,"他说,"我开了二十七个小时就到了。"

"傻子。"

"我还看见了一道双层彩虹。"

"太神奇了。"

"等我到家一看,我妈给我做了所有我爱吃的圣诞饼干。"

"你真是有福啊。"

"真希望你也在这儿,乔吉——为了你,天都下雪了。"

这一切并没有发生。这只是一场幻觉。或者是精神分裂的症状。或者……是一场梦。

乔吉把身子倒向床头靠着,然后把那团紧紧缠绕在一起的电话线拉到嘴边,用牙齿咬着橡胶线。

她闭上眼睛,接着往下演。

第十二章

"我真不敢相信你一鼓作气把车开回了家。"

"我觉得还行。"

"你总共开了二十七个小时。我想那是违法的吧。"

"那是针对卡车司机的。"

"那也是有原因的。"

"我觉得还行。我经过犹他州的时候有点瞌睡,就把车子停下,在周围走了走。"

"你差一点儿就没命了。就在那儿。就在犹他州。"

"听你说话的口气,就好像那比正常死亡还要可怕。"

"答应我以后再也不那样做了。"

"我答应你绝对不会差一点儿死在犹他州。打今儿起,跟摩门教徒打交道的时候,我会加倍小心。"

"跟我说说外星人吧。"

"跟我说说路上的见闻吧。"

"跟我说说你父母吧。"

"跟我说说奥马哈吧。"

乔吉就想听听他的声音,她不想让它陷入沉寂。她不想让尼尔停止说话。

有那么几次,她对正在发生的一切,对她所闯入的世界——无论真实与否——开始有所知觉。那就是尼尔,1998年的尼尔。知觉掀起的狂澜——奇异而荒谬——像迷雾一样把乔吉的脑袋搅得无法安宁,她努力想摆脱困扰。

这就像又找回了尼尔。属于她的尼尔。(她从前的尼尔。)

他就在那里,她可以问他任何她想问的事情。

"跟我说说那些大山吧。"乔吉说,因为她实在不知道该问些什么。因为"跟我说说哪儿出错了"可能会打破符咒。

还因为她最最想要的,还是听尼尔一直说下去。

"你不在,我就一个人去看《拯救大兵瑞恩》了。"

"那挺好的。"

"我打算跟我爸一块儿去看《美丽人生》。"

"那好啊。你还应该租《辛德勒的名单》自己看看。"

"那个我们已经看过了,"他说,"你也要看看《辛德勒的名单》。每个人都应该看看《辛德勒的名单》。"

乔吉还没看过那部片子。"你是知道的,凡是跟纳粹有关的东西我都不碰。"

"可你喜欢《霍根的英雄们》……"

"那部片子就是条分界线。"

"跟纳粹的分界线?"

"对。"

"以克林科上校①为分界点?"

"还用说嘛。"

---

① 克林科上校(Colonel Klink),美剧《霍根的英雄》中的人物,不擅处事,有点儿愚蠢,还胆小。

她不再哭了。尼尔也没有再怒气冲冲了。

她缩在羽绒被下,手拿电话轻轻地贴着耳朵。

他还在电话那头……

"这么说,圣诞节是跟那个游泳池清洁工一起过的,对吧?"

"天哪,"乔吉说,"我都忘了我是那样称呼他的。"

"你怎么会忘呢?六个月来,你一直那样叫他。"

"肯德瑞克人还不错。"

"他看上去就觉得挺好的——他看着挺和善。你真觉得他们会很快结婚吗?"

"嗯。可能吧。"其实已经势在必行了。

"你什么时候变得像个禅宗教徒似的?"

"你指的是什么?"

"我们上次谈到这个事情,你发了一大通牢骚,说那太怪异了。说什么现在你跟你妈找男朋友都是从同一个池子里往上捞。"

哦。那倒不假。乔吉笑了。"你还说,'不对,你妈找对象的池子可是一个实实在在的游泳池。'……天哪。那个我记得。"

尼尔接着说:"然后你说,如果你妈照目前模式和速度发展下去,你的下一任继父将会是个正在上六年级的小学生。笑死人了。"

"你觉得那很好笑?"

"对啊。"他说。

"那你可没笑。"

"宝贝,你是知道的,我本来就不爱笑。"

乔吉翻了个身,把电话换到另一只耳朵,接着又缩到了羽绒被下面。"我到现在都不敢相信,我妈都四十岁的人了,竟然会瞄准二十岁的小鲜肉。她一看见大学里的小年轻,心里就开始盘算,'错不了。公平竞争。完全可行。'她的行为对我产生的困扰,直到现在我才有所体会。"那就好比乔吉跟司格提谈起了恋爱。或者是跟海瑟的一个朋友——那个送比萨饼的男孩子——黏在了一起。"二十岁出头的小年轻就跟婴儿似的,"她说,"他们脸上的毛还没长全呢。事实上,他们的青春期还没结束呢。"

"你是在说我吧?"

"哦,对不起。我没有说你。"

"那就好。你不是在说我。我可跟很多同龄人不一样,我已经相当成熟了,跟你妈谈恋爱没问题。"

"别说了!尼尔!开玩笑也不行。"

"我就知道在这事儿上你不可能突然就变得跟禅宗教徒似的。"

"上帝,我妈就是个变态。她就是个荡妇。"

"她可能就是恋爱了。"

"关于那个聚会,我很抱歉。"她说。

"我不想谈那个,乔吉。"

"可我还是觉得歉疚。"

"你是因为聚会本身,还是因为你成了众人瞩目的焦点?"

"是因为我逼走了你。"

"不是你逼走了我,"他说,"你不可能强迫我做任何事——我是个成年人。我比你要坚强得多。"

"光有上半身的蛮劲儿哪儿成,我有谋略。"

"才不是呢。"

"是的,我有。我是个女人。女人工于心计。"

"只是某些女人。女人可不是天生个个都工于心计。"

"如果不是我略施小计,"她说,"你怎么可能几乎做了任何我想让你做的事情?"

"不是你让我去做的。是我自己乐意做。因为我爱你。"

"哦。"

"天哪,乔吉,不要觉得失望嘛。"

"尼尔……我真的很抱歉。关于那个聚会。"

"我不想说那个。"

"好吧。"

"不光是我的上身力量,"他说,"我整个的身体都比你强壮。我差不多三十五秒之内就能把你搞定。"

"那也只是因为我愿意让你搞定,"她说,"因为我爱你。"

"哦,好吧。"

"不要觉得失望嘛,尼尔。"

"我很确信,我一点都不觉得失望。"

乔吉的身子滑到了枕头上。她把羽绒被拽到脖子底下。她闭上了眼睛。

如果这只是一场梦,她盼着每天晚上都能做那样的梦——尼尔不怎么跟她甜甜地说情话。

"你没跟我一块儿回家,我父母有些失望。"

"你一个人回去,我敢说你妈肯定再高兴不过了。"

"我妈挺喜欢你的。"

她可不喜欢。在1998年可不喜欢。

"我觉得你有些夸大其词了,"乔吉说,"每次我想说点好笑的,她就故意紧锁眉头——就好像对我讲的笑话无动于衷还不足以表示她的反感。"

"她就是不知道如何跟你相处——不过她喜欢你。"

"她觉得我想靠写笑话来赚钱养家。"

"你本来就是嘛。"

"说我净写些无厘头笑话。"

"我妈喜欢你,"他说,"因为你把快乐带给了我。"

"你现在正替她说话呢。"

"我才没有呢。这是她亲口跟我说的,就是上次他们来洛杉矶看我,我们大家一起去吃墨西哥馅饼之后她那样说的。"

"真是她说的?"

"她说从小时候到现在,她从没见过我笑得这么开心。"

"你什么时候笑过?你们家的人都不会笑。你们简直就是一个浪费酒窝的王朝。"

"我爸会笑。"

"嗯……"

"他们喜欢你,乔吉。"

"那你有没有告诉他们我为什么没跟你一块儿回去?"

"我跟他们说你妈妈想让你跟她一起过圣诞节。"

"那样倒没错。"她说。

"嗯。"

现在是凌晨一点。在奥马哈是当地时间凌晨三点。也就是尼尔的所在地。

那只把听筒握在耳边的手已经发麻了,可乔吉并没有翻身。

她应该让他去休息。他已经在打哈欠了。他甚至有可能已经睡着了——她必须把上次的问题再问一遍。

可乔吉其实并不想问。

因为……

怎么说呢,因为她不知道这场谈话是否能够继续下去,她也无法期许将之视为一份馈赠。无论这场在几个小时前由她开启的谈话,究竟暗藏着怎样的玄机。

还因为……她不知道什么时候才能再听到尼尔的声音。

"尼尔,你睡着了吗?"

"嗯——"他回答,"差点就着了。对不起。"

"没事的。只是——今天晚上你为什么不想把所有的事都说说呢?"

"所有的事。你是说,为什么我以前不想跟你吵架?"

"对。"

"我……"他听上去好像身体在挪动,也许他是在坐直身子,"……离开加利福尼亚以后,我的状态就很不好,昨晚我在电话中朝你吼的时候感觉糟透了,还有就是——我不知道,乔吉,或许我们之间就是无法合拍。一想到回洛杉矶,我所有的怨气都上来了。我觉得自己给困住了,一筹莫展,于是我就想开车离开那里,走得越远越好。说实话,是想躲开你。"

"天哪,尼尔……"

"等等,我还没说完呢。我一直坚持那种想法,直到我再次听到你的声音。然后……我不想跟你分手。现在我不想分手。更别说在今晚分手了。今晚,我只想假装一切的不愉快都不存在。今晚,我只想跟你好好谈恋爱。"

她把电话紧贴着耳朵。"那明天呢?"

"你指的是今天吧?"

"对。"她说。

"我们等到明天担心那个也不迟。"

"你想让我晚些时候给你打电话吗?就今天?"

尼尔打着哈欠。"是的。"

"那好。你现在去睡觉吧。"

"谢谢,"他说,"很抱歉,我实在太累了。"

"没事儿。有时差嘛。"

"你再跟我说一遍。"

"说什么?"

"你为什么要给我打电话?"

乔吉把电话紧紧握在手里。"为了确保你已经安全到家。为了跟你说我爱你。"

"我也爱你。永远都不要怀疑这一点。"

一滴泪滑落在她的鼻梁上,然后滑到了另一只眼睛里。"我从来都没有怀疑过,"她说,"从来都没有。"

"晚安。"尼尔说。

"晚安。"乔吉回答。

"给我打电话。"

"我会的。"

DECEMBER

S	M	T	W	T	F	S
1	2	3	4	5	6	7
8	9	10	11	12	13	14
15	16	17	18	19	20	21
22	23	24	25	26	27	28
29	30	31				

2013 年 12 月 22 日

星期日

2013

第十三章

乔吉伸了伸懒腰,翻了个身,结果靠在了一个人的身上。

尼尔?

也许这一刻才是真的。也许她正从这场说不清道不明的迷雾中醒过来,而尼尔就在身边……还有亨利叔叔跟艾姆婶婶。

她有些害怕,不敢睁开眼睛。

枕头边上响起了电话铃声。是碧昂丝的一首歌曲。

乔吉又翻了个身,然后看着海瑟,她正坐在羽绒被上面接听电话。

"妈,"海瑟说,"我跟你一样就在家里——你未免也太懒了吧……好吧。有点耐心好不好?我跟你说过我会问她的。"她看了看乔吉,"你想吃华夫饼吗?"

乔吉摇了摇头。

"不吃,"海瑟说,"她说不吃……我不知道,她刚醒来。你今天要上班吗?"她戳了戳乔吉,"哎,你今天要上班吗?"

乔吉点点头,然后看了看表。还不到九点钟。塞斯还不至于要给警察局打电话。

"好的,"海瑟冲着电话说,然后叹了一口气,"我也爱你……不是的,妈,根本不是我不想说那句话,你就在过道里……好吧。我爱你。再见。"

她挂断电话,一屁股坐在乔吉身边。"早上好,瞌睡虫。"

"早上好。"

"你还好吧?"

活脱脱一个妄想狂。说不定都有资格进精神病院了。莫名其妙地觉得高兴。"还好。"乔吉说。

"真的吗?"

"什么真的假的?"

"我是说,"海瑟说,"我明白不管发生什么事情,你肯定都会跟妈说你挺好,可你要是真的挺好的,就不会待在这里了。"

"我没事的,我就是不想回到那个空荡荡的家里去。"

"尼尔是不是真的离开你了?"

"没有,"乔吉说,然后叹了一口气,"我的意思是,我觉得没有。"她伸手去拿眼镜。眼镜就放在床头的搁板上。"他走的时候气鼓鼓的,不过——如果他真要离开我的话,我想他会跟我说的。你难道不觉得他会跟我说吗?"她认真地问道。

海瑟冲她扮了个鬼脸。"天哪,乔吉,我哪儿知道呀。尼尔本来就不爱说话。我甚至都不知道你们之间有矛盾。"

乔吉揉了揉眼睛。"我们之间始终都有矛盾。"

"不过,表面上可什么都看不出来。每次我给你打电话,你不是说尼尔正给你把早点往床上端,就是说他正在给你制作立体生日卡片。"

"说的是啊。"乔吉不想告诉海瑟事情可没有看上去那么简单。因为尼尔即便在生气的时候,也照样会给她做早点;有的时候,他给她做早点,恰恰是因为他非常生气。说白了就是要摆个姿态,以表明他在两个人的婚姻关系中所扮演的角色尚未改变,哪怕他的心已经凉透了,哪怕他几乎就不跟她说话。

"我小的时候,"海瑟说,"我一直都觉得尼尔就是你的白马王子。"

乔吉先前所感受到的那种莫名其妙的幸福感很快就消失了。"为什么呢?"

"因为我记得你的婚礼……你穿着那件白色的婚纱,到处都摆满了花儿,尼尔帅呆了——他绝对有白马王子那样的头发,这一点到现在都没变,就像是白雪公主的白马王子——他还管你叫'宝贝'呢。他现在还那样叫你吗?"

"有的时候吧。"乔吉说着,瞥了一眼那部座机。

"我觉得他实在太浪漫了……"

"帮我个忙吧。"

海瑟一脸狐疑。"怎么啦?"

"打一下家里的电话。"

"什么?"

"就是座机,"乔吉说,"打一下座机。"

海瑟皱了皱眉头,不过还是拿起手机开始拨号。

乔吉屏住呼吸,盯着那台黄色的拨盘电话。电话响了。她松了一口气,然后伸手去接。"喂?"乔吉看着海瑟说,她就知道海瑟肯定是一头雾水。

"嗨,"海瑟说,"你想吃华夫饼吗?"

"不想吃,"乔吉说,"爱你,再见。"

海瑟笑了。"爱你,再见。"

乔吉在她妈妈的卫生间里洗了个淋浴。她妈妈用的洗发水闻起来比海瑟的还要恐怖。就像是杏仁软糖。

她把牛仔裤重新穿上,再套上尼尔那件黑色的T恤衫。她的胸罩早都没形了,不过还能凑合穿。她已经有多少天没换内裤了,她实在羞于启齿;她把内裤往垃圾桶的最底层一塞,干脆不穿了。

或许你回家拿充电器的时候,就应该带些换洗的内裤,她的大脑说。

或许你应该闭嘴,乔吉内心回敬了一句。

穿好衣服后,她坐在床上,看着那部拨盘电话。

该正视这个问题了。

她拿起听筒,不紧不慢地拨着尼尔父母的座机。

铃声响过三声后,尼尔的妈妈拿起电话。

"喂?"

"嗨……格莱夫顿太太。"乔吉说。

"什么事?"

"我是乔吉。"

"哦,嗨,乔吉。尼尔还在睡觉。他昨晚一定熬到很晚。你要不要他给你打过去?"

"不用了。我是说,你就跟他说我晚点再打给他。其实,我跟他说过我会晚点打的。只是——我有点儿事想问问他。"她可不能问尼尔的妈妈谁是总统;那样就显得精神不正常了……"你知不知道谁是众议院议长?"

尼尔的妈妈"嗯"了一声。"是纽特·金里奇,是吗?没有换人吧?"

"没有,"乔吉说,"我想你说的没错。我也差点就说出他的名字了。"她朝电话机俯下身子,"谢谢。嗯,再见。谢谢。"她"啪"地把听筒挂上,猛地站了起来,朝后退了几步。

紧接着,她跪在地上,爬到床底下找电话线的端口,然后拔掉了电话线。她把电话线拽到一边,从床底下爬了出来,接着又朝对面的墙爬了过去,目光盯着床头柜。

她必须正视这个问题。

幻觉还在继续。

她必须正视这个问题。

可能性

1. 持续性产生幻觉。

2. 做了一个很长的梦。(或许是正常的梦,只不过在梦里感觉过了很长时间？）

  3．精神分裂的阶段性发作。

  4．一场自发的《时光倒流七十年》式场景。

  5．我已经死了吗？就像《迷失》里那样？

  6．服药过量。不记得。

  7．奇迹。

  8．进入了另一个空间维度。

  9．难道是《生活多美好》？（减去天使。减去自杀。减去伪理性的解释。）

  10．该死的魔法电话。

  她必须得弄个水落石出。

  她坐到车里，把苹果手机插上充电。没有尼尔的未接电话。现实生活中那个三十七岁的尼尔。（他为什么不给她打电话？他真的怒不可遏了吗？尼尔，尼尔，尼尔！）

  她拨了他的手机，是他妈妈接的电话，乔吉一点也不觉得惊讶。

  "乔吉？"

  "玛格丽特。"

  "我就知道一定是你打来的，"他妈妈说，"因为我看见你在手机上的头像了。你那个扮相是什么？机器人吗？"

  "是白铁樵夫。嗨，玛格丽特，谁是众议院议长？"

  "哦，我不知道。不是目光很犀利的那个共和党人吗？"

  "我不知道，"乔吉说，她意识到自己事实上真的不知道。排在南希·佩洛西后面的是谁？"不会是纽特·金里奇，对吧？"

  "哦，不是，"玛格丽特说，"他不是刚参加过总统竞选吗？你在玩猜字游戏吗？"

  那倒是一个绝好的借口；她真应该告诉那个玛格丽特她在玩猜字游戏。

"没错，"乔吉说，"嗨，我能跟尼尔说说话吗？"

"他前脚刚出门。"

他当然出门了。

"他昨天没给你打电话吗？"玛格丽特问，"我跟他说你打过电话了。"

"那一定是我没接到。"乔吉说。

"爱丽丝在这儿，你要不要跟她说几句？爱丽丝，过来跟你妈妈打个招呼……"

"喂？"爱丽丝的声音听起来很遥远。

"爱丽丝？"

"大声点儿，妈妈，我听不见你说话。"听她的口气，就好像她在房间的另一头听电话。

"爱丽丝！"乔吉把她的手机从耳边挪开一点，然后大声喊道，"把电话拿起来！"

"我拿着呢！"爱丽丝大声说，"但是道恩说你不能把手机挨着脑袋放，不然会得癌症！"

"那不是真的。"

"什么？"

"那不是真的！"乔吉喊道。

"是道恩说的！道恩是个护士！"

"喵呜！"

"是诺米吗？让我跟诺米说两句！"

"我可不想让诺米得癌症。"

"把手机免提打开，爱丽丝。"

"我不知道怎么打开。"

"就是写着'免提'的那个键！"

"哦……就像这样？"

乔吉把电话放回耳边。"你能听到我说话吗?"

"嗯—哼。"

"爱丽丝,手机是不会让你得癌症的。尤其你才说了短短几分钟的话。"

"喵呜。"

爱丽丝叹了口气。"并不是我不相信你,妈妈,可你不是护士。也不是医生。也不是科学家。"

"科学家!"诺米说着,咯咯笑了起来,"科学家是做药的。"

"你俩还好吗?"乔吉问。

"好。"她俩说。乔吉为什么还问那个问题?那个问题每次一出口,就把俩孩子弄得没话说了。她还不如跟她们讨论脑瘤的问题呢。

"爸爸到哪儿去了?"

"他去蔬菜水果店了,"爱丽丝说,"我们要做所有奶奶最拿手的饼干。甚至要做带好时巧克力的那些品种,它们看上去就像小老鼠。"

"饼干底部还有樱桃呢。"诺米说。

爱丽丝接着说:"我们还要做花生酱巧克力球和绿色的圣诞树,奶奶都说了,我可以用搅拌器。诺米会给我帮忙,不过她得站在椅子上才行,道恩说那样很危险,不过应该没事的,因为爸爸会抱着她的。"

护士道恩。"听起来太棒了,"乔吉说,"你们能给我留点饼干吗?"

"喵呜!"

"当然啦,"爱丽丝说,"那我得找个盒子。"

"喵呜,妈妈!"

"喵呜,诺米。"

"我们不能再说了,因为我们要把厨房收拾好。"

"爱丽丝,等等——你能不能给爸爸带个口信?"

"嗯—哼。"

"你能不能告诉他我打电话是为了跟他说我爱你?"

"我也爱你。"爱丽丝说。

"我爱你,亲爱的。不过你要告诉爸爸我爱他。跟他说那就是我打电话的目的。"

"好的。"

"我爱你,爱丽丝。我爱你,诺米。"

"诺米这会儿跟奶奶在厨房呢。"

"好的。"

"再见,妈妈。"

乔吉刚想说再见,爱丽丝已经挂断了。

有人在敲车子的挡风玻璃。

乔吉从方向盘上抬起头。原来是肯德瑞克。她根本听不见他在说些什么。她摇下车窗。

"你没事吧?"他问。

"我没事。"

"那就好。"肯德瑞克点点头,"因为我怎么瞧着你好像在车里哭呢。"

"我已经哭完了,"她说,"我这会儿就是在车里坐坐。"

"哦,这样啊。那就好。"

乔吉把车窗摇了上去,把头埋在方向盘上。

又传来一阵敲击声。她抬起头。

"你挡住我的车了!"肯德瑞克大声说——他是为了让乔吉能听见他说话,而不是因为他生气了——他指了指打开的车库,他的卡车已经启动了。

"不好意思,"乔吉说。"我这就……"

她挂上倒挡,把车从车道上挪开了。

她这就上班去。

选择:

1. 给医生打电话。(这样就得吃药? 说不定还会被送进精神病院……这样起码会赢得尼尔的同情。)

2. 咨询灵媒。(好处:极富浪漫喜剧色彩。坏处:貌似要花很长时间;一直都很讨厌陌生人的客厅。)

3. 假装这一切从未发生过。很显然,只要避免使用那部黄色电话就行……

4. 摧毁那部黄色电话?(通向过去的路径太危险,必须堵死。兴许还会噩梦连连,比如说,倘若马蒂·莫弗莱的爸爸不带他的妈妈去参加毕业舞会会怎样呢?①)

5. 我的老天。我可没有什么抵达过去的途径。

6. 看医生?

7.

7.

7. 继续演戏?

"女士?"

"对不起,什么事?"

"您喝过的那个是超大杯香草拿铁,是吗?"

"没错。"乔吉说。

"那您可以通行了。"

有人按了一下喇叭,乔吉看了一眼后视镜。她身后至少有五辆车在等。

"好的,"她说,"对不起。"

如果这是一场电影……

---

① 马蒂·莫弗莱(Marty McFly),美国导演罗伯特·泽米吉斯的科幻电影《回到未来》三部曲中的主角。该电影三部曲分别讲述马蒂·莫弗莱和布朗博士乘坐博士发明的时光机回到过去的1955年、飞到未来的2015年和回溯到历史上的1885年所发生的一系列故事。此处涉及的是回到1955年的故事,如果马蒂的爸爸不带妈妈参加毕业舞会,马蒂及兄弟姐妹就不会存在。

如果真有一个天使……

或者有一台能占卜命运的机器……

或者有一座魔法喷泉……

如果这是一场电影，那情节就不会是偶然的。一个偶然的电话唤起了过去某个偶然的时段。其中一定是有深意的。那么这到底意味着什么呢？

1998年圣诞节：

乔吉跟尼尔去参加一个聚会。他们吵了一架。尼尔就把她给甩了——至少，她觉得尼尔甩了她。然后，过了一个星期，他就向她求婚了。

眼下，跟她在电话里交谈的恰恰是处于那个星期的尼尔，那个错失的星期……为什么呢？

是不是她该做些改变？如果这是《量子跳跃》的话，她要去改变的事情就应该是具体的。（这不是《量子跳跃》，乔吉——这是你的生活。你不是司各特·巴库拉①。）

但如果……

1998年圣诞节。他们吵了一架。尼尔回家去了。他又回来了。他向她求婚了。从此以后，他们并没有幸福地生活下去。等等，那是不是就是她需要解决的问题？那并不幸福的生活？

她甚至都不知道那个问题有没有解决办法，她又该如何在电话里解决这种问题呢？

1998年圣诞节。没有尼尔的一个星期。她一生中最糟糕的一个星期。他决定跟她结婚的那个星期……

难道乔吉应该阻止他做出那个决定？

---

① 司各特·巴库拉（Scott Bakula），美国科幻剧《量子跳跃》中的主演，出演塞缪尔·贝克特博士，主攻量子力学，偶像是爱因斯坦。

第十四章

"我都不知道要怎么说你才好。"塞斯说。他背靠着白色的写字板,愁眉苦脸地瞅着她那件"金属乐队"T恤衫。

"一方面,你的头发是湿的,很显然你洗了澡还换了衣服。我这儿给你鼓鼓掌。另一方面,我好久都没见你穿那条天鹅绒慢跑裤了……乔吉?喂?嗨。"

乔吉不再忙着把手机插在电脑上充电,她抬起头来看着塞斯。他的脚蹬离墙面,走了过来,把一只手放在她肩膀上。

"我知道我整个星期都在问你这个,"他说,"不过我还想再问一下——你没事吧?"

她把USB充电线一圈圈绕在手指上。"假如你可以回到过去并纠正一个错误,你愿意吗?"

"愿意,"他不假思索地回答,"你没事吧?"

"没事,你愿意?你愿意跟过去纠缠不清?"

"肯定了。你不是说过去的错误吗——我愿意纠正。"

"可你要是把一切给搞砸了怎么办?"乔吉问,"比如说,万一你的一个举动就会改变一切?"

"就像《回到未来》里那样?"

"没错。"

塞斯耸耸肩。"嗯,我不相信会发生那种事。我就是回到过去纠正一个错误——别的一切自然会好起来的。也不至于我的大学入学考试考了个更高的分数就会引发第三次世界大战吧?"

"可要是你的大学入学考试考了个更高的分数,你很可能就不会来洛杉矶大学了,那样的话你永远也不会遇到我,而我们此刻也就不会站在这里了。"

"噗,"他低垂着一只眉毛说,"你觉得我们就是因为那个才遇到的吗?环境?地点?"他摇了摇头,"我发现你对空间和时间的认识太局限了。"

乔吉继续捣鼓她的笔记本电脑。塞斯从她手上拿过USB线,然后在电脑上插好。"我把咱们昨天忙活的内容打印出来了,"他说,"你要不要看一下?"

其实尼尔已经注意到乔吉有些异样——就在昨晚的电话中。这一点他也提到过。或许,他能搞清楚究竟发生了什么事……

他不可能搞清楚究竟发生了什么事。

尼尔凭什么会急于相信他正在跟未来的她交谈?那虽然是真的却实在荒谬至极。

乔吉对迄今为止发生的事件只字未提。她没有提到互联网,没有提到战争,也没提到他们的孩子。她甚至没提醒他金融危机或者"9·11"事件。

"你晚上听着有点儿不大对劲儿。"说这话的时候,他们已经打了约莫半个小时的电话。

"哪儿不对劲儿了?"乔吉问。天哪,那就好像在跟一个鬼魂交谈。甚至比鬼魂还要怪异———一位天神。

"我说不上来。"

"是我的声音太低了吗?"这话还有些道理。她离绝经期还有十五年了。"或许是因为我哭了。"

"不是,"他说,"我觉得不是。你说起话来……好像非常谨慎的样子。"

"我说话就是很谨慎啊。"

"你听着就好像对任何事情都拿不准。"

"我就是拿不准。"她说。

"没错,不过乔吉,'全盘掌控'可是你一贯的做派啊。"

她笑了。"那是《钢木兰》里的话吗?"

"我迷莎莉·菲尔德迷得不得了,这个你都知道,"他说,"我这会儿可不觉得有什么不好意思的。"

其实她早都忘了尼尔对莎莉·菲尔德的痴迷。"你那些污污的与吉杰特相关的秘密我全知道。"她说。

"其实是修女飞飞让我痴迷呢。"①

乔吉二十二岁的时候,曾经对一切有十足的把握吗?

她会制定计划。

她总在制定计划。这似乎是明智的举动——制定一个计划然后去付诸实践,直到有一天,你有十足的理由来改变那个计划。

尼尔恰恰相反。他唯一的宏伟蓝图——海洋学——已经被他厌弃;于是他的计划就变成了睁大眼睛看看有没有什么更好的机会。

过去,乔吉常常觉得自己能够帮尼尔解决那个问题。她确实很擅长制定计划,而尼尔则擅长除此之外的任何事情;这些事情对尼尔来说似乎不费吹灰之力。

"你靠这个就能养家糊口。"乔吉有天晚上在《勺子》编辑部说,那会儿他们还没开始约会。

"你是说逗你开心吗?"尼尔说,"听着还不错。那好处是什么?"

她就坐在他的对面(她总是坐在他的对面),靠着他的绘图桌。"不是。是这个。《拦住太阳》。你已经够出色了——我还以为你的漫画早就授权各大报纸期刊转载了呢。"

"你的心肠实在太好了,"他说,"你错得离谱,

---

① 莎莉·菲尔德(Sally Field),美国女星,此处提到的美剧《吉杰特》和《修女飞飞》及电影《钢木兰》,都是由她担任主角。

不过心肠很好。"

"我是认真的。"

"我不可能靠这个赚钱养家。"他给土拨鼠画上一根雪茄,"这就是在打发时间——随便画画而已。"

"这么说你不想成为马特·格勒宁[①]?"

"恕我直言,不想。"

"为什么不呢?"

尼尔耸耸肩。"我想做点实实在在的事情。我想让自己发挥点儿作用。"

"给人们带来笑声就是实实在在的事情呀。"

他的嘴角抽搐了一下。"那就有劳你了。"

"你是不是也觉得搞喜剧就是在浪费时间?"

"要听实话吗?"他问。

"当然要听实话。"

"那么是的。"

乔吉把腰板儿挺得笔直,双臂交叉放在桌上。"你觉得我的梦想是在浪费时间?"

"我觉得你的梦想要是搁在我身上就是在浪费我的时间,"他说,"我不会快乐的。"

"那做什么事情才会使你觉得快乐呢?"

"嗯,我要是知道的话,就会去做的。"然后他抬起头看着她,眼里流露出痛苦的神色,他的坦诚与明亮的灯光以及学生会地下室周遭的环境相比,实在格格不入。他把蘸水笔举到漫画的空白处,然后任里面的墨水滴落下来。"我是说真的。如果我能找到让自己开心的事情,我就不会再浪费任何时间了。我会牢牢地把握住。我会马上付诸行动。"

乔吉点点头。"我相信你。"

[①] 马特·格勒宁(Matt Groening),即马修·格勒宁,美国漫画家、作家、制片人,代表作有美国动画情景喜剧《辛普森一家》(The Simpsons)、动画喜剧《飞出个未来》(Futurama)及连载漫画《地狱生活》(Life in Hell)等。

尼尔笑了笑，有点害羞似的垂下眼睛，并轻轻地摇了摇头。"不好意思啊。最近闲得慌，净胡思乱想了。"

她在等他继续画下去。"你可以当医生……"她说。

"也许吧。"

"你有医生那样的手。我都能想象得出你熟练地给病人缝针的样子。"

"有点恐怖，"他说，"不过还是要谢谢你那么说。"

"律师？"

尼尔摇摇头。

"印度大厨？"

"没那方面的背景。"

"嗯，"乔吉说，"我只能想出这么多——等等，屠户？面包师？做烛台的？"

"说实话，这些听着都不错。全世界都离不开面包师。"

"还有做烛台的呢。"她补充说。

"事实上，我一直想着……"尼尔瞥了她一眼，然后低下头，舔了舔嘴唇，"……我一直想参加维和部队。"

"你指的是联合国维和部队？真的吗？"

"真的。在我能想出更合适的事情以前，我觉得做那个挺有意义的。"

"我不知道现在还有维和部队。"

"要么是那个，要么就是空军。"尼尔说。

"这两个难道不是一点关系都扯不上吗？"

"不对。"他抬眼朝她身后看了看，然后眉毛一垂，头也埋了下去。

乔吉明白那个表情意味着什么。她坐了起来，回头去看塞斯有什么事。

塞斯一路走进了制作部——通常他就站在门口等。不过今晚，他就在乔吉旁边的凳子上落座，身体靠着一张桌子。"嗨，尼尔，忙什么呢？"

"瞎忙。"尼尔头也不抬地低声说。

塞斯点点头，然后转向乔吉。"现在我们就等那个封面故事了。麦克和布莱恩还在紧锣密鼓地赶活儿呢。"

乔吉低头看了看手表。《勺子》晚上就要送去印刷了。她跟塞斯是执行主编，因此他们必须要等那个故事，然后进行排版，最后把文稿送给印刷商。今晚会熬得很晚。

"我们俩没有必要都耗在这儿，"塞斯对她说，"你不如回家吧。"

"我没事，"乔吉说，"我留下来。你回家去。"

塞斯皱皱鼻子。她很清楚他那样做是为了扮可爱。她很清楚塞斯在镜子面前已经把所有的表情和动作都练习过了，他知道哪些表情可以让他看上去既像是 A&F①品牌的模特，又像是一只小猫咪。"我可不想把工作都推到你头上，"他说，"你很可能要在这儿守一夜。"

"我一点儿都不介意，"她说，"你不是有个约会吗？"

他慢慢地点了点头。"我的确有个约会。"

"我听说了，是跟那位可爱的布里安娜。"

"是跟那位可爱的布里安娜。"塞斯依旧点着头说；他努起嘴巴，然后噘到一边。

"快走吧，"她说，"你可以欠我一个人情。"

塞斯眯起眼睛看着乔吉，再看看尼尔，然后好像下定了决心似的。"好吧。"他站了起来，"我欠你一个人情。"

"约会玩得开心点哦。"她说。

他已经走到了门口，然后突然一个转身。"你知道吗？我马上就给布里安娜打电话。我可不能把你一个人扔下。你会熬到很晚的，你还得一个人走到停车场……"

"不用担心。"尼尔说。听到他的声音，乔吉吃惊地回头看着他。"我在这儿，"他说，"我会保证她安全地坐到车上。"

塞斯瞪着眼睛看着尼尔。乔吉很清楚，这之

---

① A&F，即 Abercrombie & Fitch，美国休闲服饰潮牌，深受年轻人和青少年喜欢。

前他们从来没有正眼看过彼此；她等着他们中的一方或者双方开火。

"多有绅士风度啊。"塞斯说。

"这不算什么。"尼尔避开锋芒。

"太好了。"乔吉说，一个劲儿用眼神暗示塞斯——真盼着他们之间能有个无须开口的暗号：不要打扰我跟这个漂亮帅哥，你这个白痴。"问题解决了。你走吧，塞斯。去赴你的约会吧。去做那个自私的坏人吧。"

"看样子问题是解决了……"塞斯又点了点头，"行了。那就，明天见，乔吉。你还过来吗？到我那里？"

"当然。等你把可爱的布里安娜跟她的内衣扫地出门后，就给我打个电话。"

"好吧。"说罢，他终于离开了。

乔吉回头看着尼尔，心怦怦直跳。

"你找助手的品位未免太差了吧。"过了一会儿他说。

"是写作搭档。"她纠正道。

"嗯。"

那天晚上，尼尔的确陪她走到了停车点。他也的确是个完美的绅士。

乔吉对此大失所望。

昨晚在电话上，尼尔听上去也跟往常不一样。

他的音调要高一些，想法也缓缓地流出。不是那个绷得紧紧的、自制力极强的尼尔。

他听上去就好像是坐在绘图桌另一端的那个男孩子。

第十五章

塞斯跟司格提都很享受把别人逗乐的感觉。

只要乔吉被他们的笑话逗乐了，他们一般不会察觉到她其实并没有参与剧本的讨论，她只是把他们说的话写到白板上，并用下划线以示强调。

可今天的情形有些不一样。塞斯仍在目不转睛地观察着乔吉，就好像他想试图弄明白究竟发生了什么事……

不过，随便他怎么猜想——他也绝对不会想到是因为那部该死的魔法电话！（乔吉倒是有点担心他会觉察出自己没穿内裤。）

塞斯跟司格提正忙着头脑风暴。

乔吉进行的可是头脑飓风。

说不定发生这一切是出于某种因由？说不定就是为了给她机会以解决她跟尼尔之间的矛盾？"有什么矛盾？"这个问题回答起来可不那么容易。

哦，她可以笼统地回答：

矛盾太多了。

即便在美好的日子里，他们之间也有很多问题……

（比如，乔吉坐在床上吃尼尔准备好的早餐，早早下班回家。尼尔的眼睛神采飞扬。孩子们使他微笑，他也会把她们逗乐。无忧无虑的时候。每年的圣诞节早晨。还有哪天下班回家晚了，尼尔守在门口，然后把乔吉堵在墙上跟她亲热。）

即便在美好的日子里,乔吉也知道尼尔其实并不开心。

她知道那都是她造成的。

并不仅仅因为她让他失望了,搪塞他了,还长期加班让他空等了……

而是因为她把他捆得实在太紧了。因为她需要他。因为他对乔吉来说是个完美的伴侣,虽然她对他来说并不完美。因为乔吉对他的需要超过了对他是否幸福的关注。

如果她爱尼尔的话,如果她真的爱尼尔的话……

她难道不应该多为他考虑,而不是要求跟我在一起,总跟我在一起吗?

倘若乔吉可以给尼尔重新开始的机会,情况会如何?他会怎么做?

他会加入维和部队吗?他会回到奥马哈吗?会跟道恩结婚吗?会跟比道恩还要好的女人结婚吗?

他会幸福吗?

他每晚下班回来会面带微笑吗?道恩或者是比道恩更好的女人会把晚餐早早就摆上桌吗?

尼尔爬上床后会不会把她拉近自己,睡着的时候头是不是埋在她的脖颈里……

乔吉的脑袋想到这里就停下来了——想到尼尔跟那个比乔吉更合适的妻子在床上缠绵——那会儿她也想到尼尔跟第二个老婆所生的孩子。她眼巴巴瞅着自己假想的尼尔的幸福生活,然后狠狠地把门关上了。

如果全世界都认为乔吉要把自己的孩子从时间线上抹掉,那另一个更要命的想法还在后头呢。

她去卫生间哭了一会儿。(作为这个创作团队唯一的女性成员,就有这点儿好处——乔吉几乎有了一间仅供自己使用的卫生间。)

接下来的一个小时,她在脑海中想象着如何将那部黄色拨盘电话扔进一口深井,再用混凝土把井填满。

她再也不想去碰那个东西了。

它并不是一条抵达过去的通道。它也没有魔法。这个世界上从来就没有什么魔法。（我不相信有仙女。抱歉，彼得·潘。）不过乔吉还是不想冒那个险。她不是时间的主宰，她也不想要什么时间转换器。甚至在她祈祷某些东西的时候也觉得匪夷所思——因为她向上帝要求的东西似乎超出了上帝原有的设计。

万一乔吉一不小心在这些通话中把婚姻一笔勾销了该怎么办？万一她把孩子一笔勾销了该怎么办？万一她已经把有些事情给搞砸了该怎么办——她自己会觉察到吗？

她努力提醒自己这一切只是一场幻觉。她不必为那些危险的后果而忧心忡忡，因为幻觉根本不会造成任何后果。

她一遍遍地这样提醒自己，可她似乎并不相信自己的判断。

幻觉。

错觉。

幻景。

该死的魔法电话。

"还吃韩式玉米面卷饼吗？"塞斯问。

乔吉点点头。

在《勺子》的动画制作部晃荡了两个月以后，乔吉有百分之五十三的把握相信尼尔是喜欢她的。

他凡事都让着她，这似乎意味着什么。他从来没有叫她走开。（她真的要把这个当成加分项？没有叫她走开？）

他会跟她说话……

不过那要乔吉主动跟他搭话才行。或者她坐在他的对面好长时间一言不发。

有的时候，貌似尼尔在跟她调情。其他的时候，她甚至都拿不准他是否在听她说话。

她决定要试他一下。

接下来,有次尼尔来《勺子》编辑部,乔吉就说了声"嗨",人却坐在桌前纹丝不动,她盼着他能破天荒主动走到她身边来。

可他没有。

几天后她又试了一次。乔吉说"你好"的时候尼尔就点了点头,他既没有停步也没有朝她走来。

她告诉自己要相信暗示。

"我发现你好像在躲着那处霍比特人洞穴。"塞斯觉察说。

"我可没有躲,"乔吉说,"我在工作。"

"哦,那是,"他说,"你在工作呢。那些个晚上,比尔博刚一露面,你就跑过去堵在霍比特人的洞口,你无可匹敌的职业道德我算是领教了。"

"你现在是在抱怨我的职业道德吗?"

"我不是在抱怨,乔吉。我是在观察。"

"好吧,那就别费心了。"她说。

"他提出分手了吗?还是你的个头对他来说太高了?"

"事实上,我们俩一般高。"

"真的啊。那太可爱了。就像盐瓶和胡椒瓶。"

乔吉的脸色一定相当不好看了,因为塞斯再也不说什么了。后来他们一起忙专栏的时候,两个人都凑在乔吉的电脑前,塞斯拽了一下她的马尾辫。"他配不上你。"

他平静地说出了那句话。

乔吉目不转睛地盯着电脑屏幕。"那可不一定。"

他又扯了一下她的头发。"你太高了。太漂亮了。太好了。"

乔吉咽了一口唾沫。

"我一点儿都不担心你,"塞斯说,"你的白马王子总有一天会出现的。"

"然后你就拼命把人家吓跑。"

"我很高兴咱俩非常有默契。"他扯了一下她的头发。

"把我弄疼了,你知道吗。"

"我正在努力帮你消除精神上的痛苦。"

"你敢再扯一下,小心我抽你。"

他马上又扯了一下。不过这次手很轻。乔吉就不跟他计较了。

要是没有塞斯的催逼,乔吉绝不会去参加任何聚会。可一旦到了聚会现场,她的感觉还不错。一旦到了聚会现场,乔吉通常表现得非常出色——即便她不是聚会的焦点,也肯定是聚会的灵魂人物之一。人们(新来的人,陌生人)会使乔吉感到紧张。一个紧张不安的乔吉要比正常状态下的乔吉外向得多。一个紧张不安的乔吉实际上都有些躁狂了。

"就好像你摇身一变成了1982年的罗宾·威廉姆斯了。"塞斯跟她说。

"我的天哪,不许你那样说,简直太恐怖了。"

"有没有搞错?1982年的罗宾·威廉姆斯简直逗死人了。人人都喜欢1982年的罗宾·威廉姆斯。"

"我可不想成为聚会上的默克。"

"我想,"塞斯说,"默克太具杀伤力了。"[1]

"帅哥们可不喜欢带默克那样的女人回家。"乔吉叹息着说。

"我认为你说的不对,"他说,"不过我明白你的意思。"

(多少年过去了,事情并未好转;乔吉无论在聚会上、宣传会上还是重大会议上都紧张兮兮的。塞斯曾经说过,如果乔吉哪天意识到自己有多优秀而不再神经紧张,他们的事业就要走到尽头了。)

乔吉放弃尼尔之后不久,塞斯说服她去参加

---

[1] 罗宾·威廉姆斯(Robin Williams),美国喜剧电影导演、演员,影视代表作有《死亡诗社》(Death Poets Society)、《心灵捕手》(Good Will Hunting)、《博物馆奇妙夜》系列(Night at the Museum)、美剧《默克与明蒂》(Mork & Mindy)等;默克(Mork),美剧《默克与明蒂》中的角色之一,是一个来到地球的外星人,由罗宾·威廉姆斯饰演。

《勺子》编辑部举办的万圣节聚会。塞斯打扮成斯蒂夫·马丁①的样子。他身穿一套白色的西装,头发用颜料喷成了灰白色,头上还有一个恶作剧的箭头。

乔吉扮的是《陆军野战医院》里的大红唇胡利翰②,主要表达疲劳的主题,她穿着一件橄榄绿的T恤衫,还挂着狗牌。除此之外,她把头发吹得蓬了起来。她觉得自己打扮得应该挺像样,因为塞斯似乎被她的胸部搞得心烦意乱了。

他们刚到聚会地点,他就被别的女人的胸部弄得心神不安了。《勺子》杂志的聚会上来了不少女孩子;肯定是"异花传粉"的成果——或许某个人的室友学的是商科。

乔吉拿了一瓶济马酒,然后倒进一只杯子,生怕被人看出她喝的是济马。

她正紧张兮兮地跟一个打扮得像麦琪·辛普森③的人闲谈,突然在房间的另一头看到了尼尔。他正靠在两拨人中间的那堵墙上——看着她。

乔吉也看着他时,他微微举了举手中的啤酒并点了点头。她握紧杯子,结果杯子都给捏变形了,并试着向他点头致意。她实在是难以控制自己。

乔吉继续跟打扮得像麦琪·辛普森的人交谈。(为什么一个大男人要打扮成麦琪·辛普森?)那人很想弄清楚她扮的是谁。"《古墓丽影》里那妞儿?"乔吉回头看看尼尔。他的脑袋歪向一边。还在看着她。

她觉得自己的脸都红了,赶紧低下头看着杯子。

说不定他会走过来。说不定尼尔会特意迈出十几步过来跟她打招呼。乔吉又瞥了他一眼,正巧他也刚从瓶装啤酒上抬起头来——他甚至都不愿意把头仰起来看看她。

去死吧。

---

① 斯蒂夫·马丁(Steve Martin),美国演员、编剧、制作人,被称作好莱坞的"白头翁",2000年获奥斯卡终身成就奖。

② 大红唇胡利翰(Hot Lips Houlihan),《陆军野战医院》中的角色玛格丽特·胡利翰,大红唇(Hot Lips)为该角色昵称。

③ 麦琪·辛普森(Maggie Simpson),《辛普森一家》中的角色,辛普森家最小的孩子。

"不好意思,您介不介意……我失陪一下?我刚看见了我的,嗯,我就是——我的朋友在那边。失陪一下。"乔吉从麦琪·辛普森身边走开,挤过一群舞跳得非常烂的人,来到尼尔的墙边。他身边也都是人;他往旁边站了站,给她腾出点地方。

"嗨。"她侧身靠着墙说道。

尼尔背对着墙,双手握着啤酒。他没有抬眼看她。"嗨,大红唇。"

乔吉咧嘴笑了,还白了他一眼。"你怎么会知道我扮的是谁?"

他的嘴角微微动了一下,显出两个酒窝。"我知道你对二十世纪七十年代的情景喜剧有种特别的痴迷。"他喝了一口啤酒,"我很奇怪你没有扮成警探沃尔杰西霍维斯①。"

"找不到合适的领带。"乔吉说。

尼尔差一点就露出了微笑。

她很快地把他从上到下打量了一番。他的穿着和平常没什么两样——牛仔裤,一件黑色T恤衫——不过有一道银白色的图案从袖口一直延伸到了领口。一定是他自己画上去的。那图案看上去几乎是晶莹透亮的。

"就放弃了?"他问。

她点点头。

"初霜。"他又喝了一口。

"挺好看的。"乔吉说。这时,有人正好把音乐声调大了很多,于是乔吉又大声重复了一遍。"挺好看的。"

尼尔扬了扬眉毛。

"我得承认,在这儿见到你真意外。"她说。

"你不应该感到意外。"

"你不像那种喜欢参加聚会的人。"

"我讨厌聚会。"尼尔说。

"我也是。"她赞同地说。

---

① 警探沃尔杰西霍维斯(Detective Wojciehowicz),美剧《笑警巴麦》中的角色。

他朝她皱了下眉头。"真的呀?"

"真的。"

"我可不敢苟同,瞧你走进来的那种神情,还有大家齐声高喊,'乔吉!'你能送出一千多个飞吻,紧接着音响就开始播放《尽情摇摆吧》①……"

"第一,你有些夸大其词;第二,我在聚会上如鱼得水并不表示我就喜欢聚会。"

"你更喜欢你不太擅长的事情?"

乔吉沮丧地灌下一大口济马,然后就想走开了。"那还用说嘛。"

这时她的背后传来一阵大笑声,接着就有人倒在了乔吉背后,乔吉一下子被推到尼尔的肩上。她把杯子握在胸前,这样就不会洒在尼尔身上了。尼尔迅速转向她,给她在墙边让出更多的空间,他的手扶住她的胳膊站了一会儿,以便她能恢复身体的平衡。

"不好意思。"她背后的那个男子说。

"没关系。"乔吉对他说。现在她跟尼尔站得更近了,他们靠在墙上的肩膀差点就碰到一起了。

他们的身高几乎不相上下。乔吉是五英尺五英寸,尼尔可能是五英尺六英寸。也许吧。这挺好的——当她想看他的目光时,他的眼睛就在跟前。他要是能看她一眼多好啊……

"看样子,"尼尔说,"你是跟非男友的那个人来的,是吗?"

"他不是我的男朋友。"

"没错。他进来的时候我应该看见他了。他那副打扮就跟'大笨蛋'似的。"

乔吉把眼睛闭了一会儿。等她开口说话的时候,她的声音非常安静,她不知道尼尔能否听见她在说什么:"有时候我在想,你之所以会跟我说话完全就是为了让塞斯生气。"

他的回答迅疾而冷淡:"有时候我倒觉得你

---

① 《尽情摇摆吧》(Gettin' Jiggy wit It),美国演员、说唱歌手威尔·史密斯的热门单曲。

是为了那个才跟我说话。"

她睁开眼睛。"你说什么?"

"人人都知道。"尼尔的下巴实际上已经碰到了前胸——他不看她的时候就是那个样子,"《勺子》编辑部的每个人都说你疯狂地爱着他。"

"不是每个人,"乔吉说,"我从没说过那样的话。"

尼尔冷淡地耸了耸肩,然后准备喝口他的啤酒,可是瓶子是空的。

乔吉从墙边走开,然后又后退了一步。在她哭出来之前,她必须离开这个地方,不过首先——"你知道吗?这就是为什么你在聚会上会孤零零一个人待着。因为你是个傻瓜。你对说不出理由却真心喜欢你的人犯二。"她又后退了一步。结果撞到了另一个人身上。

"嘿,乔吉!"那个人大声说,"你是大兵本杰明吗?"

"嘿。"她说着就想走过他。

"乔吉,等一下,"她听见尼尔说。她感到一只手抓住了她的手腕。用力,却并非紧抓不放——她仍旧可以甩开。尼尔继续说着话,却被音乐声淹没了。(上帝啊,她讨厌聚会。)他走上前,凑得很近。他们站在一圈人当中,而那圈人全在猜他俩是不是要跳舞。尼尔的脑袋歪向她。"对不起!"他在她耳边大声说。然后又说了些别的。

"你说什么?"乔吉喊道。

他显得有些沮丧。他们彼此对视了一会儿——意义非常重大的一会儿(对乔吉来说)——然后他又拉着她朝墙跟前走。

乔吉跟随着他。尼尔把她的手腕握得更紧了。

他带着她穿过人群,转而拐到一小段走廊里,然后在唯一一扇关着的门跟前停下脚步。门上横拉着一条安全警示带,还有一张字条,上面写着:

不许进门!

如果谁进到里面

> 我的室友会要了我的命。
>
> 行行好吧。
>
> ——惠特

惠特在《勺子》编辑部工作。

"我们不能进去。"乔吉说。

"没事的。"尼尔把门推开,猫着腰从警示带下面钻了过去。

乔吉也跟着进去了。

他依旧拉着她的手,并俯下身子打开一盏落地灯。门在他们身后几乎合上了,吵闹的音乐声听不见了。

尼尔转身面向她,牙关紧咬。"你说的对。"他用平常的声音说。那只握着她的手放了下来,他把手心在牛仔裤上擦了擦。"对不起。我是个傻瓜。"

"塞斯会赞同你说的话。"

"我不想再提到塞斯。"

"是你先提的。"

"我知道。对不起。"尼尔低垂着下巴,眼睛却竭力向上看,即便此刻他并不是坐在绘图桌前。"我们能不能回去,然后重新开始?"

"回到哪儿?"乔吉想叉起双臂,可她手里还拿着那杯该死的济马。

"回到墙跟前,"他说,"回到你穿过客厅向我走来那会儿。回到你说:'在这儿见到你真意外。'"

"你是说你想回到外面的客厅?"

"不是。快点吧,现在就说。"

乔吉翻了一下眼珠子,可她还是说出来了:"在这儿见到你真意外。"

"你不应该感到意外。"尼尔说。他抬起下巴,直愣愣看着她的眼睛。这是五分钟里的第二次。从来都没有过的第二次。"我来这儿是因为我知道你会来这儿。因为我希望你会来。"

乔吉觉得好像她的后颈上有一条蛇在慢慢地舒展身体并伸展到了她的肩膀上。她的身子微微晃动了一下，然后嘴巴张开了。"哦。"

尼尔把头扭向一旁，乔吉大口大口地呼吸着空气。

此刻他摇了摇头。"我……很抱歉，"他说，"我原本就想着要见你。可后来却生气了。我不知道怎么……你一直对我视而不见。"

"我没有对你视而不见。"她说。

"你没有再来制作部跟我说话。"

"我觉得我在干扰你的工作。"

"你并没有干扰我的工作，"他再次面对着她说，"你怎么会那么想呢？"

"因为你从来都不来我办公室跟我说话。"

"我根本就不用过去找你。"尼尔露出不解的神情，"你一直都过来找我的。"

"我……"乔吉把剩下的酒喝了下去，这样就可以把杯子放下了。

尼尔从她手里接过杯子。他把那只杯子跟自己的酒瓶一起放在背后的桌子上。

"我觉得我在打扰你，"她说，"我觉得你只是在迁就我。"

"我以为你厌烦我了。"他说。

她把两只手放到额头上。"也许我们应该什么都不去想。"

尼尔哼了一声，然后点点头，把后脑勺的头发抚平。有那么一会儿，他们一句话不说，彼此都觉得有些尴尬；然后尼尔指了指那张床。"你要不要坐下来？"

"哦。"乔吉说着看了看那张床。床上还有一张纸条：

  千万不要，没有跟你开玩笑。他会要了我的命。
    离开这里，行吗？

      ——惠特

"我觉得我们不应该待在这儿。"她说。

"没事的。"

他们应该离开。他们正在侵犯他人的隐私。可是……乔吉抬头看着尼尔,他身上穿着黑色的 T 恤衫,皮肤十分白皙。他又在用手抚平头发——真够滑稽,他后脑勺的头发还不到一厘米长。他的胳膊肘高高抬起,露出了三头肌。

乔吉往地上一坐,身子靠在床边。

尼尔低头看看她,点了点头。"好吧……"他小声说,然后在她身边坐了下来。

过了一会儿,她用肩膀推了推他的肩膀。"说说看,我都错过了什么好戏?"

"什么时候?"

"从我坐在我自己的办公桌前开始,"她说,"欲擒故纵啊。"

尼尔微微笑了一下,就把头低下了;他的睫毛轻轻刷过脸颊的上部。"哦,你知道的。墨水。会说话的兔子。会唱歌的乌龟。一只梦想着变成松鼠的金花鼠。"

"你上个星期的漫画是我最喜欢的漫画之一。"

"谢谢。"

"我把它放进了我的存储盒。"她说。

"那是什么?"

"那其实就是一个盒子。我,呃……我不喜欢那种感觉,知道吗?当你想起你读过或是听过的事情,你当时觉得那实在太棒了,可你现在却想不起来。我就把自己不想忘记的东西收藏起来。"

"一定是个大盒子。"

"不像你想象的那么大,"她说,"在我知道你就是你之前,就开始收藏你的漫画了。"

"在你知道我就是我之前？"

"你懂我的意思。"

"谢谢。"尼尔跪在地上，用手揪着大腿上松散的线头。

他显得有些不大自在。乔吉又一次感觉到，只有她才能让谈话继续下去。或许她应该闭嘴，看看尼尔会说什么。不，不要再玩游戏了。"如果你手里拿着一支笔，跟我说话会不会容易点？"

尼尔低垂着眉毛，然后脑袋往上一仰。"呃。我想是吧。可惜我不抽烟。"

"你说什么？"

"哦，我是说——我的手不能闲着。"

"哦。"乔吉说。然后，她伸出手抓住了他的手，因为她想么做。她把手心放在他的手背，握住了他的大拇指。尼尔低头看着他们的手，然后慢慢地手心朝上握住了她的手。乔吉攥紧了他的手。

尼尔那神奇的手。（这只是左手，或许魔力会稍稍逊色。）

尼尔那宽大的掌心。尼尔那又短又直的手指——比乔吉想象的还要柔软，比她的还要光滑。

尼尔，尼尔，尼尔。

"在我知道你是你之前……"他摇了摇头，"没有什么'在我知道你是你之前'。"

乔吉把肩膀靠上尼尔的肩膀，尼尔也就靠着她，眼睛依旧看着他们的手。

"我第一次去《勺子》编辑部就看见了你，"他说，"你当时坐在沙发上。塞斯也坐在那儿，你不停地把他推到一边。知道吗？你穿着一件蓝绿格子的裙子，你的头发乱糟糟的。"

她用肩膀碰了他一下，他微微一笑，显出一个酒窝，但很快就看不见了。

"看上去就像金丝——我就想到了这个。你头发的颜色非比寻常。你不是金发女郎，你知道吗？你的头发也不是黄色。也不是黄色跟白色、棕色、橙色或是灰色的混合色。四色印刷加工技术也只能望洋兴叹。你的头发具有金属的质地。"

尼尔不住地摇着头。"惠特跟我说了你的名字，可我就是不相信——乔吉·莫库——可我从那以后就开始看你在《勺子》上写的东西，每次我到编辑部，都能见到你，你要么坐在沙发上，要么在办公桌旁，总是被六七个男生围着，有时就只有……他一个人。我就想……"他又摇了摇头，"你过来向我介绍自己的时候——乔吉，你根本就用不着做自我介绍。我早就知道你就是你了。"

她拉起尼尔的手放到自己的大腿上，然后面对着他。接着，她主动迎上去亲了亲他的脸颊，乔吉这辈子都做不到等别人先来亲她。尼尔咬紧牙关，她感觉到了自己唇上的压力。

"乔吉。"他轻声说。他闭上眼睛，把头歪向她那边。

她亲着他的颧骨，从鼻子到太阳穴亲了个遍，然后又在他的脸颊上来回亲着，希望能把他逗开心。

他紧紧地握着她的手。"乔吉……"他又轻声说道。

"尼尔……"她吻着他的下颌，从耳朵到下巴。

他开始慢慢地把身体转向她，她于是伸出手臂去搂他的肩膀，使他更快地正对自己，也为了使他靠得更近些。他抓住她的手腕，不过还是由着她把自己拉近她的身体。

乔吉以为他们接下来就该亲吻了。她努力地寻找他的嘴唇。

可尼尔却不停地用脸在乔吉的脸上来回蹭着，这种感觉很不错——他们彼此脸上柔软与坚硬的部分交相触碰。颧骨顶着眉骨，下颌抵住下巴。尼尔的脸涨得通红，且散发着温暖。他的手紧紧地抓住她。他身上闻起来有香皂、啤酒和纤维颜料的味道。上帝啊……

这感觉简直比亲吻还要好。

这简直就是……

乔吉把脖子向后弯去，于是感觉到尼尔的下巴，接着是鼻子，然后是额头一直蹭到了她的锁骨。她把脸埋进他的短发——然后闭上了眼睛。

乔吉小的时候，每每听到"交颈"，脑海中便会出现上面的图景——两个人用脸和脖子相互蹭来蹭去，就像长颈鹿那样亲吻。她曾经迷上了她保姆的儿子，那个时候她就幻想着跟他那样亲昵，用自己的脖子去蹭他的，把脸埋进他那头西蒙·勒·邦①似的头发。（她那会儿九岁，而他十五岁了，幸好那一幕从未发生过。）

她又把下巴抬了起来，于是尼尔把脸贴上她的，她的耳边便传来他无法遏制的呻吟。

不管这算什么——并非亲吻，是脸与唇的厮磨——那感觉实在太棒了，于是当尼尔的嘴唇再次冲她的嘴唇而来时，乔吉诡秘地躲了过去，反而用她的脸颊把他的嘴唇蹭开了。

尼尔又发出了呻吟。

乔吉笑了起来。

卧室的门开了。

"你们他妈的在干什么？"有人说，"你们难道不识字吗？"

客厅里的音乐重新传到了卧室里，是艾拉妮丝·莫莉塞特②唱的《你应该知道》。乔吉抬起头朝门口望去——是《勺子》编辑部的惠特。惠特就住这儿，那些恳求别人的小纸条就是他写的。尼尔放开乔吉的胳膊，她却握住他的手。现在她抓着他的两只手。紧紧地。

"哦，"惠特说，看上去有点目瞪口呆，"尼尔……乔吉。对不起，我还以为是哪个混蛋在用你的房间呢。呃，那行，你们继续。"

惠特合上了门——乔吉这会儿咯咯地笑了起来。

"这是你的房间？"

---

① 西蒙·勒·邦（Simon Le Bon），英国摇滚乐队杜兰杜兰乐队（Duran Duran）的主唱。

② 艾拉妮丝·莫莉塞特（Alanis Morissette），加拿大摇滚歌手，代表作有《我口袋里的手》（Hand in My Pocket）及此处出现的《你应该知道》（You Oughta Know）等。

尼尔重重地点了一下头。"对。"

"那你怎么不告诉我呢？"

他耸了耸肩膀。"我不知道。'那你到我房间来怎么样？'——这听起来有点下流。"

"这要比'咱们到这个陌生人的房间去亲热'好听多了。"她把手指伸开，然后跟他的手指交叉在一起，并再次握紧了他的手。接着她把身体向他靠近，嘴唇迎了上去。没错，那种并非亲吻的亲昵感觉很好，可尼尔那完美的嘴唇就在眼前——对称美及细胞分裂的明证——亲吻肯定感觉更好。

"乔吉。"他把头扭向一边说。

她又亲了亲他的脸颊。他的耳朵。尼尔的耳朵也非常完美，虽然他的耳朵上端像罐子两头的把手一样凸了出来。她张开嘴在他耳朵上蹭，就见尼尔紧紧地抓住她的手，把她往一边推。

"乔吉，"他说，"我不能这样做。"

"你可以，"她说，"你正那样做呢。"

"不行。"他放开她的手，握住她的肩膀，把她往后推，"我倒是想，可是我不可以。"

"你想那么做？"

尼尔咬紧牙关，闭上眼睛，然后吼了起来。"我不可以。乔吉，我……我有女朋友。"

乔吉一下子从他身边走开。就好像他身上着火了似的。（就好像他身上着了火，而把火扑灭不干她什么事。）他的手也从她肩膀上滑落了。

"哦。"她说。

"并不是……"他似乎非常生气。也许是生他自己的气。他舔了舔嘴唇。"我是说……"

"没事的。"她说着便把手放到地板上支撑着自己站了起来。当然不是没有事。一切都乱套了。"我这就……"

尼尔也爬着站了起来。"乔吉，你听我解释。"

"不必了。"这次轮到她摇头了，"不必了，没事的。我这就……"她伸手去抓门把手。

"并不是你想象的那样。"他说。

乔吉笑了起来。"不，不，不是。"她跌跌撞撞地走了出去，并从背后把门合上了。上帝啊，还有什么可说的呢。这就是……

上帝啊。

尼尔。

他当然有女朋友了。因为他喜欢她，还想吻她，而且每次他们说话的时候，她就觉得她的大脑快乐得都要从耳朵里飞出去了，据此断定他有女朋友是顺理成章的。

尼尔怎么会有女朋友呢？他把她藏在哪里了？

很显然，除了《勺子》编辑部别的地方都有可能。天哪，天哪，天哪——但并不是他误导了乔吉。他从未主动找过她。每次都是乔吉在他的绘图桌周围徘徊，并像个八年级女学生那样朝他挤眉弄眼。尼尔几乎都没正眼儿瞧过她。（金丝。四色印刷。六七个男生。）

塞斯肯定会因为这个欢天喜地的。

乔吉没打算告诉塞斯。

她没有打算告诉任何人。

天哪，她竟然认为尼尔是喜欢她的，还确信他对她的喜欢胜过对任何人。（他甚至亲口说过他喜欢她。他说他想吻她……）（不过很显然，他对她的喜欢还不足以让他事实上那么做。）

她真不应该急不可待地主动吻他。

她再也不应该主动去吻任何一个人了。

乔吉总是主动去吻别人。

她总会爱上房间里那个看上去对自己最无动于衷的人。那个人要么做慢得令人发指，要么腼腆得令人汗颜，要么两者都有。而在聚会上，那个人看上去压根儿就不想来。

"你应该试着跟好男人约会，"她中学时的朋友鲁迪过去常跟她说，"他们人好。我想你会喜欢他们的。"

"那多没劲啊，"乔吉说，"平淡乏味。"

"不会平淡乏味——会很好。"

她们当时在一家咖啡馆闲聊。两个人就守在门口，这样乔吉就可以轻松自如地排在队伍里，就在杰伊·安塞尔莫的后面，他比她们要大两岁，对无疑乐队①跟高质量的汽车音响非常痴迷，毫无疑问他不会把乔吉放在眼里。"非要一个好男人喜欢我，这样做有意义吗？"乔吉说，"好男人见谁都喜欢。"

"你没必要使人人都喜欢你，乔吉。你应该想要跟那个情不自禁喜欢上你的人在一起。"

"好的东西都不会轻易到手。"

"不对，"鲁迪说，"睡觉，电视，即食果冻布丁。"（鲁迪可是个开心果。乔吉想她了。）

"我可不想跟即食果冻布丁一块儿出去。"乔吉说。

"我情愿跟即食果冻布丁结婚。"

乔吉翻了一下白眼。"我想跟麦奇约会。"

"我以为你想跟杰伊·安塞尔莫出去呢。"

"杰伊·安塞尔莫就是麦奇，"乔吉解释说，"他就是在生活牌营养麦片的广告中那个讨厌一切的小孩子。如果麦奇喜欢你的话，你就知道自己还不错。如果麦奇喜欢你的话，那意义可就非比寻常了。"

结果有天晚上，橄榄球比赛结束后，大家在鲁迪家的后院里聚会，乔吉就吻了杰伊·安塞尔莫。乔吉上高中二年级那一年，他都由着乔吉吻来吻去。后来他去上大学

---

① 无疑乐队（No Doubt），美国摇滚乐队。

了，乔吉就另外找了几个男孩子作为亲吻的对象。

她从来都没觉得主动亲吻别人会是个问题；乔吉倾向跟那些欣赏女孩子率直个性的男孩约会。

不过今晚，在尼尔的房间，那的确是个问题。

她完全误解了尼尔：她以为他是麦奇那样的人。她以为他是夏尔最爱发牢骚的霍比特人。但事实上，他不过就是有女朋友而已。

乔吉再也不会主动亲吻任何人了。下一个她会与之亲吻的人得在任何方面都主动。假如她还会找到那么一个人，他觉得他的主动是值得的。

一想到尼尔从侧面看极为对称的嘴唇，还有他徒手画出一条完美直线的本事，她就想一路哭着回家。

她要去找塞斯。

第十六章

乔吉的手机铃音响了一下,于是她拿起来查看。

"地球呼叫乔吉。"

她从手机短信上抬起头去看塞斯,他就坐在她桌子的对面。

他也看了看她,然后低头看着手机,并开始写着什么。

丁零一声。乔吉看了看手机。

"我们没有时间了。"

乔吉沉思片刻,然后用拇指打字回复了一条——

"我知道,对不起。"

当塞斯再次看着她的时候,他的眉毛在那双棕色的眼睛上方凝成了一团。

她觉得自己的心都要撕裂了。

他把脑袋歪向一旁,闷闷不乐地皱着鼻子。乔吉一哭,塞斯心里就不好受。于是他又拿起手机,快速地敲着字。

"跟我说说吧。"

"不行。我不知道从哪儿说起。"

"从哪儿说起都行。"

她把头埋在肩膀上擦了擦泪水。

塞斯叹了口气。

"乔吉,不管发生了什么事——我们都会挺过去的。"

她低头直直地盯着自己的手机。不一会儿,"一位紧急联系人"突然出现在屏幕上,紧接着手机便响了起来。铃声是手机自动设置的标准乐音——马林巴琴曲——乔吉可没有闲工夫去设置特别的铃声。

她抓起笔记本电脑,站起来就往门口走,边走边接听电话,她非常小心,以便不会贸然关了电脑或是不慎把手机从电脑上拔掉。"喂?"

"喵呜!"

乔吉的内心涌起一股冰凉的失落。紧接着她便为此感到歉疚。当你听到四岁女儿的声音,你不应该感到一股冰凉的失落。

"喵呜。"乔吉靠在创作部外面的墙上说。

"奶奶说我可以给你打电话。"诺米说。

"你随时都可以给我打电话。你怎么样了,亲爱的?你给我做饼干了吗?"

"没有。"

"噢。没关系。"

"可能奶奶做了吧。我给圣诞老人做了一些,给我自己做了一些。"

"那太棒了。我敢打赌你做的饼干一定非常好吃。"

"喵呜,"诺米说,"我是一只绿色的小猫咪。"

"我知道。"乔吉试着不让自己分心,"你是世界上最棒的绿色小猫咪。我爱死你了,诺米。"

"你是世界上最好的妈妈,我爱你胜过爱牛奶、鱼骨头和……猫咪还喜欢什么呢?"

"毛线。"乔吉说。

"毛线,"诺米咯咯笑了起来,"那太有意思了。"

乔吉平静地吸了一口气。"诺米,爸爸在吗?"

"嗯—哼。"

"我能跟他说话吗?"

"不行。"

乔吉把脑袋在墙上磕了一下。"为什么不行呢?"

"他在睡觉呢。他还说不许我们到楼上去尿尿。"

乔吉真该跟诺米说去楼上尿尿没事的。尼尔可是她的丈夫啊。已经三天了,她没跟他说过一句话。(或许是十三个小时。)(或许是十五年吧。)

乔吉叹了口气。"那行。我能跟爱丽丝说说话吗?"

"爱丽丝正跟奶奶玩'大富翁'呢。"

"那好吧。"

"我得走了。我的热巧克力现在都凉了。"

"喵呜,"乔吉说,"喵呜——喵呜,爱你,绿猫咪。"

"喵呜——喵呜,妈妈,我爱你比爱毛线还要多呢。"

诺米挂了电话。

在我童年的卧室里有一部魔法电话。我能用它给我过去的丈夫打电话。(那个时候他还不是我的丈夫。或许他原本就不该成为我的丈夫。)

在我童年的卧室里有一部魔法电话。今天上午我把电话线给掐了,还把电话藏在了衣柜里。

或许房子里所有的电话都有魔法。

或许是我有魔法,暂时有魔法。(哈!时空穿梭的俏皮话!)

这算是时空穿梭吗?假如只是我的声音在穿梭的话?

我的衣柜里藏着一部魔法电话。我相信它可以通向过去。我想我应该借此机会修复某件事情。我想我应该让某件事情朝正确的方向发展。

乔吉回到创作部的时候,塞斯看上去一副无力回天的神情。他把衬衣的扣子多解开了一个,耳朵边和后脑勺的头发都直挺挺地竖了起来。

她站在白板跟前,忙起提纲的事。

事情并没有那么难——这些人物他们已经讨论了好几年了。他们只需要把想法变成文字。找几个可行的剧情，把想法一番折腾贯穿其中。乔吉闭着眼睛都能完成。有的时候，她的确在睡梦里就把剧本搞定了。她会在半夜醒过来，然后趴在床头到处找纸和笔。（清醒的时候，她从来都不会记得给床头放个笔记本。）

熟睡中的尼尔受了惊动，伸手去摸她的大腿，又把她拽回到床上。"你在找什么呀？"

"纸，"她说着又爬回床边，"我有个想法，不记下来会忘掉的。"

她能感觉到他的嘴唇正挨着她的尾骨。"你告诉我，我能记住。"

"你也睡得迷迷糊糊的。"

他轻轻地咬了她一下。"快告诉我。"

"是关于一场舞会，"她说，"有一场舞会。克洛伊，剧中的主要人物，最后只能穿她妈妈高中舞会时穿过的一件裙子。她会想尽办法把裙子改得时髦一点，就像《红粉佳人》里那样，可就是改不好，事实上还改得很难看。就在和着《试着温柔点儿》①跳舞的时候，还发生了一件非常尴尬的事情。"

"记住啦。"尼尔说着便把她拉回床上，拉到自己身边，并固定住她的身体。"跳舞。裙子。《试着温柔点儿》。现在睡觉。"

接着，他把乔吉的睡衣掀了起来，并吻咬着她的背，最后折腾得两个人都睡不着了。

后来，尼尔的手搭在她的臀部，额头枕在她的肩膀上睡着了，乔吉这才慢慢地进入了梦乡。

第二天早上洗完淋浴后，她在布满水蒸气的镜子上写着：

舞会。裙子。《试着温柔点儿》。

乔吉摇了摇头，然后抬起头看着白板，试图想起刚才写到哪儿了。

---

① 《试着温柔点儿》（Try a Little Tenderness），美国灵魂乐歌手奥蒂斯·雷丁（Otis Redding）的单曲。

尼尔跟她说自己有女朋友的那天晚上（他要没有女朋友那才见鬼呢），塞斯把乔吉送回家后，又重新回到那个万圣节的聚会。那天晚上，乔吉听她妈妈的卡洛尔·金①专辑听到很晚，并且为她的戏剧课写了一出痛苦万状的独白。

那个时候，她还想着有朝一日要当演员。后来，她才下定决心，无论是自己的脸蛋儿还是大脑，都更适合待在写作部。"你怎么会想着要当演员？"塞斯问她，"像桩子一样戳在那儿，说着别人写的话，让别人告诉你应该做什么……演员不就是一堆漂亮的木偶嘛。"

"如果真是那样的话，"乔吉说，"你肯定跟很多木偶都约会过。"

乔吉并不真要当演员——她真正想做的是单人表演。可她讨厌酒吧那种场所，那就没办法了。另外，她还想结婚并组建家庭。

塞斯说没有什么职业能比得上为电视台写剧本。"那就等于喜剧外加健康保险。"他说。有大房子住，有车开。天天阳光灿烂。

万圣节聚会的第二天上午，乔吉在前往塞斯的兄弟会公寓的路上买了百吉饼。她在过道里跟昨天晚上的女孩子擦肩而过——又是那个漂亮的布里安娜。布里安娜看到乔吉时似乎有些吃惊；乔吉只是点点头，就好像她俩是同事。

当她进到塞斯的房间里，就见他的头发湿漉漉的，正忙着换床单。

"真恶心。"她说。

"什么恶心着你了？"

"就是这个。"

"你情愿我不换床单？"

"我情愿你把所有这些——女孩子、床单、洗澡——在我出现之前统统解决掉，这样我就不至于想到你们做爱的事情。"

塞斯双手抱着床单，犹豫了一下，接着咧开嘴笑了。"你心里想的就是那个吗？"

---

① 卡洛尔·金（Carole King），美国歌手、作曲家，代表作有《挂毯》（Tapestry）、《去年圣诞节》（Last Christmas）等。

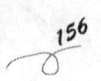

乔吉在桌子旁边坐下,不搭理他。他是大学四年级学生,因此没有室友。她打开他的电脑,然后看着他整理床铺。

他实在太有魅力了。肯定是存心的。

大多数男人从来都是本色上镜,不修边幅。比方说,眼睛生得很漂亮,头发却一团糟,衣服也不合体。大多数男人根本就不懂得如何展现自己。塞斯则像个女孩子——他比乔吉更像个女孩子——他知道自己的优势在哪里。他把黄棕色的头发留了起来,留得足够长,可以自然卷曲闪耀光泽。他穿衣服一般会选择浅色,以便凸显出皮肤那健康的棕色。他把自己呈现在你面前。呈现给每一个人看。这就是我。你们看看我。

乔吉看了。她非常仔细地看了。可内心却泛不起半点波澜。塞斯跟那些可爱的美眉完事之后,才会想到要见自己,因此对于待在这个地方,乔吉并未感到特别的兴奋。

尼尔把乔吉对塞斯的迷恋给治愈了。

而今,什么才能治愈她对尼尔的迷恋呢?

为什么她偏偏喜欢跟别的女人上床的男人呢?如果乔吉是一只野生动物,她一定不会有繁衍后代的机会。

塞斯倒在床上,然后打开电视。动画狂。乔吉把百吉饼给他扔了过去。

"怎么样,"他边打开百吉饼的外包装边说,"上午感觉好些了吗?"

她把双脚搭在他的桌子上,眼睛瞅着电视。"我没事。"

那一集结束后,乔吉坐到电脑跟前打开一个文档。除了他们的专栏、乔吉关于星座的文章和执行总编的工作之外——他们还定期为《勺子》杂志写电影评论的戏仿,戏称为"你老妈评论……"该版块有一张塞斯妈妈的照片。这个星期,他们要评论的影片是《猜火车》。

塞斯还在看动画片。

"他有女朋友。"乔吉说。

塞斯猛地扭头望着她,眉毛低垂着。"这么长时间以来?"

"那还用说。"

他关掉电视，从床上坐了起来，然后拉了一把椅子放到乔吉跟前，反身坐在上面。"让他见鬼去吧，"他用胳膊肘杵了杵她说，"你听我的没错，你们俩没有缘分。"

"你什么时候也开始相信'缘分'了？"

"我他妈一直都相信，乔吉，你给我听仔细了，我是个浪漫派。"

"你去问一下那一长串的周六晨间女郎吧，跟游行表演似的。"

"游行表演挺浪漫的。哪个不喜欢游行表演？"

他们一直忙着写那个电影评论，最后塞斯得去工作了（另外一份工作，在杰·克鲁工厂店）。为了把乔吉逗笑，他可是费了一番功夫；乔吉在电脑上敲字的时候，他就靠着她的肩膀，她基本上都依着他。

当她走出兄弟会那间屋子的时候，觉得内心对尼尔以及那个无法回避的女朋友已经有点儿释然了……

不，那不是真的。

她依然觉得很受伤——不过她对生活却没有那么灰心了。至少，乔吉可能会加入那些比较酷的单身女人的行列，有一份很感兴趣的工作，一个夺人眼球的铁哥们，还有一头漂亮的鬈发。如果她稍稍降低一下标准，说不定就会有不少还算可以的一夜情。

可当她瞥见尼尔正坐在马路对面的公交点时，她又一次陷入了痛苦的深渊。一辆公交车靠了站。车子驶离后，尼尔还坐在那里，直盯着她看。

他抬起一只手，示意她到马路对面去。

乔吉双臂抱在胸前，皱着眉头。

尼尔站起身来。

她就不应该搭理他。她应该直接走到停车的地方。让他等着吧。他在这儿到底想干什么？

尼尔又朝她招了招手。

乔吉皱着眉头，左右看了看，然后小跑着穿过马路。

快到他跟前的时候，她放慢了脚步。"想不到会在这儿碰到你。"她傻乎乎地说。

"不是碰到，"他说，"我一直在等你呢。"

"是吗？"

"是的。"

乔吉眯起眼睛。尼尔看着有些疲惫，不过却很专注。他的皮肤在阳光下显得格外粉嫩。

"我还在想这会不会有点儿怪异。"她说。

"我可没工夫在乎那个。"他上前一步靠近她，"我知道你会来这儿，我有话要跟你说。"

"你打电话就可以啊。"她说。

"我知道。"尼尔把笔记本最上面的一页撕下来递给她。纸上是塞斯兄弟会那间屋子前面一棵柏树的素描。还有一只臭鼬正开着一辆美国汽车公司生产的格莱姆林。再就是尼尔的名字——尼尔·G.——还有一串电话号码。

乔吉双手接过那张纸。

"我只是要告诉你……"他咽了一下口水，把垂到额前的头发往后撩了一下，他的头发其实一点儿都不长，并不碍事。"……我已经没有女朋友了。"

乔吉也咽了一下口水。"你没有了？"

他摇了摇头。

"速度可真够快的。"她说。

尼尔呼出半口气，头又微微地摇了摇。"其实真的，真的没那么快。"

"好吧……"乔吉说。

"所以，"尼尔似乎比较坚定，"我就想让你知道。那个。还有，我觉得或许……我们可以再试试。就试一试。比如说，哪天一起出去转转或者别的什么。既然我现在……已经没有女朋友了。"

乔吉的嘴角隐隐现出一个微笑。她试图遮掩过去。

尼尔没有女朋友啦。

这或许就是由乔吉本人直接引发的一个结果。尽管她从不认为自己是个拆散家庭的第三者——尽管她并非特别想跟一个吻过别的女孩子后就跑回家跟女朋友分手的人约会——却打心底里想跟尼尔约会。或许,她只是想跟他再耳鬓厮磨一番吧。

"我觉着挺好。"她说。

尼尔把头抬了起来——如释重负了,她心想。他咬着下嘴唇,深深地呼出一口气。"那就好。"

"那就好。"乔吉重复道。

她往前走了一步,实际上是从他身边走了过去。她的车子就在那边儿不远处,连半个街区的路程都不到。"好啦。"她说着,有些不好意思地朝他挥着手里的电话号码。

他也朝她挥挥手,然后把手插进牛仔裤的口袋。

乔吉又朝前走了几步,然后转过身。"嗯,你看——现在怎么样?"

"什么?"

"我们现在就开始试试怎么样?"

"现在?"

她重新开始朝他走过去。"对,我是说……我是可以假装我需要时间考虑一下,也可以装作不想这么心急火燎地行事。可是那实在不是我的处事风格——我向来喜欢一股脑儿扎进去。再说了,你又不是刚跟老婆分了手。"

"我们订过婚。"尼尔说,就好像他有义务那么说。

乔吉停下脚步。"天哪,真的吗?"

"不是最近,"他说,似乎很痛苦的样子,"我们早都订过婚了,然后就是约约会。后来我们分开了一段时间。"

"那你们昨晚的状态是？"

"分开一段时间。"

"这么说，昨天晚上，你实际上并没有女朋友。"

尼尔皱了一下眉头。"严格地说，那会儿算是没有吧。"

"那你们什么时候分的手？"

"今天上午。"

"你一大早睁开眼，就火急火燎地跑去跟女朋友分手？"

"我给她打了电话。"

"不会吧。"乔吉用手捂住一只眼睛，"你不要跟我说你是在电话中跟她分的手。"她可不想跟一个有朝一日可能会在电话中跟她分手的男人谈恋爱。

尼尔又把额头的头发往旁边一撩。"我是不得已才那样。她人在内布拉斯加。"

"内布拉斯加？"

他点了点头，又咬了咬嘴唇。

"你们在一起多久了？"

"是曾经在一起，"尼尔说，"从上高中开始。"

"我的天哪，"乔吉说，"为了我，你跟高中时就在一起的女朋友外加未婚妻分手了？"

"不是我的未婚妻了，"他说，"再也不是了。那样做也不全是为了你。"

乔吉皱了一下眉头。当得知自己并不是导致他们分手的原因后，她反倒希望是因自己而起。

"反正我们迟早都要分手的。"他说。

她又皱了几下眉头。

"我的意思是，"尼尔说，"我们一直都说要再试试。然后我就认识你了。我想如果我对你的感觉从开始到现在都是一样的，或许这就足以表明我应该跟她分手。"

"我从来都不知道你会一口气说出这么多话来。"乔吉说。

"我有点儿失态了。"

她笑了。只是微笑。"是我把你弄得失态了吧?"

"哎呀,"他小声说,"没错。那就热烈欢迎我这个彻夜不眠、为了你都能跟高中女朋友分手的人吧。"

她上前一步靠近他。"可不全是为了我。"在感情上,乔吉的确很不善于跟人游戏周旋。就算从常理出发也做不到。她从来不玩任何游戏。

"可我上午这个举动,百分之百是因为你。"尼尔说。

乔吉不该为此感到欢欣。想想内布拉斯加那个可怜的女孩该有多么痛苦——当她知道男朋友一大早跟自己一刀两断,为的就是火急火燎地去跟别人在一起?乔吉的脑海中浮现出一个腮边挂着泪痕的金发女孩,一个人站在寂寞的大草原中央。

"你心里难受吗?"她坦诚地问他,"你要不要回家去,然后听听你以前翻录的那些歌曲,想想你生命的这一章就这样结束?"

"也许吧,"他说,"我想我可能得睡上一觉。"

"好吧。那就……"当他的嘴唇始终跟她的保持在同一个水平线上,乔吉怎么能够抵挡亲吻他的冲动?她甚至都用不着把脚尖踮起来。乔吉抓住他运动衣的前胸,然后靠近他的身体。

她在他的脸颊上亲了一下。

"谢谢你,"在离开他的身体之前她说,"告诉我这些。"

"给我打电话。"尼尔小声说。

"我会的。"

"给我打电话之前不要顾虑太多。"

"我晚上打给你。"

乔吉一路笑着走到车子旁边。

尼尔没有女朋友。

至少，在接下来的三个小时里，这应该不会改变。

那天晚上，她给他打了电话。然后，她带他去威尼斯大道上的凡尔赛去吃蒜香烤鸡和炸芭蕉。尼尔对洛城的好东西一无所知——他整天不是猫在公寓里就是泡在校园里，或者就待在他讨厌的水上。

事实上，尼尔就是讨厌水。

尼尔喜欢的是海洋这个概念。你只要跟他谈起海洋生命跟珊瑚，他立马就会被激活。

没人觉得尼尔会被完全激活，或是善于言辞。他的思想从不会像光线掠过水面那样在脸上映出色泽。那也就是说，乔吉把尼尔的每一次皱眉、每一次眨眼都仔细分类，并试图搞清楚那到底意味着什么。如果彻底搞懂这个人需要一辈子的时间，她也会觉得欢欣雀跃。

尼尔并不清楚这辈子究竟要怎么过。

他曾经调侃说自己总在做重大抉择的时候犯不可饶恕的低级错误。他选择学海洋专业是因为他对别的一切都不感兴趣，结果就是在加利福尼亚极度痛苦地熬了四年。当他跟高中的女朋友——她名叫道恩（草原道恩！）——在大一时渐行渐远后，尼尔的解决办法竟然是向她求婚。

"我就是搞不懂我到底想要什么。"那天晚上黑夜已尽、天刚破晓的时候他说。他们坐在海滩上，尼尔握着乔吉的手。"通常情况下我就是不知道自己想要什么。"

沙子湿润润的，风儿凉习习的。乔吉以此为借口，跟他挨得紧紧的。她穿着蓝绿相间的格子裙，脚上穿着红色的马丁靴，鉴于尼尔的现实状况——尼尔没有女朋友，并且说过喜欢她——她把膝盖蹭着尼尔的大腿，尼尔的情况很难让她不那样做。

"这么说我们会相处得很好的，"她说，"因为我太清楚自己想要什么了。我想要东西的欲望实在太强烈了，最后连自己个儿都有些吃不消了。还好我知道两个正常人在一起需要多少。"

"真的呀。"尼尔说。尼尔在不知道该说些什么的时候,往往就会那样说,目的只是想让乔吉继续往下说。他那样说的时候,脸上会显出一个微笑,如果不是他的眼睛闪着晶莹的光泽,那种多少有点嘲讽的微笑会显得有些刻薄。

"真的。"她说。

"你想要什么?"他问。

劈头盖脸就说"你",未免太草率——太低俗了,即便她脑袋里当时就冒出了那样的话。

"我想写作,"乔吉说,"我想把大伙儿逗乐。我想设计一档节目。然后再设计一档节目。然后继续设计下去。我想成为詹姆斯·L.布鲁克斯①。"

"我可不知道他是谁。"

"庸人。"

"他是个庸人?"

"我还想写一本杂文集。我想加入'大厅里的孩子'喜剧团队②。"

"那你得假装自己是个男人。"尼尔说。

"还得是加拿大人。"她表示赞同。

"当你男扮女装或女扮男装的时候,还得做很多解释说明——那会非常费解。"

"我完全没有问题。"

尼尔笑了出来。(其实还差那么一点儿。他只是微笑,就见肩膀跟胸脯颤动了一下。)

"我想要一个绘儿乐。"乔吉说。

"绘儿乐是什么东西?"

"就是我们小的时候,人们生产的东西,是个转盘式的小盒子,上面放着蜡笔、记号笔跟油

---

① 詹姆斯·L.布鲁克斯(James L. Brooks),美国导演、制片人、编剧,代表作有美剧《疯狂的士》等。

② "大厅里的孩子"喜剧团队(The Kids in the Hall),加拿大短剧团队,成立于1984年,活跃在加拿大和美国的电视媒体中。

漆笔。"

"我想我可能有一个。"

乔吉一把抓住他的手。"你有一个绘儿乐?"

"我想是的。是黄色的,对吧?还有画海报的颜料?我想那可能还放在我家的地下室。"

"我从1981年开始就一直想要一个绘儿乐,"乔吉说,"连着三年,我年年都问圣诞老人要这个。"

"你的父母为什么就不给你买一个呢?"

她翻了一个白眼。"我妈妈觉得那很傻气。她就给我买了蜡笔和油漆笔。"

"原来如此。"——他若有所思地垂下眉头——"要不你把我的拿去吧。"

乔吉将他们握在一起的手照着他的胸口捶了一下。"闭——嘴。"她知道那样说很傻,可她真的感到了一阵狂喜。"尼尔·格莱夫顿,你刚刚让我旧梦成真了。"

尼尔把她的手握在心前。他的面部表情没什么变化,可他的眼睛却眉飞色舞的。他轻柔地问她:"你还想要什么呢,乔吉?"

"两个孩子,"她说,"一个男孩,一个女孩。不过要等到我的电视帝国运作起来之后才行。"

他把眼睛睁得大大的。"我的老天。"

"还要一座房子,门廊要足够宽敞。还要一个喜欢开车出游度假的丈夫。当然还要一辆车,后座要足够宽敞。"

"你在这方面实在令人叹服啊。"

"我还想要一张迪士尼乐园的年票。还要一次跟伯娜黛特·皮特丝①一起工作的机会。我想过得快乐。比如说,百分之七八十的时间里,我希望能感觉到热情而温馨的幸福。"

---

① 伯娜黛特·皮特丝(Bernadette Peters),美国演员、歌手、童书作家,音乐剧代表作有《拜访森林》(*Into the Woods*)等。

尼尔把他俩的手在他蓝色的运动衣上来回搓着。运动衣上印有这样的话：北方高中摔跤队，打垮他们，海盗们！他的双唇紧闭，一双蓝色的眼睛看上去几乎是黑色的。

"我还想飞越海洋。"她说。

他咽了口唾沫，然后用那只空出来的手去摸她的脸。他的手是冰凉的，上面的沙子落在了乔吉的脖子上。"我觉得我要的就是你。"他说。

乔吉捏了一下他握在胸前的那只手，并用它作为一个支点把自己拉得离他更近。"你觉得……"

尼尔舔了舔下嘴唇，然后点了点头。"我觉得……"她越是靠近，他越是不敢看她。"我觉得我只要你。"他说。

"好的。"乔吉表示赞同。

尼尔显得有些惊讶——他几乎笑了起来。"好的？"

她点了点头，她的鼻子都可以碰到他的。"好的。我现在是你的了。"

他把自己的额头跟她的贴在一起，并将嘴和下巴收了回来。"就那么简单？"

"对。"

"真的？"他说。

"真的。"她保证。

她把嘴唇朝他的迎了过去，他看着她，却把头往上一仰躲开了。他的鼻腔里发出沉重的呼吸。他依然用双手托着她的脸颊。

乔吉尽量扮出一副若无其事的神情：

真的。我是你的了。我太清楚自己想要什么，也太会得到自己想要的东西了，而我最想要的莫过于你了。真的，真的，真的。

尼尔点了点头。就好像有谁刚刚向他下达了一个命令。于是他松开乔吉的手，把她轻轻地（牢牢地）推倒（固定）在沙地上。

他朝她俯下身子，两只手放在她的肩膀上，还摇了摇脑袋。"乔吉。"

他说。然后他吻了她。

一切就那样决定了，真的。

就在那一刻，乔吉把尼尔加入自己想要、需要且有朝一日定要得到的物品清单上。就在那一刻，她做出了决定，日后出游的话，那个一整夜开车的人就是尼尔。尼尔也将成为艾美奖颁奖典礼时坐在她身边的那个人。

他亲吻她的样子就好像在画一条完美的直线。

他用墨水亲吻着她。

在那个信心满满的吻里，乔吉下定决心，尼尔就是她获得幸福的必需。

他们仨都累了。

塞斯用手指把自己头上的卷儿都梳理了一遍。这会儿他看上去更像是乔·匹斯科普[1]，而不是小约翰·肯尼迪[2]了。"我们不会增加一个印度同性恋的角色，"他说，"这个没的商量。"

司格提朝桌面俯下身子。"可乔吉说她想增加一些多样性。"

"她可没说她要增加的是你。"

"拉胡尔又不是我。他身材高大，而且不戴眼镜。"

"他比你还不堪，"塞斯说，"他是你的幻想版。"

"看来，所有这些白人男子都是你的幻想版。"

塞斯又把头发折腾了几下。"我的幻想版可不会在这部剧中出现。他早在《绯闻女孩》里出现过了。"

"乔吉。"他俩异口同声地叫道。

"拉胡尔这个角色可以保留，"乔吉说，"不过这是一出另类喜剧；他必须是矮个子，还要戴眼镜。"

"你为什么要把拉胡尔写成那样？"司格提交叉着胳膊说，"那样他就再也找不到爱情了。"

塞斯翻了一下白眼。"哎呀，司格提，你会

[1] 乔·匹斯科普（Joe Piscopo），美国喜剧演员、演员，曾在《周六夜现场》（*Saturday Night Live*）中有出色表现。

[2] 小约翰·肯尼迪（JFK Jr.），美国总统约翰·F. 肯尼迪之子。

找到爱情的。"

"第一，我说的是拉胡尔。第二，我觉得那不是你的真心话。"

乔吉把一只手放到司格提的肩膀上。"他会找到爱情的，司格提。我会给他创作一个梦幻般的男朋友。"

"你那样写是为了我吗，乔吉？"

"我那样写是为了拉胡尔。"

"那一集最好就他妈的把人乐翻天。"塞斯说。

司格提站了起来，把笔记本电脑往背包里一塞。"拉胡尔保住了，"他对塞斯说，"我刚刚让某个印度小男孩成了明星。"

司格提昂首挺胸走了出去。

塞斯依旧眉头紧锁。"这是不是意味着我们得回到开头，把拉胡尔加到试播集里去？"

"他在第三集出现就行了，"乔吉说，"你刚才还说我们需要一对同性恋情侣的角色。你说我们要展现的就是1995年的精神气韵。"

"这我知道。"

乔吉合上笔记本电脑。"我知道咱们说过要把剧本带回家，可我不知道晚上到底能完成多少……"

"留下吧，"塞斯说，"我们一块儿吃晚饭，然后一块儿忙剧本。"

"不行。我得给尼尔打电话。"那会儿已经是奥马哈当地时间八点了。乔吉想在十点之前给尼尔打电话。

塞斯仔细观察了她一会儿，就好像她没有告诉他的那件事恰恰就是他对她唯一不知情的地方。

如果今天晚上她用那部黄色座机给塞斯打电话会发生什么状况呢？会打到1998年的兄弟会公寓吗？接电话的会不会是星期六晨间女郎中的一个？

虽然塞斯现在再也不提那帮星期六晨间女郎了，可乔吉却觉得游行表演还在继续。

"谢谢你,"他说,"今天终于有了突破性的进展。我知道你的生活肯定出了非常严重的状况。"

乔吉把手机从电脑上拔了下来。

"你一个字都不说,实在让人抓狂。"他说。

"对不起。"

"我不想让你向我道歉,乔吉——我想让你把我乐翻。"

第十七章

乔吉把车开上她妈妈家的车道时就百分之百地相信，如果晚上她用那部黄色的拨盘电话给尼尔打电话，接电话的肯定是过去的尼尔。

或者说，至少看起来是那样的——那个莫大的幻觉还会继续。

而且，她百分之一千地肯定她会给他打电话。即便那样做可能比较危险。（如果那一切都是真的。）（乔吉需要选择一个立场——真实还是不真实——然后坚定不移。）

她必须打电话。你说什么也不能对一部能够接通过去的电话视若无睹。你不能明明知道电话可以打通却故意无视这个事实。

乔吉无论如何也做不到。

无论会发生什么，这都是赋予她的使命。尼尔可没有一部可以通向未来的魔法电话。

（天哪，或许她应该验证一下那个推论，她可以叫他打过来……不行。绝对不行。倘若她妈妈接了电话，开始大谈特谈爱丽丝、诺米以及离婚的事情怎么办？万一1998年的乔吉接了电话，说了一番年轻气盛、让人讨厌的话，结果就把一切给搞砸了怎么办？乔吉可信不过1998年那个自己。）

乔吉还没敲门，海瑟就把前门给打开了。

"是不是比萨饼快到了？"乔吉问。

"不是。"

乔吉站在外面的门廊上。

"烤通心粉，"海瑟翻了一下眼珠子，"快进来。"

乔吉走了进去。她妈妈跟肯德瑞克正在厨房里吃晚餐。

"你回家挺早的嘛，"她妈妈说，"你要是饿了，有我做的凯撒沙拉，甜点是康多乐。"

这时，桌子底下那几只哈巴狗叫了起来。

"可不是给你的哦，小妈妈，"乔吉的妈妈俯下身子，用眼睛瞅着那只怀孕的小狗说，"这个康多乐是给大妈妈和大爸爸吃的。小妈妈是不能吃巧克力的——肯尼，我敢发誓，咱们说什么它们都能听懂。"

海瑟就站在门的旁边，她把窗帘拉开了一点，这样就可以从一个角度偷看外面。

大家对乔吉住在这儿的事实已经习以为常了。就连那几只眼睛又小又黑的狗也不再时时刻刻跟在她屁股后面了。

如果乔吉想搬回来住，或许根本犯不着跟她妈妈打招呼。她妈妈也就是在做晚餐的时候多解冻一块猪排而已，如果乔吉把包又扔在桌子上，她兴许会唠叨上两句——也许她妈妈早都认为她已经搬回家住了。

"谢谢，"乔吉说着便朝自己的房间走去，"我不是很饿。"

"你待会儿还出来吗？"她妈妈在身后喊道。

"不出来，"乔吉大声应了一句，"我要给尼尔打电话！"

"跟他说我们大家向他问好！还有我们大家依然爱他！跟他说他永远都是这个家庭的一员！"

"你说那些我根本不会跟他说。"

"为什么不呢？"

乔吉已经走到了过道中间。"因为他会以为我有神经病！"

她打开卧室的门，接着很快把门从身后合上——然后她想到要把梳妆台推过去把门顶上。相反地，她冲到壁柜跟前，把里面的东西一件件掏了出来。她把电话埋在壁柜的最底层，盖在上面的是一只旧睡袋、几卷礼物包装纸，还有她上小学时穿过的溜冰鞋……

找到了。就在那儿。

乔吉直起腰跪坐在脚后跟上，眼睛盯着那部座机，她不知道该不该擦一下，不知道该不该擦上三次然后许个愿。

她把听筒拿起来，贴在耳朵上。没有拨电话的提示音。

哦，当然啦，怎么会有打电话的提示音呢——电话压根儿就没连接到我床后面墙上那个时空接口上。(此处插入癫狂的笑声)

她爬到床边，然后又钻到床底下去插电话线，她甚至幻想着电话线的端口会突然移动起来并火花四溅。接着她又费力地钻了出来，解开缠在床垫弹簧上的头发，然后背靠着床坐下，电话放在腿上。

好了。一切准备就绪。该给尼尔打电话了。

尼尔……

拨尼尔号码的时候，乔吉屏住了呼吸，电话铃刚响过一声，他就接了起来，乔吉差点没噎住。

"喂？"

"尼尔？"

"嗨。"他说。她能听出他声音里浅浅的笑意。那种几乎不会使面部肌肉产生任何变化的微笑。"我想可能会是你。"

"对，"她说，"是我。"

"你好吗？"

"我……"乔吉闭上眼睛，意识到自己还没有缓过劲儿来。此刻她长长地松了一口气，然后从地上站了起来，把电话放在身边的地板上。接电话的是尼尔，他还在那儿。他还会接她的电话。"现在好多了。"她用手背擦了擦眼睛说。

"我也是。"他说，天哪，听他说话太舒服了。天哪，他的声音真的很好听。

自打他们结婚后，乔吉跟尼尔还从来没有分开过这么久。眼下，在真实的生活里,乔吉却没法儿天天跟他说话,问问他的情况。她整个人都要崩溃了。

那就是正在发生的一切吗?乔吉因为思念尼尔心切才会产生这些打电话的幻觉?因为她需要他?

她需要他。

尼尔就是家。他就是大本营。

尼尔就是给乔吉充电的电源,使她恢复到正常状态,每天都精力充沛。只有他最了解真实的乔吉是怎样的一个人。

她应该把魔法电话那样荒诞不经的事情告诉他。现在就说。她完全可以告诉他,她跟尼尔从来都是无话不谈的。乔吉跟尼尔在很多事情上都捉襟见肘,可他们却是彼此最得力的臂膀。尼尔对乔吉尤其如此,只要她需要他,他就会坚定地支持她。

她想到他熬夜帮她忙剧本的日子。爱丽丝出生后,他活脱成了她的左膀右臂(当时乔吉得了产后抑郁症,痛苦不堪,又不太会给孩子喂奶)。即便在她非常狂躁的时候,他也从来不会让她觉得她自己在抓狂,而当她感觉力不从心的时候,他也从未使她感到她是个失败者。

如果这件事只能跟一个人说,那一定是尼尔。

"乔吉?你听不见我说话了吗?"

"没有。"她说。哎呀。她可不能跟尼尔说。"我在呢。"

"跟我说说你今天怎么过的。"

哦,我先是把那部魔法电话的电话线给揿了,接着就坐上我那辆电动汽车……

"我跟塞斯在忙《寻开心》。"乔吉说——因为这样说既符合事实情况,又不会引发什么问题。

话刚出口,她就后悔了。提塞斯的名字就好比摁下了尼尔身上的"关闭电源"开关;无论过去还是现在,这一点从未改变。(算了吧,看来不是任何事情她都能跟尼尔说的。)

"啊。"他说,声音明显冷淡了许多。

"那你呢?"她问。

"我……"他清了清嗓子。她听得出他有意识地驱散着内心的烦乱情绪。尼尔在这一点上的做派始终如一。烦恼在他脸上凝结,他将之聚拢,然后抖落。"我帮我妈烤了好些饼干,"他说,"她给你留了一些。"

"谢谢。"

"不过被我给吃了。"

"坏蛋。"

他笑出了声。"然后……我见到了那个我爸想让我认识的人,他在铁路警察局工作。"

乔吉想了一会儿才有了头绪。尼尔爸爸的朋友,铁路警察局。想起来了。尼尔曾经考虑过这方面工作——可没有太当回事——在奥马哈的时候。"我还是觉得你在编故事。"她说。

"我可没有编故事。"

"铁路警探。听起来就像是哥伦比亚广播公司播放的长达一个小时的故事片。"

"听起来还蛮有意思的,"尼尔说,"简直就是警察这个行当里最好的选择了,就动动脑子,解决问题,一步路也不用跑,也用不着接报警电话。"

"在这个星期的《铁路警探》里,"乔吉故意逗他,"警察们发现了一群睡意蒙眬的无业游民的藏身窝点……"

"工作跟那差不多吧。"

"铁路部门需要海洋学专业的人吗?"

"不需要。谢天谢地。迈克——我爸爸的朋友——说我拿什么学位并不重要,只要有理科的背景就行了。"

"是吗?"乔吉说,"那太好了。"她非常努力地让自己的回答显得真诚一些。

"还不错,"他说,"之后我就回到家里,看见道恩也在,后来我们就一块儿去买冰淇淋了。"

天哪,尼尔的一天简直就是"没有乔吉照样生活"的彩排嘛。"道恩,"她说,"那……太好了。我想道恩肯定觉得你应该当个铁路警探。"

"你不这么认为吗?"

"我可没那么说。"

"那你想说什么呢?"他的语气似乎又冷淡起来。

"不想说什么。对不起。就是……道恩。"

"你吃道恩的醋了吗?"

"我们已经谈过这个问题了。"乔吉说。

"不对,我们还没有谈过。"尼尔并不赞同。

他说的没错;1998年的时候,他们确实没谈过。

"你可不是真的吃道恩的醋了。"他说。

"我当然吃她的醋了。她可是你曾经的未婚妻。"

"勉强算是吧。我是为了你才跟她分的手。"

"你不可能有个勉强算是的未婚妻,尼尔。"

"你是知道的,我可从来没有要向她求婚的意思……"

"那你就更过分了。"

"乔吉。你可不能吃道恩的醋——那就好比太阳嫉妒灯泡的光亮。"

她笑了,不过却继续讨价还价。"谁比我先找到你的,我就吃谁的醋。如果我到汽水店跟我的前男友外加勉强算是的未婚夫共同喝了一杯奶昔,你肯定会吃醋的。"

"那倒是,"尼尔哼了一声,"不过,你天天跟塞斯泡在一起,还不准我吃醋。"

"塞斯可不是我的前男友。"

"天哪，行了吧，他比前男友还要亲密。"

规则，乔吉想大声喊出来。规则，规则，规则！1998年的时候，他们之间的约法三章不是还没出炉吗？"你不能把塞斯跟道恩比，"她说，"我可从来没有跟塞斯上过床。"

这时传来一声很大的咔嚓声，有人把分机的听筒拿了起来。乔吉给吓坏了，就好像上初中的时候过了宵禁还在讲电话一样——她差一点儿就挂了电话。

"乔吉？"她妈妈试探性地问。天知道她有多久没用过座机了。

"什么事，妈？你要用座机吗？"

"不用……我就想问问你要不要吃点儿康多乐。"

"谢谢。还是不用了。"

"给你说话的是尼尔吗？"

"是我，"尼尔说，"嗨，丽姿。"

乔吉不高兴地皱起了眉头。她妈妈过去坚持要尼尔叫她"丽姿"。后来，等他跟乔吉订了婚，她坚持要他叫自己"妈"——在最初的时候，这让尼尔觉得相当不舒服。

"这让我觉得我好像背叛了自己的妈妈似的。"他说。

"你尽量什么称呼都不要叫，"乔吉向他建议，"十四岁那年，有次她把我给惹毛了，我有一年的时间没叫过她一声'妈'。"

"哦，亲爱的，"乔吉的妈妈和风细雨地说，"还是'妈'啊。我们还是一家人。乔吉早该跟你这么说了。这些事情丝毫不影响我们对你的感情。"

乔吉能感觉到尼尔已经无语了。

"好了，妈，"乔吉说，"谢谢。我晚点儿再跟你说。"

"谢谢，丽姿。"尼尔说。

她的妈妈叹了口气。"听着，尼尔，跟你母亲说我问候她呢。"

我的天哪，我的天哪，我的天哪。1998年的时候，乔吉的妈妈跟玛格丽特还没见过面呢。

"妈,"乔吉打断了她,"我跟尼尔正在谈一件非常重要的事情,我真的需要你马上挂断电话。"

"哦,没问题。尼尔,亲爱的……"

"现在就挂,妈。我求您了。"如果再让她妈妈说下去,乔吉蹒跚学步的童年都有可能被拉扯出来。

她妈妈叹了一口气。"好吧,我不打扰了。再见,尼尔。听到你的声音真是太好了。"

如果她再把孩子们抖搂出来,乔吉肯定要尖叫抓狂了。她肯定会的。她还得想想后面怎么跟尼尔解释。"再见,妈。"

直到她挂电话的那一刻,她妈妈还一个劲儿对着听筒唉声叹气的。

乔吉不知道如何收拾残局。

"听那口气,"尼尔说,"我想你妈肯定以为我们分手了。"

尼尔的思维原来奔着那个方向去了,乔吉悬着的心这才踏踏实实落了地,于是她说:"几天前,我也以为我们分手了。"

"可现在没有分?"

"是,"乔吉说,"现在没有分。"

"以后不管发生什么事,"他说,"我都不会管你妈叫'妈'。简直太奇葩了。"

"我明白,"她说,"我会给你撑腰的。"

尼尔刚想说什么,突然又不说了。接着他又重新张口。"乔吉,我……嗯,我从来都没跟道恩上过床。"

"可是……"乔吉欲言又止,"不对,你们肯定上过床。你们连婚都订了。"

"我从来没跟她上过床。"尼尔的声音突然小了很多,"她想等到结婚后再说。她第一个男朋友是个混蛋,因此她觉得自己还是处女之身。"

"她觉得自己还是处女之身?"

"不要再纠缠这个了,乔吉。她想怎么守身那是她的事情。"

"没错,"乔吉说着,点了点头,"没错……事实上,听起来还蛮有道理的。或许,在你回来之前,我也要保护我的处女之身。以伊丽莎白女王的名义。"

听上去就好像尼尔笑了一下。

"因为她是童贞女王。"乔吉说。

"我懂了。"

乔吉陷入了沉默。尼尔从来没有跟道恩上过床。以前她总以为他跟道恩不知道享受过多少青春欢畅的性爱呢。两个美国中部的少年初尝禁果。"美味冷饮店外吮吃辣热狗。"①诸如此类。

那是否意味着乔吉是唯一跟他上过床的女人?

她想起了他们的第一次。就在尼尔的公寓里,深更半夜的,两个人嘻嘻闹闹、手忙脚乱地折腾避孕套——乔吉想跳过关于第一次在一起的回忆,这样就可以直接进入两个人的相处阶段,不管这个阶段究竟意味着什么。

那是尼尔的平生第一次吗?

可恰恰就是这种事情,尼尔最不肯跟她说。尼尔不喜欢谈论性。他也不喜欢谈论之前的事情。也就是两个人在一起之前,也就是遇到乔吉之前。(他甚至不喜欢谈论昨天。)

她想到了尼尔。活脱一个毛小子,皮肤像纸一样白。一会儿很专注,一会儿又走了神儿,连笑的时候都牙关紧咬,跟她亲昵的时候那么温柔,就好像她是玻璃做的。

尼尔。

"你可不能吃塞斯的醋。"乔吉平静地劝他。

"真的?"他哼了一声。

"真的。那就好比太阳嫉妒……"

"另一颗体积相当的太阳?"

"我本来想说月亮来着。"

---

① "美味冷饮店外吮吃辣热狗"(Suckin' on a chili dog outside the Tastee Freeze),美国歌手、演员约翰·库格·麦伦坎普(John Cougar Mellencamp)单曲《杰克与戴安》(Jack and Diane)中的一句歌词。

"说不定太阳还真的嫉妒月亮呢,"尼尔说,"它们的距离实在太近了。"

"我跟塞斯只是朋友。"她说。这是实话,一直都是事实。就算是最好的朋友——也只是朋友。

"你跟塞斯的交情可不一般。"

"尼尔……"

"他是你的灵魂伴侣。"尼尔说。听他说话的口气,就好像他是经过了一番深思熟虑——就好像他已经反反复复地斟酌过了,就好像连他的措辞都是精心准备的。

乔吉嘴一张,下巴刚好抵住了听筒。"塞斯。不是。我的灵魂伴侣。"

"他不是吗?你的人生蓝图不就是围绕着他展开的吗?"

"不是。"乔吉身子前倾。即便在1998年的时候,那个说法也不成立。"不是,真要命。我的人生规划是围绕着我自己展开的。"

"那有区别吗?"

"尼尔……"

"不,乔吉,咱们干脆就把这个事情摊开说吧。我对于你来说,只是多了一个选择——这一点我很清楚。我知道你爱我,我知道你想和我在一起。可是,如果没有我,你照样会设计出生活的蓝图。如果我此刻就从你身边走开——如果我再也不回来——你并不需要调整你的宏图伟业。但塞斯就是你的宏图伟业。这一点毋庸置疑。我想你可能无法想象一天二十四小时见不到他会是什么样子。"

"你是在要求我那样做吗?"

"不是。"尼尔沮丧地说,"不是。我知道……你们在一起有很多共通之处。我从来都没有要求你在我和他之间做出选择。"

他从来都没有。

尼尔一直都不喜欢塞斯——这么多年了,这一点始终不变。可他对塞斯也没有任何怨言。他从来没有因为他们两个人天天在一块儿工作而牢骚满腹,对乔吉加班到很晚或者半夜三更收发手机短信也没有意见——甚至有一次,尼尔跟乔吉带孩子们去迪士尼乐园,结果乔吉却坐在动物王国的路边上,拿着手机跟塞斯详细讨论如何应对跟剧本有关的突发状况。

因为这一切,乔吉对尼尔充满了无尽的感激。还有尼尔的包容。(即便那只是尼尔的勉强屈从。)

有的时候,她就觉得好像在他俩之间横着一条纤细又危险的线,而她就在上面行走。就好像她无法同时做到让两个人都觉得满意。

如果尼尔推她一把,或者拉她一下——如果他俩之中任何一个人那样做——一切就会在瞬间毁于一旦。

乔吉的世界会轰然坍塌。

但尼尔从来都没有那样做。他看上去从不吃塞斯的醋。生气,怨愤,倦怠,失落,迷茫——兴许会有。但不吃醋。他对乔吉跟塞斯的相处始终非常信任。

倘若尼尔真的要她在他俩之间选一个,乔吉将会如何选择?

倘若在1998年的时候尼尔就叫她选择,她又将做出怎样的选择?

她一定会非常生气。说不定她会选择塞斯,因为塞斯可没有叫她做出选择。还因为她最先认识塞斯——先来后到嘛。塞斯跟她老早就认识了。

那个时候,乔吉并不知道自己以后会有多么需要尼尔以及他如何变得像空气一样不可或缺。

那就是相互依存吗?或者那就是婚姻?

"你可以。"她说。

"什么?"

"你可以要求我做出选择。"

"什么?"他似乎有些吃惊,"我不想那样做。"

"我也不想让你那样做,"她说,"不过你可以那样做。"

"乔吉,我见过你们在一起的情形。没有他,你甚至连一个笑话都写不出来。"

"我们写的只不过是些笑话。"

"今天晚上你都说了一箩筐的'只不过'了,难道不是吗?"

"你可以要求我做出选择。"她坚持说道。

"可我不想那样。"他事实上已经吼了起来。

"我甚至连想都不用想,尼尔。我会选择你。无论让我选多少遍我都会选择你。塞斯是我最好的朋友——我想他永远都是我最好的朋友——可你是我的未来。"虽然在1998年说那样的话还为时尚早,不过那有什么要紧呢。反正以后会变成现实的。而且必然会成为现实。"你就是我全部的生命。"

尼尔深深地松了一口气。她想象得出他的反应:摇晃着脑袋,眨巴着眼睛,下巴抽动几下。

"求你千万不要吃塞斯的醋。"她轻轻地说。

他没有说话。

乔吉等待着。

"如果你向我保证我根本没有必要吃醋,"尼尔最后说,"而且我永远都没有必要吃醋,那我就再也不会了。"

"你永远也没有必要吃醋,我保证。"

"好。"他说,接着更坚定地补充道,"好。我相信你说的话。"

"谢谢你。"

"现在,你要相信我说的话,乔吉,看在上帝的分上——我不爱道恩。我从来都没有爱过她。就算你跟我分手,就算你伤透了我的心,我也永远不会跟道恩复合的。现在我知道地球并不是扁平的,我不会回头的。"

"看样子你是说,如果我们分手了,你肯定不会降低标准,非要憋足劲儿找个比道恩好的才行。你那样说是为了让我高兴吗?"

"你因为道恩都把我给毁了。那样说应该会让你感觉好点儿。"

"尼尔,我会因为任何人而毁了你。"

"我的天哪。"他的声音显得异常清晰,就好像他把听筒紧贴在下巴上,"你已经做到了。你不用吃任何人的醋。但尤其不要吃道恩的醋,好吗?"

"好的。"她说。

他叹了一口气。"我们以后再也不要这样做了。"

"做什么?"

"相互吃醋找茬儿。"

"这一点我比你更容易做到。"她说。

"为什么?"

"因为你说得很在理。塞斯比前男友还要糟糕。塞斯没戏。"

"我有理由吃塞斯的醋吗?"

"没有。"

"那我就没有吃他的醋。就此打住。"

乔吉又问了尼尔更多关于铁路警探的问题。她听得出他对那个话题非常感兴趣。

很显然,他对那项工作的重视程度超出了她的想象。

她尽量避免提到这个职业规划所带来的显而易见的现实问题——那将意味着要搬到奥马哈去住。乔吉绝不可能搬到那个地方去。

她以后要在电视台工作,这一点尼尔很清楚。电视行业就意味着洛杉矶。

她内心有个声音想告诉他:

你说的一切并没有发生。我们留在了加利福尼亚。你讨厌这个地方。不过你却自己动手种牛油果。那可不简单啊。

你喜欢我们的房子。房子是你选的。你说它会让你想起老家——可能是因为附近有几座小山,家里天花板吊得老高,而且只有一个卫生间。

还有,我们离海边不远——其实足够近了——而且你不像过去那样讨厌大海。有的时候，我觉得你其实挺喜欢大海的。你在海边爱我。还有孩子们。你说大海甜美了我们的心灵，粉红了我们的脸颊，卷曲了我们的头发。

还有尼尔，如果你不回到我身边，你永远也不可能知道你会成为一个多么好的爸爸。

如果你跟另一个比我更好的女人生孩子，一切都不会成为现在这个样子，因为你的孩子就不会是爱丽丝跟诺米了，虽然我对你来说并不是最好的，但孩子们是完美无瑕的。

上帝啊，你们三个。你们三个。

星期天早上我醒来后——起得很晚，你总是让我睡到自然醒——我就到处找你，你就在后院里，膝盖上沾着土，俩孩子围着你追逐嬉戏。你把她们的头发扎成马尾巴，你让她们想穿什么就穿什么，爱丽丝种了一棵什锦水果树，诺米则吃了一只蝴蝶，她们长得很像我，圆乎乎的，满头金发，她们却为你而闪光。

你还给我们做了一张野餐桌。

你还学会了烤面包。

你给所有朝西的墙上画满了壁画。

一切都还蛮好的，我保证。我向你发誓。

百分之七八十的时间，你或许不会感到极度开心，但或许那是你秉性使然。即便当你闷闷不乐的时候，尼尔——甚至当你在床的另一侧睡着的时候——我也觉得总有某些东西、某些事情使你感受到了幸福。

我保证一切并非一团糟。

"乔吉？你在听吗？"

"我在。"

"我还以为你睡着了。"

"我清醒着呢。这里才十点。"

"我刚才说我可能得携带一把枪——那会让你觉得不安吗？"

"我不知道啊，"她说，"那个我可从来没有想过。很难想象你会带着一把枪。"尼尔甚至连蜘蛛都不会伤害。他会把它们引到一张纸上，然后轻轻地把它们放到门廊上。"那你会觉得不安吗？"

"我不知道，"他说，"也许会吧。我一直都很讨厌枪支。"

"我爱你。"她说。

"因为我讨厌枪支？"

"因为所有的一切。"

"因为所有的一切。"她能感觉到尼尔几乎绽开了笑容。她似乎也能看见他本人。

不对……

乔吉正在描画的是那个已经属于她的尼尔。那个快要奔四的尼尔。身材更瘦，棱角更分明。头发长了，有了鱼尾纹，每年冬天留起来的胡子有几根已经变白了。"这就是所谓的冬天，"他说，"我的孩子们将永远也无法体会到从寒冷的户外回到家里，温暖是如何一点点流向她们的指尖的。"

"听你的意思好像是说，他们永远也不会生冻疮。"

"一个从来没有堆过雪人的人，根本不懂我在说什么。"

"我们的孩子见过雪。"

"在迪士尼乐园，乔吉。那只是肥皂泡泡。"

"可她们是看不出区别的。"

"倘若是珀尔塞福涅绑架的哈迪斯……"①

"你又在转文了。"

属于她的那个尼尔已经甩掉了婴儿肥、小肚腩和霍比特人那样的双下巴。

爱丽丝刚一出生，尼尔就开始骑自行车。现在，他无论到哪里都骑车，后面还拖着一辆黄颜色的拖车，拖车里坐着孩子们，还放着几袋子食

---

① 哈迪斯（Hades）、珀尔塞福涅（Persephone），希腊神话中的冥王和冥后，珀尔塞福涅乃宙斯之女，被哈迪斯绑架至冥界与其成婚。

品杂货、毛绒玩具以及几摞从图书馆借来的书……

在工作和当妈的双重压力下，乔吉的身材已经严重走形，整个人软塌塌的，而且永远都是一副疲惫不堪的神情。她再也没睡过一个好觉。她的腰围再也没有恢复到原来的尺寸——她也没工夫按照眼下的新尺寸（其实这个尺寸一直在不断刷新）给自己张罗着买新衣服。乔吉甚至没有意识到，怀第二个孩子的时候，她的结婚戒指已经紧得没法儿戴了。戒指后来就放在梳妆台上的小瓷碟里。

不过，这些年下来，尼尔的身材反倒越发紧致了——下巴剃得非常干净，眼睛炯炯有神——乔吉却再也找不回镜子里原来那个自己了。

有的时候，她放假一天在家休息，他们一家四口就到公园里去，乔吉便会注意到那些保姆跟全职妈妈们是如何看待尼尔的。那个英气十足的爸爸眼睛蓝蓝的，酒窝圆圆的，两个随行的宝贝脸蛋儿像玩具娃娃一样，她们笑得很开心。

"乔吉？你听不见了吗？"

"没有。"她把听筒贴紧耳朵，"我在。"

"是不是信号太差了？"

电话线另一头的那个人是过去的尼尔。那个时候他还不完全属于她。那个时候还在考虑跟乔吉在一起的可能性。跟现在的尼尔相比，过去的尼尔个性更加粗粝，肤色更加苍白，脾气更加急躁，可他却没有放弃乔吉。在这个尼尔的眼里，乔吉就是某种崭新的、超自然的存在。他依旧为她感到讶异，感到欣喜。

即便现在他非常灰心失望。

即便现在，他们之间隔着十个州，他差不多已经跟她分了手，尼尔依然觉得自己配不上乔吉，觉得乔吉是上天过于垂青他的。

"我爱你。"她说。

"乔吉，你没事吧？"

"没事，我挺好的。"她的声音有些哽咽，"我爱你。"

"宝贝儿，"尼尔的声音带着温柔，含着关切，"我也爱你。"

"可是还不够，"她说，"你是那样想的吗？"

"什么？没有。我可没有那么想。"

"你一直都是那么想的，"她说，"从加利福尼亚到科罗拉多，你自始至终都是那么想的。"

"你那样说就没道理了……"

"万一你是对的呢，尼尔？"

"乔吉，求你不要哭了。"

"你就是那么说的，你还说你是认真的。说什么一切都没有改变，是吗？但为什么我们不能敞开来谈谈这个问题？为什么我们要假装一切都好好的？事情根本不是那样。你在内布拉斯加，而我在这儿，马上就要过圣诞节了，我们本来应该待在一起的。你爱我，但那或许还不够。你就是那么想的。"

"不是的。"尼尔清了一下嗓子，然后又说了一次，"不是的。从加利福尼亚到科罗拉多实在太远了，我之前或许有过那样的念头。不过很快……我就觉得累了。实实在在觉得累——累得精神都要崩溃了，还有关于外星人的传闻，还有日出，还有彩虹。我跟你说过彩虹的事情，对吧？"

"嗯，"她说，"可我就是不明白你说那件事情有什么意义。"

"没有什么意义。我就是厌倦了。懒得再生气，懒得去想那些找不出答案的问题，懒得去想此刻拥有的一切到底够还是不够。"

"这么说来，不跟我分手似乎是在你醒来后的二十四个小时里想出来的更好的解决办法？"

"别那样说。"

"倘若你是对的呢？倘若这一切就是还不够呢？"

他叹了一口气。"最近我一直在想，想知道是不可能的。"

"想知道什么？"她紧追不舍。

"知道够还是不够。谁又能知道是不是有爱就够了？这个问题本身就很愚蠢。打个比方，你运气还不错，跟某个人谈恋爱了，你有什么资格去问爱会不会给你带来足够的幸福？"

"但这个问题已经司空见惯了，"她说，"不是任何时候有爱就够了。"

"什么时候？"尼尔追问道，"你指的是什么时候？"

那一刻乔吉所能想到的便是《卡萨布兰卡》的结尾，以及麦当娜和肖恩·潘。"仅凭你对某个人的爱，"她说，"并不能保证你们就能和谐地生活在一起。"

"没有哪两个人的生活会一下子融合在一起，"尼尔说，"想要彼此相融，就要朝那方面努力。那是靠自己去实现的事情——因为彼此相爱。"

"不过……"乔吉止住了自己。即使他说错了，她也不想让尼尔对这个话题感到扫兴。纵然只有她最清楚尼尔实在错得离谱。

他听上去十分恼火。"我并不是说如果人们彼此足够相爱的话，一切都会奇迹般地顺畅起来……"

如果我们彼此足够相爱的话，乔吉听到的是这个。

"我只是说，"他继续说道，"也许这个世界上根本就没有什么是足够的。"

乔吉没有说话。她用尼尔的T恤衫擦了擦眼睛。

"乔吉？你觉得我说错了吗？"

"没有，"她说，"我觉得——哦，上帝啊，我知道——我爱你。我如此爱你。爱得太多太多。我觉得我都爱得晕头转向了。"

尼尔沉默了片刻。"那挺好。"他说。

"好吗？"

"上帝啊，当然了。"

"你现在想挂电话吗？"

他对着听筒扑哧笑了出来。"不想。"

不过,他或许想挂来着。尼尔跟她打电话的时候,总会顾及她的感受,可他毕竟不是一个十五岁的小姑娘。

"一点儿都不想,"他说,"你呢?"

"不想。"

"如果现在就准备睡觉我觉得也行。要不要我待会儿再打给你?"

"不用了。"她赶紧说。然后她又撒了一个谎:"我不想把我妈给吵醒了。"

"那好吧。那你打给我。给我二十分钟。我想很快冲个澡。"

"好吧。"她说。

"我争取电话响一声就接。"

"好的。"

"好的。"他很快朝听筒送出一个飞吻,乔吉笑了,因为尼尔就好像是地球上绝无仅有的在电话中送飞吻的人。不过,他肯定不是绝无仅有的一个。

"再见。"她说,然后等着那头挂断电话的声音。

第十八章

乔吉也决定去冲个澡。她妈妈说乔吉可以借她的睡衣穿。她妈妈所有的睡衣要么是成套的——上身配下身,要么就是些中看不中用的轻薄而性感的长睡裙。

"给我拿件T恤就行了!"乔吉站在她妈妈的浴室里,裹着浴巾隔着门喊道。

"我没有睡觉穿的T恤衫。你要不要穿件肯德瑞克的?"

"真恶心。不要。"

"那你自己看着办吧。"她妈妈打开门,把衣服给她扔了过去。乔吉打开一条淡绿色的短睡裤——布料是聚酯绸,上面还有奶油色的蝴蝶结,与之配套的上衣镶着蕾丝边,领口非常低。她嘟哝了一声。

"你这大半天一直在跟尼尔说话吗?"她妈妈问。

"对呀。"乔吉说,她真希望自己带了换洗的干净内裤。她可不想借别人的。

"他怎么样了?"

"挺好的。"她发现自己在微笑,"真的挺好的。"

"那孩子们呢?"

"挺好的。"

"你们是在商量解决问题吗?"

"根本就没有什么问题需要解决。"乔吉说。是的,她在心里回答。我觉得是。她朝卫生间外面瞥了一眼。"肯德瑞克在哪儿?"

"在客厅里，看电视呢。"

乔吉便走了出去。

"瞧瞧你，"他妈妈说，"实在太漂亮了。哪天你得让我跟你去逛街买衣服。"

"我得给尼尔打过去，"乔吉说，"谢谢啦，嗯，为你的睡衣。还有别的一切。"她弯下腰在妈妈的脸颊上亲了一下。自从有了自己的孩子，乔吉对亲吻之类的亲昵表达就比较重视了。爱丽丝跟诺米怎么亲乔吉都嫌不够；她在家的时候，俩孩子干脆爬到她身上不下来。一想到孩子们躲着不肯靠近她——或者她想亲亲孩子而她们却吓得哆嗦的情形，乔吉就觉得整个人都要垮掉了。倘若接下来的一年里她们连一声"妈妈"都不会再叫了怎么办？

因此，当她能够做到的时候，乔吉在自己的母亲面前，尽量表现得母女情深些。

她刚在妈妈的脸颊上亲了一下，她妈妈就扭头亲了一下她的嘴唇。乔吉眉头一皱便闪到一旁。"你怎么还那样呢？"

"因为我爱你。"

"我也爱你。我要给尼尔打电话了。"乔吉往下扯了扯丝绸短裤；可短裤实在太短了，怎么扯都没有用。"谢谢你。"

她往左右两边看了看，然后朝过道走了过去。她在海瑟的门口停下脚步——海瑟正躺在床上。她开着笔记本电脑，头上戴着耳机。

看到乔吉，她把耳机摘了下来。"你好，维多利亚，你来是要告诉我一个秘密吗？"

"帮个忙吧。"

"什么？"

"我都快饿死了，可我不想穿成这样经过客厅。"

"我想要是爸看见你穿着妈的紧身内衣，他说不定会遭受永久性的精神创伤。"

海瑟管肯德瑞克叫"爸"。这不难理解,海瑟是他抚养长大的。再说了,他又不是只大海瑟三岁。"说不定遭受永久性精神创伤的是我呢,"乔吉说,"怎么她所有的睡衣全都是内衣呢?"

"她可是个非常性感的女人。我知道这一点是因为她总喜欢跟我这么说。"海瑟下了床,"你想吃什么?我把通心粉全吃光了。还有康多乐——也没剩下多少。哎,想不想让我给你订个比萨饼?"

"不用了,"乔吉说,"厨房里有什么我就吃什么吧。"

"知道吗?你本来可以拿我的睡衣去穿的。"

"您真是太慷慨了,"乔吉说,"要不把能给的全都给我,这样我就可以东拼西凑一番,把它们改造成像帐篷一样宽松的睡衣,那多舒服啊。"

"我相信我的衣服里总会有适合你穿的。"

"哎呀,我的天哪,别说了。赶紧给我弄吃的去。我要回房间躲一躲。"

"你一直在跟尼尔说话吗?"

乔吉咧嘴笑了。"嗯。"

"那挺好的,是吧?"

乔吉点点头。"快去。我饿。"

海瑟拿来了一个苹果,三片提前包好的奶酪,还有一大瓶墨西哥可乐。乔吉要是让爱丽丝去拿吃的,不知道要比海瑟强多少倍呢。

"给尼尔打电话吧,"海瑟说,"我想跟孩子们打个招呼。"

"那边现在是凌晨一点,"乔吉说,"她们都睡着了。"

"噢,那就算了。有时差。"

乔吉打开一片奶酪,开始吃了起来。"谢谢你。现在出去吧。"

"你应该用奶酪把苹果包起来吃;就跟焦糖苹果一样。"

"听起来跟焦糖苹果差远啦。"

"现在就给他打电话吧,"海瑟说,"我想问声好。"

"不行。"

乔吉的妈妈没有把她跟尼尔之间的事情搞砸，这已经算是个奇迹了，乔吉无论如何也不会让海瑟靠近电话一步。

"怎么就不行呢？"海瑟问。

"你心里明白。"乔吉说。

"不，我不明白。"

"因为。我们有私密的……的事情要谈。"

"比如离婚之类的事情？"

"不是。"

"比如电话性爱？"

乔吉虎着个脸。"不是。"

"那是因为你不好意思穿着妈妈的内衣玩电话性爱。"

"我只是想跟我的丈夫说说话，行不行？私下里说，不行吗？"

"当然行了。我打过招呼你就可以说了。"

乔吉试着打开可乐的瓶盖。"你有开瓶器吗？"

"有呀，乔吉，我睡衣里可不就有一个嘛。给我吧。"海瑟接过瓶子，开始用一边的牙齿拧瓶盖。

"快停下，"乔吉说着，伸手向她要瓶子，"你会把牙齿弄坏的。"

海瑟故作夸张地叹了一口气，把瓶子递给乔吉。乔吉把瓶口谨慎地放到嘴边，然后小心翼翼地咬了下去。

电话铃响了起来。

还没等乔吉反应过来，海瑟一把抓过听筒，然后大声说："嗨，尼尔！"

乔吉扔下瓶子就朝海瑟扑了过去，她要把听筒抢过来。

"我是海瑟……对，海瑟。"

"海瑟，"乔吉压低声音说，"你看我怎么收拾你。快放开。"

海瑟在床上蜷缩成一只防御性的球，她用一只手推开乔吉（的脸），用另一只手把听筒贴着耳朵。紧接着，她的表情从不屑的胜利者姿态变成了一脸困惑。她突然放开电话，乔吉一把把她从床上推了下去。

乔吉握紧电话。"尼尔？"

"怎么啦？"他似乎有点儿不知所措。

"你等会儿。"

海瑟站在屋子中间，眼睛瞪得圆圆的，胳膊交叉在胸前。"那个人不是尼尔。"她小声说。好在她把声音压得很低。

"是尼尔。"乔吉反驳道。

"那他怎么不知道我是谁？"

"他可能在纳闷你为什么会朝他大呼小叫的。"

"听声音不像是尼尔。"

"海瑟，我发誓……"

"你有外遇了。哎呀，我的老天，你有外遇了。尼尔是不是因为那个离开你的？"

乔吉冲上前用手捂住海瑟的嘴。海瑟的眼睛鼓得圆圆的，眼泪也掉下来了。哦，天哪。

"海瑟，我发誓我没有外遇。我向你保证。"

海瑟挣脱了乔吉的手。"用你的生命发誓。"

"我用生命发誓。"

"用爱丽丝跟诺米的生命发誓。"海瑟说。

"别那样说，太残忍了。"

"如果你在说谎，那才叫残忍呢。"

"好吧。没问题。我发誓。"

海瑟噘着嘴巴。"我知道那个人不是尼尔，乔吉。我知道这其中肯定有猫腻。这是女人的直觉。"

"你还算不上女人呢。"

"胡扯，我的年龄已经够服兵役了。"

"真的求求你了,快走吧,"乔吉恳求道,"我必须跟尼尔说话。明天早上我们再谈这件事也不迟。"

"那好吧……"

乔吉把海瑟推到门外,然后把门关上。她的心脏怦怦直跳。(她真的需要重新练习瑜伽了。或者是大家现在常做的一些运动。比如动感单车。生完爱丽丝后,乔吉就再也没有去过健身房。)她真盼着卧室的门上能有把锁,可门甚至都没有门闩——她妈妈说狗狗们喜欢进来在床上睡觉。

乔吉走回电话跟前,然后拿起听筒。她小心翼翼地把听筒抵住耳朵。"尼尔?"

"乔吉?"

"是我。"

"刚才那个人是谁?"

"那是……海瑟。我的表妹海瑟。"

"你都有个表妹叫海瑟了,你妈妈还给海瑟起名叫'海瑟'?"

"嗯。大概是吧。就是按我表妹海瑟的名字取的。"

"她要跟你们一起过圣诞节吗?"

"对。"

"你家还有别的亲戚在吗?"

"没有了。就海瑟一个人。"

"想不到你还有表兄弟姐妹。"他说。

"大家都有表兄弟姐妹。"

"不过你可没有姨妈跟舅舅。"

乔吉重新坐回地板上。"你是在练习做铁路警探吧?"

"你好像不太喜欢你表妹。"

"我只是不想浪费有你的宝贵时间而去谈海瑟。"

"有我的宝贵时间?"尼尔轻轻地说。

"没错。"

"我想你了,乔吉。"

"我也想你了。"

"很抱歉。我等不及你给我打过来了。"

"没关系。"她说。

"你躺在床上吗?"

"没有,我正坐在地板上吃预先包好的奶酪呢。"

"真的呀?"他说,接着笑出了声,"那你身上穿着什么?"

乔吉咬了一口奶酪。这太荒唐了。这一切简直荒唐透顶。"你还是不知道的好。"

"我这里下雪了。"

乔吉觉得心里咯噔一下。长这么大她还从来没有见过下雪。

她在奥马哈的时候,即便是十二月份,也总不见下雪——玛格丽特说乔吉是带着太阳来的。

不过,现在上天却为爱丽丝跟诺米下起了雪。

1998年的时候,上天也为尼尔下起了雪。

"真的吗?"她说。

"真的。"尼尔的声音柔和而又温暖。听上去他似乎已经躺在了床上。"刚开始下。"

乔吉爬到自己的床上,轻轻地把灯关掉。"跟我说说下雪吧。"

"那不行,"他说,"你对雪一点儿概念都没有。"

"我在电视上见过。"

"那通常都是假的。"

"真正的雪有什么不一样吗?"

"真正的雪不太像粉末,还有点黏。当你从雪中走过的时候,它一般不会散开。你头脑中的雪是什么样子的?"

"我不知道。那个我从来没有想过。跟雪差不多吧。"

"你好好想想。"

"嗯……它看上去像水晶——雪花就像水晶——不过我知道它是软的。我猜我想象中的雪摸起来几乎像瓷器？不过它可不会摔成碎片，它会在你手里碎成粉末。"

"嗯……"

"我说的对吗？"她问。

"你说的基本是错的。"

"那你跟我说说。"

"嗯，它是冰。"他说。

"我知道它是冰。"

"你只说对了一点——它是软的。你吃过刨冰没有？你家有没有史努比雪球机？"

"当然没有了，我妈从来都不给我买好东西。"

"那你肯定吃过刨冰。"

"吃过。"

"那你就知道雪有多软了。它是坚硬的，但也是柔软的，就像你用舌头抵住上颚时感觉到的那种紧致。"

"是吗……"她说。

"嗯，就像那样。它就像冰，不过却柔软而轻盈，就好像里面有气泡似的。有的时候，比如今天晚上，雪下得很厚——并凝结成团，活像棉花糖和湿润的羽毛。"

乔吉笑了起来。

"我真希望你就在这儿，"他说，"能亲眼看看雪。如果你在这儿的话，你会睡在地下室里——那里有张折叠沙发。"

她知道那张沙发。"我不喜欢地下室。"

"你会喜欢这个的。里面有很多窗户,还有一台桌上足球机。"

乔吉爬到被子底下。"哦,是吗?桌上足球机。"

"还有一整面墙都是棋盘游戏。"

"我喜欢棋盘游戏。"

"我知道……你这会儿在床上,是吗?"

"嗯嗯。"

"我能听出来。你的声音已经放弃了。"

"放弃了什么?"她问。

"我说不好。直率,警觉,聪慧。就是你一整天都必须具备的。"

"你是说我现在呆呆傻傻的?"

"我是说,"他说,"我喜欢你把白天里所有的事情统统抛在一边不去想的状态。"

"我喜欢电话里的你,"乔吉说,"我一直都喜欢电话里的你。"

"一直?"

"嗯。"

"如果你在这儿的话,"尼尔说,"就要睡到地下室。下雪的时候我就会看到,我可不想让你错过下雪。我会到楼下来……"

"你可别来,要是你偷偷溜进我房间的时候被玛格丽特撞见了,她会受不了的。"

"哼,我脚步很轻的。我会下来把你叫醒。我有双靴子和一件旧外套可以借给你穿。"

"我要穿你那件优秀运动员夹克衫。"

"那个不太暖和。"他争辩道。

"现在只是假设在下雪,尼尔。你得给我那件优秀运动员的夹克。"

"这我可就搞不懂了——你认为摔跤是非常粗野的运动,可你却喜欢我的优秀运动员夹克。"

"你摔跤的时候穿的可不是那件衣服。"她说。

"知道吗?这一切可能会成为现实。这一幕。就在明年的圣诞节。"

"嗯。"

"等你穿好我的靴子和优秀运动员夹克,我就带你出门到后院去——我跟你说过那一带没有路灯,是吧?所以你能看到星星……"

这些年来,乔吉跟尼尔总共到后院去过十来次,那里给人的感觉就好像是森林的尽头。他俩每次去都没有下雪,不过倒是能看到星星。

"我要见证你跟雪的初次相逢。"他说。

"相逢?"

"去感觉它,品味它。我要看着雪花飘落在你的头发上、睫毛上。"

她把脸在枕头上蹭了蹭。"就像《音乐之声》里那样。"

"当你感觉冷得受不了的时候,我就紧紧地抱着你。我抱紧你的地方,雪就会在我们之间融化。"

"我们在家的时候,就应该多打电话。"

他笑了。"是吗?"

"是的。就隔着一堵墙给彼此打电话。"

"我们可以买手机打。"他说。

"那最好了,"她表示赞同,"不过你得保证一定要接电话。"

"我怎么会不接电话呢?"

"我哪儿知道。"

"然后,"他说,"如果我抱着你的时候,你还是觉得太冷——估计你很快就会觉得冷,因为你被太阳宠坏了——我就带你回屋去。我们抖落身上的雪,再把弄湿的靴子放到泥屋里。"

"为什么叫泥屋呢?"

"因为那个屋子是用来存放换下来的沾着泥巴的衣物的。"

"你家的房屋设计竟然连人跟泥巴打交道都考虑进去了,太有意思了。

就像盖房子的时候提前设计好了。"

"然后,我就跟你到楼下去……你身上还是会觉得很冷。你的睡裤都湿了。你的脸红通通的,脸颊都冻得没有知觉了。"

"听上去很危险啊。"她说。

"一点都不危险。那很正常。还挺漂亮的。"

"嗯。"

"我会抱着你一直不松手,"尼尔说,"因为我从来没有抱过冷冰冰的你。"

"你对寒冷很着迷。"

他的声音突然变得低沉起来。"让我着迷的是你。"

"不许那样说。"乔吉小声说。

"哪样啊?"

"你的语气。"

"什么语气?"他低声问。

"你知道什么语气。就你那种你想让我勾引你吗的语气。"

"我的语调跟罗宾逊夫人①一个样?"

"对,"她说,"你就是个风骚的女人。"

"我怎么就不能勾引你呢,乔吉?你可是我的女朋友。"

她咽了一口唾沫。"没错,可我正睡在童年的卧室里呢。"

"乔吉。我们已经在你童年的卧室里亲热过了。其实就是上周的事。"

"嗯,不过你这会儿可是在你自己童年的卧室里。"事实上,你跟小时候一样,还算不上个男人呢。乔吉可不能跟这个尼尔口没遮拦。那就好像在背着她的尼尔在跟别人偷情似的——难道不是吗?

"你把去年夏天的事情全都忘了吗?"他问。

她笑了,把脸扭向一边,即便他根本看不见她。"那个夏天无与伦比的电话性爱。"她说。她

① 罗宾逊夫人(Mrs. Robinson),美国经典电影《毕业生》中的角色,性感,善于挑逗。

当然记得那个夏天无与伦比的电话性爱。

"没错,"他说,"那个夏天的夫妻长途。"

乔吉已经把那个绰号都给忘了。听到后她笑了出来。"不。我没忘。"

"有什么不对劲儿吗?"

"我不能跟你玩无与伦比的电话性爱。"我已经十五年没有过那种经历了,"我可穿着我妈的内衣呢。"

尼尔笑了起来,笑得很真切、很响亮,这在以前几乎从未出现过。"如果你是想把我的胃口吊起来,实话跟你说吧,亲爱的,不管用。"

"我是真的穿着我妈的内衣,"乔吉说,"说来话长。我没别的衣服可穿了。"

在他开口说话前,她都可以听见他在微笑。"哦,天哪,乔吉——把那个脱掉。"

尼尔。

尼尔,尼尔,尼尔。

"我明天给你打电话。"

"不,"她说,"不要挂。"

"我都快睡着了。"他哼笑了一声,声音有点模糊不清。她仿佛看见他把脸埋在枕头上,而电话就在耳朵边靠着——她心里想的可是手机。错了。

"没关系。"她说。

"我可能都已经睡着了。"他喃喃地说。

"我不介意。那样挺好的。我也要睡着了。你把电话再靠近耳朵一点儿,这样我可以听见你醒来的声音。"

"到时候我就跟我爸解释说,我打了十个小时的长途电话,因为当时觉得打电话睡觉还挺浪漫的。"

天哪。长途。乔吉已经忘了"长途"这个概念——现在还有"长途"吗?

"是挺浪漫的,"她说,"就好像在彼此的头脑中醒过来。"

"我醒来后给你打电话。"

"不要给我打,"她说,"我给你打。"

他都有点儿打呼噜了。

"我不是执意要那样,"她说,"不过说真的:不要给我打,我给你打。"

"好吧,你打给我,宝贝儿。你一醒来就给我打。"

"我爱你,"乔吉说,"我就这样爱你。"

"在睡梦中?"

"无拘无束地。"她说。紧接着又说:"尼尔?"

"还没穿衣服的时候就给我打。"他说。

她笑了起来。"我爱你。"

"我也爱你。"他的声音有些含糊。

"我想你了。"她说。

他没有回答。

乔吉觉得自己的眼睛都睁不开了。听筒沿着她的脸颊滑落一旁——她抓起听筒,重新放回耳边。"尼尔?"

"嗯。"

"我想你了。"

"过几天就见到了。"他含糊地说。

"晚安,尼尔。"

"晚安,亲爱的。"

乔吉等他挂断电话,就把听筒放回座机,然后爬到床边把电话放到床头柜上。

DECEMBER

S	M	T	W	T	F	S
1	2	3	4	5	6	7
8	9	10	11	12	13	14
15	16	17	18	19	20	21
22	**23**	24	25	26	27	28
29	30	31				

2013 年 12 月 23 日

星期一

2013

第十九章

天刚亮的时候,乔吉第一次醒了过来,主要是她发现自己没穿睡裤。她先是给吓了一跳,随后便觉得挺好笑。接着她用被子把头蒙上,想再睡个回笼觉。因为睡着的时候,她似乎一直在做梦,而且是个美梦,只要她把眼睛合上继续睡,说不定还能接着做梦呢。

如此温暖——或许"温暖"在这里就是"挚爱"——的感觉,上一次是在什么时候,她已经想不起来了,于是迷迷糊糊又睡过去了。很显然她爱尼尔,她一直都爱尼尔,不过上一次跟他聊天并一口气聊了六个小时是什么时候的事来着?就只是她跟他聊天。她想,或许这次就是上次。然后她又睡着了。

有人在大声嚷嚷,于是乔吉第二次醒了过来。有两个人在嚷嚷,还猛敲卧室的门。

"乔吉!我要进来了!"那是塞斯吗?

"乔吉,他不会进去的!"是海瑟……

乔吉睁开眼睛。门打开了,旋即又啪的一声关上了。

"该死的,海瑟,"塞斯抱怨道,"那可是我的手指头。"

乔吉坐了起来,身上穿着她妈妈那件又小又暴露的打底背心。她急需衣服。她瞥见地板上有件尼尔的T恤衫,就仿佛看见了救命稻草般,慌忙抓起来从头上硬套了下去。

"我可不能让你大摇大摆进我姐姐的卧室!"海瑟大声说。

"你是在保护她的名誉吗?因为那艘船已经扬帆远去了。"

"根本不是。他只是去看望他的妈妈。"

"什么?"塞斯听上去上气不接下气。门开了,在门又一次关上之前,塞斯瞥见了乔吉。"乔吉!"

门又一下子开了,只见塞斯跟海瑟竟抱作一团,倒在了地上。

"我的天哪,"乔吉说,"不许碰我妹妹。"

海瑟正扯着塞斯的毛衣领子不放。

"你叫她不许碰我。"他说。

"快放手!"乔吉大声喊着,"我做梦都没梦见过这么恐怖的场面。"

海瑟松开手站了起来,双臂交叉在胸前。看她的神情似乎对乔吉跟塞斯起了疑心。"我刚打开前门,他就冲进来了。"

塞斯眼睛瞪着乔吉,生气地整了整袖口。"我就知道你在这儿。"

"绝妙的推断,"乔吉说,"我的车子就停在外面。你来这儿干什么?"

"我来这儿干什么?"他干脆不打理袖口了,"你没开玩笑吧?我的意思是,你是在跟我开玩笑吗?那你在这儿干什么?你在干什么,乔吉?"

乔吉把脸在尼尔的T恤衫上蹭了蹭,然后瞥了一眼那部座机——座机就放在她以前用的闹铃旁边,闹铃显示的时间是正午。"天哪,"她叫了起来,"真的快到中午了吗?"

"真的,"塞斯说,"中午啦。你却还没上班,也不接电话,还穿着那些乱七八糟的衣服。"

"我的手机没电了。"

"什么?"

她用被子紧紧裹住腰部。"我不接电话是因为我的手机没电了。"

"哦,不错啊,"他说,"那就解释了为什么你会待在你妈的房子里并且睡了一个大懒觉。"

门铃响了。海瑟看看乔吉。"你一个人行吗？"

塞斯把双手向上一挥。"不至于吧！海瑟！你还没出生的时候，你姐姐就是我最好的朋友。我觉得我们俩单独待在一起，你不应该有什么不放心的。"

海瑟虎视眈眈地用手指着他。"她现在很脆弱！"

门铃又响了一声。

"我没事，"乔吉说，"你去开门吧。"

海瑟跺脚离开房间，朝过道走去。

塞斯用一只手在头上梳了一下，然后摇了摇头。"好吧。咱们都别慌神儿，我们还有时间——我把咖啡都带来了。今天还剩下十二个小时可以忙工作，不是吗？明天至少也有那么多时间。圣诞节当天或许还可以忙上五六个小时？"

"塞斯……"

"她说的'脆弱'是什么意思？"

"你看，塞斯，我很抱歉。你让我先把衣服穿好。"

"你不是穿着那件非比寻常的'金属乐队'T恤衫嘛，"他说，"看样子你已经穿好了。"

"那就让我换件衣服，刷刷牙醒醒神儿。抱歉得很。我知道咱们要忙剧本的事。"

"天哪，乔吉，"——他一屁股坐在床边，脸朝向她——"你以为我关心的是剧本？"

她在被子下面盘起双腿。"嗯。"

塞斯把脸重重地埋在手里。"你说的没错。我是关心剧本。我非常关心剧本。"他沮丧地抬起头，"不过说到底，你如果搬回你妈这里住，一天睡上十八个小时，即便我们梦想的电视剧成功了，也不会有太大的意义。"

"对不起。"她说。

塞斯用两只手揉搓着头发。"不要。说那样的话。你就……跟我说说究竟出什么事啦。"

她瞥了一眼那部黄色电话。"我不能说。"

"我已经知道了。"

"你知道啦？"不，他不可能知道。

"我知道是跟尼尔有关。我又不是瞎子。"

"我从来没有觉得你是瞎子，"乔吉说，"你只是沉浸在自己的世界里。"

"你就跟我说说这事吧。"

"我真的不能说。"她说。

"你说了天又不会塌下来，乔吉。"

"别的事情可能会。"

塞斯叹了一口气。"那就……他离开你了吗？"

"没有。"

"不过你们两个已经不说话了。"

是的，她在心里说，从星期三开始就不说话了。后来——没错，说了一夜的话。

"你怎么会那样想呢？"她问。

塞斯抬起头，那神情就好像他都替她感到了惭愧。"你连去趟卫生间都要带着笔记本，就怕手机响了。"

"我必须把手机插在电脑上充电。"她说。

"买个新手机不得了。"

"我正打算买呢。就是太忙了。"

塞斯两条漂亮的红褐色眉毛拧到了一起。他看上去就像一位忧心忡忡的资浅参议员，就像一位即将饰演一位忧心忡忡的资浅参议员的演员，还像美国有线电视网上一位出演犯罪调查类轻喜剧的明星。"你能不能告诉他这一切都是我的错？干脆拉我垫背得了。"

"那样说行不通的。"乔吉说,她在被子底下把拳头握紧放在大腿上,"要是把你说成一个混蛋,我不就成了忠于混蛋的人了。"

塞斯翻了个白眼。"不管你怎么看我,他都觉得我是个混蛋。"

她叹息了一下,眼睛望着天花板。"天哪,塞斯。这就是为什么我没法儿跟你谈这个。"

"什么?我可没有说他是个混蛋。我是说我知道他是那样看我的。"

"尼尔不是个混蛋。"

"我知道。"塞斯说。

"我讨厌那个字眼。"

"我知道。"

她想擦擦眼睛,却不想松开被子。

"我的意思是,他在某种程度上是个混蛋……"塞斯说。

"塞斯。"

"怎么啦?那就是他的杀手锏,不是吗?你明白那就是他的杀手锏。他跟塞缪尔·L.杰克逊那样的人挺像。"

"我讨厌塞缪尔·L.杰克逊。"

"我知道,不过你却喜欢那句'你想找不痛快了,小混混,是吗?是不是啊?'你可喜欢了。"

"闭嘴,你根本就不了解尼尔。"

"我了解他,乔吉。我这辈子就他妈跟他隔了一把椅子的距离。他就像你呼出来的二手烟,我经常闻到。这就好比我们两个共同拥有你的监护权。"

"不对。"——乔吉用指尖摁着额头——"这就是为什么我跟你没法儿谈这件事。你没有任何监护权。"

"我有一部分。工作日。"

"不对。尼尔是我的丈夫。他有全部的监护权。"

"那为什么你出了状况,在这儿替你操心的不是他呢?"

"因为……"乔吉大声说。

"因为什么呀？"

"因为是我把事情搞砸了。"

塞斯生气了。"因为你没有去奥马哈？"

"最近是因为我没去奥马哈。还因为我从来都不去奥马哈。"

"你每年都去一次！你还给我买了我很喜欢的千岛酱。"

"我就是打个比方。我总是以节目为重。我总是把工作放在第一位，我这辈子再也不去奥马哈了。"

"或许你该问问自己为什么再也不去了，乔吉。"

"或许我是该问问自己！"事实上她喊出了那句话。

塞斯瞪眼看着自己的腿。

乔吉也瞪眼看着她自己的。这可不像他们——塞斯跟乔吉从不吵架。或者更确切地说，他们时时刻刻都在吵架；他们互相拌嘴、互相贬损、互相挖苦。不过在重要的事情上他们从来没有发生过争执。

她清楚塞斯知道她跟尼尔之间有矛盾，不过没什么大不了。

塞斯当然知道。二十年来，他一直坐在她的旁边。他看着一切土崩瓦解——至少在他看来是那样——不过他从来什么都不说。

因为他们之间是心照不宣的。

还因为有些事情是神圣不可侵犯的。不是乔吉的生活，而是工作——工作是神圣的。塞斯跟乔吉在门口查看一下各自的生活，然后便开始工作。这其中蕴含着一种令人叹服的美，一种自由的味道。

无论他们的个人生活如何不尽如人意，他们两个人始终都在为节目忙碌，不管负责什么样的节目，他们总是相互倚重——他们非常珍惜这种情感。

他们珍视工作，便能够永远拥有工作，那里是一片绿洲，让他们度日其中。

上帝。上帝。这就是为什么乔吉会把生活搞得一地鸡毛。

就因为她在某方面太能干了,因为她太善于跟某个人相处了,因为她把全部精力都投入到生活中最容易的事情上了。

她哭了起来。

"嗨。"塞斯说着便伸手去抱她。

"不要。"乔吉说。

他就等在那里,直到她的哭声变成了抽鼻子。"你昨晚忙剧本了吗?"

"没有。"

"那你今天来吗?"

"我……"她摇了摇头,"……我不知道。"

"你要是愿意的话,我们可以在这儿工作。换个环境或许对我们是好事。"

"那司格提怎么办?"

塞斯耸了耸肩膀。"他早就开始在家工作了。他甚至忙完了一集。写得……还不错。不太像我们的风格,不过还不错。挺特别的。"

工作。乔吉应该去工作。她连圣诞节都不过了,为的就是忙剧本。如果她不为剧本忙活,这个星期就荒废掉了;那乔吉真是陪了婚姻又折了工作。她正打算跟塞斯说,"好吧,好吧,我会去上班,我要工作",这时电话铃响了起来。

座机电话。

她跟塞斯都看着电话。电话铃响了一声就停了。

"好啦,"塞斯说,"我把咖啡都带来了,就是不知道现在放哪儿了——我把咖啡交到你妹妹手上,为的是不让她挡我的道儿。我的老天,她的保护欲也太强了吧,你是不是受到过死亡的威胁?"

有人从过道那头跨着重重的步子朝这边走来,接着门就开了。海瑟把头跟肩膀伸了进来。"打给你的。"她阴沉着脸瞅着乔吉。"是尼尔。"

乔吉的心咯噔一下。(好极了。现在她竟然出现了心悸。)(等等。尼尔也能拨通厨房的电话吗？这简直太疯狂了。)"谢谢。我拿起听筒后你就挂掉好吗？"

"你要我挂断他的电话？"

"不是，"乔吉说，"我要在这儿接。"

"那能行吗？"

"你开什么玩笑？"

海瑟又瞪了她几眼。"对不起，我对你们二十世纪的科技不了解。"

"你到厨房等着，听到我拿起听筒后你就挂断。"

"你现在就把听筒拿起来。"海瑟说。

乔吉看了一眼座机，刚好在伸手不及之处，然后看看塞斯——她没看地板上她妈妈的短睡裤。"等一下。"她说。

"好吧。"海瑟密切注视着乔吉，就好像要试图破解她的把戏，"那我就跟尼尔说说话等你吧。"

"不要跟他说话，海瑟。"

海瑟的眼睛眯成了两道缝。"我就跟尼尔问声好，问问他孩子们怎么样了……"

乔吉踢了塞斯一脚。"把听筒拿起来。"

"什么？你要我跟尼尔说话？"

"谁也不许跟尼尔说话。把听筒拿起来——"她又踢了他一脚，"——然后递给我。你——"她指着海瑟，"——不是个好妹妹。人品太差了。"

乔吉又踢了塞斯一脚。他坐起身，把听筒拿了起来——他紧握着听筒把手举到半空，就好像手里拿着的是一颗炸弹——然后扔给了乔吉。

海瑟在门口等着。挂断吧，乔吉低声说。现在就挂。

她把听筒放到耳边，然后等着海瑟挂断。她能听见尼尔家里有人在说话——是他的父母。她能听见尼尔的呼吸声。

海瑟啪的一声挂上了厨房的电话。

"喂？"乔吉说。

"嗨。"尼尔回答。

乔吉顿时觉得自己的脸变得柔和起来；她低下头以免被塞斯看到。"嗨。我给你打过去好吗？"她希望这个尼尔是对的。（她指的不是现在的尼尔，她指的是那个年轻的尼尔。）

"我知道我不该给你打电话，"他说，"只是时间已经不早了，我就在想——我不知道我在想什么，或许是想跟你说话吧。"

这是那个对的尼尔。"没关系的，"她说，"不过我可以给你打过去吗？"

"可以，"他说，"对不起啊。"

"不要感到抱歉。我马上给你打过去。"

"早上好，乔吉。"

乔吉看看表。"你那边都快两点了，是吗？"

"是的，"尼尔说，"不过……你那边不是，对吧？我这个时候给你打电话是不想错过跟你说声早上好。"

"哦。"她感觉自己的脸有些发热，"早上好。"

"啊哈！"塞斯说。

乔吉抬头看着他，脸儿都吓绿了。

他靠在衣柜上，一副乐不可支的神情。"你没穿裤子。"

"是塞斯在说话吗？"尼尔问。

乔吉闭上眼睛。"是的。"

她能听到尼尔的防御机制已经擎起——然后下落归位，就像钢铁侠的盔甲噼里啪啦地准备就绪。虽然远隔万里之遥，分隔十五年之久，她还是能感觉到。

尼尔冷冷地问："他刚才是不是说你没穿裤子？"

"他又犯浑了。"

"是吗？对了，你要给我打过来，是吧？是要等你跟塞斯完事儿之后吗?是不是这个情况?"

"是的,"乔吉说,"就是这个情况。"

"好吧。"他朝着电话粗鲁地呼出一口气,"待会儿再跟你说。"

他挂断了电话。

乔吉狠劲儿把听筒朝塞斯扔了过去。不过力气还是不够大——电话线飞出去又弹了回来,最后落在地板上。有那么一会儿,她担心自己真把听筒给摔坏了。(她能不能接上一部新电话?很显然,那条棕色的电话线也有魔力,这样她一直都能在厨房给尼尔打电话。)

"你现在破坏我的婚姻还嫌不够,"她强压住心中的怒火,"是不是?你要一次性地把它彻底摧毁。"

塞斯的眉毛翘了起来——他看上去就好像被乔吉拿电话给砸中了。他看上去似乎要喊出来:"规则,规则,规则!"

"破坏你的婚姻……"他说。

乔吉吐出一口气,摇了摇头。"我不该说那样的话。"她一个劲儿地摇头,"对不起。我只是……你刚才为什么开口说话?"

"你觉得我在破坏你的婚姻?"

"没有。塞斯。我没有。我觉得是我在破坏自己的婚姻。跟你没有多大关系。"

"跟我关系大着呢——我是你最好的朋友。"

"我知道。"

"我永远都将是你最好的朋友。"

"我知道。"

"即便这——"

"不要说了。"她说。

他背靠着壁橱,轻轻地用脚踢了几下,然后把脚靠上去,就好像他在给橘红色的斜纹棉布裤做模特似的。(他身上就穿着橘红色的斜纹棉布裤。)

然后他把双臂交叉起来。"那个到底是什么意思,"塞斯问,"'一次性地'?"

"没有什么意思。我只是累了。"

"还害怕。"他平静地说。

她低下头看着被子。"还害怕。"

"跟我说说这件事显然会产生灾难性的后果……"

她抿了下嘴唇,用牙齿咬了咬,同时点点头。

"那咱就什么都别说了,乔吉。我们就动笔写吧。"

乔吉抬头看着他。塞斯知道如何摆出一副恳切的面孔——他那张脸如此坦诚,她都有些认不出来了。

"我能帮你做的也只有这件事了。"他说。

她的目光落到了电话上。"我得给尼尔打过去。"

"好吧。你给他打过去。然后穿好衣服。我去找找咖啡,然后找个地方准备一下……你收拾好了就出来——我不会跟人说你睡觉不穿睡裤,不过从现在开始,我就铭记于心了,乔吉,铭记于心——我们要为自己写一个剧本,我们要像艾米·谢尔曼-帕拉迪诺①一样出色。

"我很喜欢艾米·谢尔曼-帕拉迪诺。"

"这我知道,"他边说边朝她意味深长地挤着眉毛,"我是你最好的朋友。"

"我知道。"

"那我现在去厨房了。"

"塞斯……"

"你待会儿就出来。"

"塞斯,现在不行。我得给尼尔打过去。"

他脑袋朝后抵住衣柜。"我可以等。"

"我不想让你等。"

"乔吉。"

---

① 艾米·谢尔曼-帕拉迪诺(Amy Sherman-Palladino),美国电视剧作家、导演、制片人,代表作有美剧《吉尔莫女孩》(*Gilmore Girls*)等。

"塞斯。我得把能处理的问题处理好。"

"那我又该做些什么呢?"

"你去忙吧,"她说,"写剧本。"

"你晚点儿会来办公室?"

"可能吧。"

"不过你明天肯定会来。"

"对。"

他把脑袋在纤维板上轻轻地敲着。"好吧。就……这么着吧。"他用脚把门推开。"四天,"他低沉地说,"我们的成功就指望这四天了。"

"我知道。"

"那好吧……不过,要是你发现今天根本没法儿有效地收拾婚姻的残片,倒不如过来跟我一块儿写剧本。"

"不许再提我的婚姻了。永远都不许。"

塞斯在门口停下脚步,朝她露出一个灿烂的笑脸。"嗯,快点儿——你要送我到门口的,对吧?"

乔吉在被子下交叉着双臂。"让海瑟把你踢出去吧。那会让她心情好起来。"

"我一直觉得海瑟喜欢我。"他嘟哝着,从身后把门关上了。

乔吉不等塞斯走出房子,也等不及让自己的脑袋或是眼睛清醒一下——她就开始琢磨一个事实,那就是尼尔给她打电话了,到目前为止已经打了两次,这就是说她的魔法电话对两个人都有效,这或许意味着……鬼才知道那可能意味着什么。那是一部魔法电话,它根本就是无章可循。

她心急火燎地拨着尼尔的号码,结果拨错了一个号码,结果又得重新拨一遍。

接电话的是他爸爸。又差点把乔吉的魂儿都给吓出来了。

"嗨,保罗——格莱夫顿先生,我是乔吉。嗯,尼尔,尼尔在吗?"

"你叫我保罗就行了。"他说。

"保罗。"乔吉说,她觉得自己又要哭了。

"你的电话来得正巧,"他说,"尼尔就在旁边。"

接着传来一阵沙沙的声音——"喂?"

"嗨。"乔吉说。

"嗨。"尼尔说。语气比较冷淡。不过或许没有生气。尼尔的情绪变化总是难以让人捉摸。"塞斯允许你休息一会儿啦?"

"他走了。"

"噢。"

"你们要出门吗?"她问,"你爸说——"

"对。我们要去看望姨婆。她在一家疗养院住着。"

"你们真好。"

"才不是呢。她住疗养院,要过圣诞节了,可她身边一个亲人都没有。我们做的其实真的很少。"

"哦。"乔吉说。

"对不起。我只是……不喜欢疗养院。我的姨婆没有孩子,因此我们——"

"对不起。"

"你觉得抱歉。"尼尔哼了一声,"我还以为你在睡觉呢。"

"什么时候?"

"我给你打电话的时候。"

"那会儿我是在睡觉。"她说。

"你跟塞斯在一起。"

"他刚把我叫醒。"

"你醒来后就应该给我打电话的。"

"我本来就是要给你打的。"

"终于打过来了。"他说。

"尼尔。你向我保证过永远都不会吃塞斯的醋。"

"我不是吃塞斯的醋。我是生你的气。"

"哦。"

"我得走了,"他说,"我回来后再给你打电话。"

千万不要给我打,乔吉几乎脱口而出。"好的。我就在家。"

"好。"

这一次,她不打算说"我爱你"了,她想看看尼尔会不会说出来。"我会等你的。"她又说了一遍。

"好。"他挂了电话。

第二十章

尼尔挂了电话。

因为在他看来，那实在太稀松平常了。

有那么一会儿，乔吉真希望他能明白——她到底是谁，生活在何年何月，以及所有的事情。如果尼尔知道他挂断的是自己的未来，兴许就不会随随便便挂断了。魔法电话是不能挂断的。

乔吉肚子饿了，于是溜达着朝厨房走去。

海瑟站在前门口，正在跟谁说话。乔吉透过观景大玻璃窗看见了送比萨的车，她拿不准自己要是过去找他们拿比萨饼会不会显得唐突，要是没了比萨饼，说不定他们之间的小情调会戛然而止。

她打开咖啡机，然后在冰箱里找吃的，结果一无所获。

几分钟后，海瑟笑盈盈地走进厨房。

"比萨在哪儿呢？"乔吉问，"我都快饿死了。"

"哦。我没订比萨啊。"

"可送比萨的男孩不是来了吗？"

海瑟从乔吉身边走过去，然后朝冰箱里张望。"送错了。"

"根本就不会发生送错比萨这种事，"乔吉说，"所有的比萨都是预订好了才做的。"

"是地址搞错了，"海瑟说，"说不定就是弄错了，因为我们成天在他们那里订。"

"海瑟，我不跟你开玩笑，比萨根本就不可能送错。那个男孩就是找你说话来了。"

海瑟只是摇摇头，并打开装蔬菜的抽屉。

"这件事有多长时间了？"乔吉问。

"什么事都没有。"

"你订比萨不是为了填饱肚子，而是为了找点乐子，这种情况有多长时间了？"

"那塞斯给你提供叫醒服务有多长时间了？"

乔吉伸手要关冰箱的门——海瑟只好躲闪一旁。"不像话。"乔吉说。

海瑟似乎还想说些什么，说点儿更难听的，却只见她紧闭双唇，胳膊交叉抱在胸前。

乔吉不想待在厨房了。走到厨房边上的时候，她又停下脚步。"我要去冲个澡。如果尼尔打电话，你过来跟我说一声。"

海瑟不搭理她。

"行不行啊？"乔吉说。

"行。"海瑟同意了，不过却懒得回头看她一眼。

洗澡之前，乔吉又仔细检查了一下那部黄色电话，以确保拨电话的提示音是正常的，而且铃声的音量足够大。（就好像有人溜进来过，并在电话上动过手脚似的。）

乔吉上初中的时候，有段时间非常担心会错过一个男孩子打来的电话，每次去卫生间都要把电话拽到里面。（他一个电话都没打。）（不过这丝毫不影响乔吉的情绪。）

她站在喷头下尽情地冲着，直到热水用完了才肯罢休。她又翻出一条她妈妈练瑜伽穿的裤子和一件印着哈巴狗图案的运动衣穿上，最后朝外面的洗衣房走去。

乔吉渐渐长大后，洗衣机跟烘干机就给挪到外面靠车库放着，上面还搭了一个小塑料顶棚。不过肯德瑞克后来在房子后面给她妈妈盖了一间洗衣房，地上铺着瓷砖，里面还有一张用来整理衣服的桌子。如果厨房的电话铃响了，乔吉在外面的洗衣房也能听见。

她打开洗衣机的盖子，把牛仔裤、T恤衫、胸罩扔了进去……

那件胸罩让她感到非常郁闷。

那件胸罩原本是粉色的，是在乔吉生下爱丽丝而还没怀上诺米那段时间买的，可现在它却变成了灰秃秃的米黄色，而且罩杯之间的地方有一道裂缝，其中一个罩杯的钢圈会神不知鬼不觉地从破口溜出来。有的时候，几乎整根钢圈都爬了出来，像个挂钩似的在她的衬衣领口处晃来晃去；有的时候，钢圈则从相反的方向伸出来并戳到了她。你可能觉得这下乔吉无论如何也要给自己置办几件新内衣了，哪知道她趁没人注意的时候把钢圈往里一推完事，之后就把这事忘得一干二净，直到下次钢圈又跑了出来。

乔吉完全不会买东西，而买胸罩则是最差劲的。你没法儿在网上买，也没法儿让别人替你买。

乔吉买胸罩一直都是最差劲的——即便在她的乳房既年轻又丰盈的时候。（要是乔吉能想个办法给过去的她打个电话就好了，那样她就会告诉自己当年的她是多么年轻漂亮。"这就是未来购买胸罩的诅咒：每个女人的乳房都有点不对称，接受现实吧。"）

她把洗衣机的盖子盖上后，把洗涤模式调到"轻柔"，然后一屁股坐到地板上，背靠着烘干机。烘干机暖暖的，还发出嗡嗡的轰鸣，乔吉觉得自己就跟那些小猕猴一样，更喜欢布偶妈妈。①

一切本不应该变成这个样子。

昨晚乔吉入睡之前，一切似乎好得不能再好了。光用好来形容还不够。也许比以往任何时候都要好……

那真令人匪夷所思。她在电话上跟过去那个

---

① 布偶妈妈（the cloth mother），即布造玩偶。美国心理学家哈利·哈洛（Harry Harlow）曾做过著名的"代母实验"，即将猕猴跟一个布造玩偶和铁丝造玩偶放在一起，结果发现猴子更愿意跟布偶妈妈相处，如果食物在铁丝妈妈怀里，猴子会在铁丝妈妈那儿吃完东西，回去找布偶妈妈；如果受到惊吓，猴子会跑到布偶妈妈身上。

尼尔说话的时候，比起过去或是现在一起生活的日子，两个人似乎更谈得来。或许电话中的那个他们更适合在一起——一个成熟的乔吉跟一个多数情况下精力充沛的尼尔。很遗憾他们没能朝这个方向发展。

这种局面还能持续多久呢？

那天是 12 月 23 号。

乔吉记得 1998 年发生的事情：尼尔在圣诞节那天出现在她家门口。那就意味着——座机里的尼尔——在过去的那个明天早上就要离开奥马哈来向她求婚。

那一幕还会发生吗……尼尔还会求婚吗？还是一个小时前，因为塞斯突然搅局，乔吉已经把一切给搞砸了？

或许她第一次给过去那个尼尔打电话的时候，就已经把一切给搞砸了。

昨天，乔吉还想着她是不是应该说服尼尔不要再爱她了——如果这场魔法的终极目标就是要把他从她身边拯救出来的话。但是，如果她刚一说话就已经使他不再爱她了呢？

正当乔吉发热的大脑纠缠不清的时候，海瑟从后面的台阶走了进来。她拿了一盒坎贝尔浓汤，只要在微波炉里热一下就可以直接端起来喝了。鸡肉蔬菜汤。

"你自己做过饭吃吗？"海瑟问道，"还是尼尔每天早上都把一盘早餐摆在你面前？"

"有的时候我叫外卖。"乔吉说。

"你给孩子们吃什么呢？"

"尼尔给孩子们弄吃的。"

"如果尼尔不在家呢？"

"酸奶。"

海瑟把那盒汤作为谢罪礼，递给乔吉，然后背靠着洗衣机坐在她旁边。

"谢谢。"乔吉说。

海瑟看上去似乎对乔吉还是有点戒备。她深深地吸进一口气，然后透过牙缝轻轻地呼了出去。"我知道你有情况，就不妨跟我说说——你跟塞斯上床了吗？"

乔吉抿了一小口汤，结果烫到了嘴唇。"没有。"

"你是不是有个男朋友，他的声音跟你丈夫差不多，但不是你的丈夫，而他的名字也叫尼尔？"

"没有。"

"是不是发生了非常奇怪的事情？"

乔吉把头转向海瑟，然后歪着靠在烘干机上。"是的……"

海瑟也学着她的样子，把头靠在洗衣机上。"从我记事起，你一直都跟尼尔在一起。"她说。

乔吉慢慢地点了点头，然后小心翼翼地又喝了一口汤。"要知道，你参加过我们的婚礼。你还记得吗？"

"应该记得，"海瑟说，"不过我可能只记得照片上的情景。"

海瑟本来是负责捧花的，可是乔吉的朋友里没有一个能买得起到内布拉斯加的机票，于是海瑟就成了除了塞斯之外的唯一伴娘，塞斯则理所当然地认为自己应该支持乔吉。

乔吉甚至不知道她该不该邀请塞斯（因为婚礼要在奥马哈举行，还因为尼尔的缘故），但塞斯逢人就说自己是乔吉的伴郎，而她也不知道该如何跟他理论……

婚礼上，塞斯穿了一身棕色的西装三件套，系着一条淡绿色的领带。海瑟穿着淡紫色的山东绸，还有一件绿色的开襟羊毛衫。她挽着塞斯的胳膊走过地毯。

而且他坚持要海瑟参加乔吉结婚前的单身派对——一场"新娘亲友团"的晚餐派对，就在距离尼尔家不远的一家有上千年历史的意大利餐馆举行。他们吃的是加着甜番茄酱的意大利面，塞斯没完没了地谈他正在写的情景喜剧，也就是那部电视剧使他确定要让乔吉加盟进来。乔吉喝了太多的佩泽诺威士忌，海瑟则趴在桌子上睡着了。"幸好提前定好我开车。"塞斯说。

有一张照片是关于第二天的结婚仪式，塞斯作为乔吉的见证人在结婚证上签字。海瑟则踮起脚尖张望着。塞斯穿着棕色的马甲，乔吉穿着白色的婚纱，尼尔笑得阳光灿烂。

乔吉又喝下一大口汤。"你那会儿很可爱，"她对海瑟说，"我想你可能以为那是你自己的婚礼吧——尼尔跟你跳舞的时候，你的脸始终都是通红的。"

"那个我记得，"海瑟说，"我是说，我看过照片了。我看上去跟诺米一模一样。"

乔吉跟尼尔的婚礼不是那种在教堂举行的传统婚礼——也没有置办婚宴。他们在尼尔家的后院举行了婚礼。当时丁香花正在怒放，乔吉手里捧着尼尔的妈妈提前扎好的一束花。

婚礼一切从简。她跟尼尔都是大学刚毕业，乔吉度蜜月回来之后才开始参与情景喜剧的工作。（内布拉斯加的乡下有条满是淤泥的河，有人在河上盖了座小屋，他们为期五天的蜜月之旅就是在那里度过的。）（最甜蜜的五天。）

他们原想自己承担婚礼的全部费用；她妈妈跟肯德瑞克已经不惜血本要买机票，而乔吉也不想让尼尔的父母帮忙。

是乔吉建议他们在奥马哈结婚的，她知道那样做会让尼尔高兴。他们那次分开，几乎是分手，在她的记忆里依旧新鲜，乔吉希望尼尔日后回想起他们的婚礼时——对婚礼的每一个细节——都感到满意。那天她就是想让他感到快乐，让他觉得完完全全地自在。

不过尼尔的父母这头最后还是帮了他们一把。他的父母买了蛋糕，他的姑姑们做了薄荷起司奶酪跟三明治。曾经给尼尔施洗礼和坚振礼的牧师为他们主持了婚礼。婚礼仪式过后，尼尔的爸爸将音响挪到露台上，然后负责播放音乐。

乔吉坚持要他播放一首名叫《皮革与蕾丝》①的歌。

那首歌最开始只是个玩笑。

他们刚开始约会那阵儿，有家餐馆就播放着《皮革与蕾丝》那首歌，乔吉乐不可支地跟尼尔说那就是"我们的歌"。于是他俩试图想出一首更荒谬的"我们的歌"——结果却徒劳无功。（尼尔建议《吉卜赛、荡妇跟小偷》②；乔吉却坚持要选《疯狂的士》的主题曲。）

后来，在他们恋情发展的关键时刻，收音机里总是播放着《皮革与蕾丝》……

一次是当尼尔在她家房子外面的车里吻她的时候。

一次是在去旧金山旅行的路上。

一次是乔吉以为自己怀孕了，于是他们在沃尔格林排队买可丽蓝验孕棒。（尼尔用手搂着她的背，乔吉拿着测孕结果，就好像那是一盒口香糖。当时史迪薇·尼克斯正柔情地唱着要过属于自己的生活，还要变得比你想象中更加坚强。不知从什么时候起，《皮革与蕾丝》就成了他们的歌。真正意义上的。）

婚礼那天，这首歌在尼尔父母的院子里播放的时候，乔吉感慨万千，无法自已。

是不是就在那一刻她才意识到自己真的要结婚了？

还是那一刻她只是觉得她搞定了一个愿意跟她跳舞且无比真诚的男人，他们额头抵着额头，随着《皮革与蕾丝》的音乐舞动？（"留下来跟我在一起，留——下来。"）

《皮革与蕾丝》放完之后，尼尔跟他的妈妈在《月亮河》的歌声中跳起了舞。（就是安迪·威廉姆斯③那个版本。）接下来播放的是《正反两面》④（朱

---

①《皮革与蕾丝》(Leather and Lace)，美国摇滚天后史迪薇·尼克斯(Stevie Nicks)和美国摇滚乐团老鹰乐队成员之一唐纳德·亨利(Donald Henley)共同演绎的歌曲。

②《吉卜赛、荡妇跟小偷》(Gypsies Tramps & Thieves)，美国歌手、演员雪儿(Cher)的金曲。

③ 安迪·威廉姆斯(Andy Williams)，美国流行乐歌手、歌坛大师，代表作有《月亮河》(Moon River)、《爱情故事》(Love Story)等。

④《正反两面》(Both Sides Now)，美国民谣歌手朱迪·考林斯(Judy Collins)的代表作之一。

迪·考林斯那个版本），乔吉跟塞斯一起跳，尼尔则跟海瑟一起跳。

几个小时后，大家有的已经离开了，有的则待在房子里——切了蛋糕之后，塞斯立马就奔机场去了——尼尔跟乔吉还在露台上，伴着收音机里播放的老歌慢慢地跳着舞。

那天之前，他们从来没有真正在一起跳过舞。那天之后也大抵如此。说实话，即便在那个时候，他们也没怎么跳舞……尼尔一只手搂住她的后腰，另一只手搭在她的脖颈上，乔吉靠在他身上，两只手放在他的胸口，他们左右摇摆着。

那根本就不是跳舞。那只是让婚礼继续下去的一种手段。一种继续沉浸在婚礼的氛围中、并在头脑中一遍遍回放的手段。现在我们结婚了。我们结婚了。

在二十三岁这个年纪，你对婚姻并不了解。

你不明白卷入某个人的生活并深入其中究竟意味着什么。你不明白如何在方方面面跟那个人发生千丝万缕的联系，不明白你们将在血液里融为一体。你不明白五年后十年后——甚至十五年后——想到离婚将会是怎样的一番滋味。此刻乔吉想到离婚，仿佛看见自己跟尼尔并排躺在两张手术桌上，而一帮医生正试图把他们缠绕在一起的血管解开。

二十三岁的时候，她对此一无所知。

那天，在露台上，乔吉感觉那就是迄今为止她的生命中最重大的日子，但并非她此后的生命中最重要的一天，它并不能改变一切。它会在细胞层面上改变她，就像病毒改写你的 DNA 一样。

那一天，那个夜晚，露台上……

乔吉假装在跳舞。她紧抓着尼尔的衬衣。他们彼此蹭着鼻子。"你是我的妻子。"尼尔说，然后他笑了起来，她很想用牙齿咬住他的酒窝。（就好像一旦她抓住了酒窝，就能将之收藏起来似的。）

"你的。"她说。

他们舞动的时候,乔吉似乎瞥见永恒的线轴从眼前伸展开来。从今以后,她想成为的一切就跟那一天、那个决定,彻彻底底捆绑在了一起。

尼尔穿着一身海军蓝西装,直到结婚前一天他才去理了发,因此头发看上去有点太短了。

"你的。"她说。

尼尔捏了一下她的后背。"我的。"

烘干机停了下来。

"我从没谈过恋爱,"海瑟说,"我可能不是个善感的人。"

乔吉放下汤盒,把眼镜往脑门上一掀,然后揉了揉眼睛。"你怎么可能知道那个?"

海瑟耸耸肩膀。"嗯,到现在都没发生过,不是吗?"

"或许你订的比萨饼不够多。"

"我是认真的,乔吉。"

"好吧——说真的,海瑟,你才十八岁。你有的是时间谈恋爱。"

"妈说她在我这个年纪,都谈过三次恋爱了。"

"哦,"——乔吉皱起眉头——"她是那种罕有的情感丰富的人。只要跟爱情有关,她的免疫系统就妥协投降了。"

海瑟玩着她运动衣上的拉绳。"我还从来没跟任何一个人真正约会过呢。"

"你有没有试过?"乔吉问。

她妹妹皱了皱鼻子。"我不想试。"

"等你上了大学就好了。"

"可你上高中就谈过恋爱,"海瑟坚持说,"你认识尼尔之前谈过恋爱吧?"

"你为什么要问我这个?"

"因为我需要找个人说说心里话,"海瑟说,"咱妈又是那么个人。"

"你为什么不跟朋友们说说呢?"

"我那些朋友都跟我差不多,什么都不懂。你在尼尔之前谈过恋爱吧?"

乔吉想了一下。高二的时候,有个男孩子,他不像别的男孩那样难以接近——不过几个星期后,就烟消云散了。接下来的几年里,她常跟塞斯坐在沙发上。

"也许吧,"乔吉说,"我有过两三段恋情,那差不多就是爱吧。"

"不过跟尼尔就不一样了。"

"跟尼尔是不一样。"

"那你怎么知道他就是那个对的人?"

"我并不知道。我想我们两个人谁都不知道。"

海瑟白了她一眼。"尼尔知道——他都向你求婚了。"

"不是那样的,"乔吉说,"你以后会明白的。其实更像是这样:你遇到了某个人,于是你恋爱了,你非常希望他就是那个对的人——然后在某个时刻,你必须下赌注。你必须让自己做出承诺,并且希望你的选择是正确的。"

"我没听过谁那样描述爱情的。"海瑟皱起了眉头,"或许是你弄错了。"

"很明显是我弄错了,"乔吉说,"不过我还是觉得大多数人对爱情都是那么看的。"

"这么说你认为大多数人一辈子凡事都寄托于希望,只是希望他们的感受是真实的。"

"这跟真实没有关系,"乔吉说着,把脸完全转向海瑟,"这就好比……你们两个人相互扔球玩,你只是希望球能始终停在空中。这跟你们爱不爱对方没有任何关系。如果你们不爱对方,就不会玩这种白痴的扔球游戏了。因为你们彼此相爱——你就希望把游戏一直玩下去。"

"你用球比喻的是什么?"

"我说不清楚,"乔吉说,"恋爱,婚姻。"

"你实在让人觉得郁闷。"海瑟说。

"或许你不应该跟一个刚刚被丈夫抛弃的人谈婚姻。"

"他并没有抛弃你,"海瑟说,"他只是去看望他的妈妈。"

乔吉低下头看着放在腿上的那个空汤盒。

"我一直在等你跟我说,这所有的一切都值得……"海瑟说。

乔吉咽了一口唾沫。"说那样的话没有任何意义。"

她们静静地坐了一会儿,这时其中一只哈巴狗——那只肚皮鼓起来的怀了崽儿的狗——顺着台阶小跑进了洗衣房。看那只哈巴狗的样子,与其说它从台阶上跑了下去,倒不如说它从台阶上滚了下去。乔吉皱了一下眉,就把目光挪开了。它朝她跑了过来,然后停下脚步,拼命叫了起来。

"我也不喜欢你。"她说着把头转向那只狗。

"是衬衣,"海瑟说,"她讨厌那件衬衣。"

乔吉低下头看着哈巴狗,它被她借来的衬衣给搞糊涂了。

"狗有非常强烈的地盘意识,"海瑟说,"来,你挪一下——让它爬到烘干机里去。"

"我或许是不喜欢它,"乔吉说,"不过我还不至于要把它做成狗肉。"

"她喜欢烘干机,"海瑟说着就把乔吉推到旁边,然后打开烘干机的门,"里面暖和。"她把狗抱进烘干机里,放在一堆衣服上面。

"要是里面太热了怎么办?"

"那它会跳出来的。"

"这太危险了,"乔吉说,"万一你不知道它在里面,就把烘干机给打开了怎么办?"

"我们每次都会先查看一下。"

"要是换了我,就不会。"

"嗯,从现在开始你就会了。看——它喜欢待在里面。"

乔吉看着小狗安静地躺在一摞深色的衣服上,庆幸自己的衣服还在洗衣机里。她皱着眉头看看小狗,再看看海瑟。"你要提醒我,以后千万不要再叫你替我看孩子了。"

乔吉的胸罩在洗衣机里彻底四分五裂了。她妈妈用的是速度女王牌洗衣机,洗涤器非常老旧,松动的钢圈缠绕在了中间的桶柱上,并且卡住了别的衣服。乔吉一把将钢圈抽了出来。

从尼尔挂断电话到现在还不到一个半小时。他或许还没到艾奥瓦州他姨婆住的疗养院。乔吉可不能什么都不做,干坐在那里等上一整天。她应该去工作……天哪,不行,她现在可不能想塞斯的事情。

她拿起胸罩,琢磨着少一只钢圈能不能凑合穿,然后就把胸罩跟别的衣服一起扔进了烘干机(之前已把哈巴狗挪了出去),然后跑进房子。

海瑟正坐在沙发上玩着她的手机。

"你想不想去购物中心?"乔吉问。

"在圣诞节前一天?当然啦,这个主意太棒了。"

"那好。咱们走吧。"

海瑟早把眼睛眯了起来;她把眼睛眯成了一条缝。"你难道连胸罩都不穿吗?"

"我去购物中心就是为了买只胸罩。"

"你为什么不回家拿些衣服?"

乔吉想起了她那个家。伫立在黑暗中,路程又太远,家里的一切跟尼尔离开时没什么两样。"我要在尼尔打过来之前赶回来。"

"那就把手机带在身上。"

"他打的是家里的座机——你还去吗?"

"不去,"海瑟说,"我留下来。这样尼尔打电话过来就有人接了。"她说到他的名字时双手比了引号。

她们朝彼此皱着眉头。

"跟我走吧,"乔吉说,"我会给你买点什么。"

"买什么?"

"我可能得去一趟苹果的零售店。"

海瑟从沙发上一跃而起,随后又不动了。"我不能接受贿赂;我不会替你保守那些见不得人的秘密。"

"我可没什么见不得人的秘密。"

乔吉的手机还插在点烟器上,当她启动车子后,手机立马就恢复了功能。她看到塞斯的七个未接电话和四条语音留言,还有尼尔的两个未接电话和一条语音留言。乔吉把车子停下——车子一半在车道上,一半在马路上——然后开始播放那条语音留言。她屏住呼吸,等待着尼尔的声音,倾听现在那个尼尔的声音。

"妈妈?"是爱丽丝的声音,"奶奶想问你,我们能不能看《星球大战之帝国反击战》。我跟她说可以,可她说里面有很多暴力场面。爸爸去公墓看爷爷了,他没有带手机,我们没法儿得到他的许可。我跟奶奶说没关系的——鲁克砍掉达斯·韦德的脑袋时,我们把眼睛闭上就行了——可她不相信我说的话。你给我们打过来好吗?我爱你——"爱丽丝对着电话亲了一下,"——再见。"

乔吉把手机往仪表板上一放,然后倒车开到了马路上。

"你没事吧?"海瑟问。

"我没事。"乔吉说着把眼镜推到头上,用手背擦了擦一只眼睛。

"我们前脚刚踏出门,你开车就跟个亡命徒似的。"

"我没事。"乔吉说。

第二十一章

购物中心的停车位都满了——她们就在那里一圈圈地兜着转,最后终于找到了一个车位。然后乔吉打开手套箱,翻出她的驾驶证和信用卡。

"你连个小包都没有吗?"海瑟问。

"我大多数情况下都用不着手包。"

"我还以为当妈的人都会背好几个大手包,里面装着急救包跟成盒的开心麦圈呢。"

乔吉白了她一眼。

"你简直就是个无家可归的流浪汉,"海瑟说,"难道不是吗?如果尼尔不回来,你就得自己去弄食物跟水了。"

乔吉把手机和卡塞进口袋。"我们不能在这儿耽搁时间,"她说,"要不你不能去朱利叶斯橙汁店去勾搭帅哥了。"

"我又不是十二岁的小孩子,乔吉。"

"我们要速战速决。我们买好胸罩,给我手机买块新电池,然后立马回家。"

"你要给我买个新手机吗?我觉得其实我还是更喜欢平板电脑。"

"谁说我要给你买手机了?"

"你暗示过那个意思。再说了,妈说你挺会买手机的。"

"快别磨蹭了。我可不想错过尼尔的电话。"

购物中心里面播放着摇滚版的《铃儿响叮当》，不管是在商店里，还是在贴身衣物部的更衣室里都能听到。

地板上已经扔了一堆胸罩，乔吉还在不断试穿，并且背对镜子朝后面瞅着。她太心烦意乱了，都忘了试过的胸罩哪些适合她穿。

随便拿一个就行，乔吉。要不全都买了。不要紧的，你不过是在消磨时间。

老天哪，消遣的时机也未免太离谱了吧。未来的命运悬而未决，此刻的她却一筹莫展，只能把时间一点点地消耗掉。至少在尼尔打电话过来之前，她只能如此。

他会打过来的，对不对？

万一他不打过来呢，万一他气昏了头呢？万一一直到明天早上他还是气鼓鼓的呢？

为了让一切步入正轨，乔吉必须跟尼尔谈谈。她必须确保明天，过去那个明天，他仍会驱车出发，并在圣诞节那天出现在她家门口。

可万一他没有那样做呢？

难道乔吉真的相信过去的十五年会如此瓦解掉吗？是不是她太过于笃信这种离奇的情境，以至于她认为自己的婚姻会逐渐烟消云散，就像马蒂·莫弗莱在弹奏《地球天使》时出现的状况？

除此之外她还能怎么想呢？她只能硬着头皮接着往下演——赌注实在太高了。

倘若1998年尼尔并不会出现在她家门口向她求婚……

二十二岁的乔吉永远不可能知道她会错过什么。那个女孩以为一切早都结束了，以为她已经失去了他。

尼尔动身前往奥马哈之后的一个星期，乔吉彻底崩溃了。

乔吉每天都觉得整个人处于云里雾里一般。她躺在床上，故意不给他打电话。她凭什么要给他打电话？她又该说些什么——抱歉？乔吉并不觉得有什么可抱歉的。她清楚自己这辈子想做什么，她正在为梦想而奋斗，她绝不会为此而感到抱歉。

事实上，尼尔从未向她提出过令人信服的生活规划："乔吉，我想做个饲养绵羊的农场主——这是我血液里的召唤，这个目标只有在蒙大拿才能实现。"（那里是出产绵羊的地方吗？）"我需要你。跟我走吧。"

没有，尼尔只一个劲儿地说："我讨厌这儿，我讨厌这样的生活。我讨厌你想过这样的生活。"

尼尔所能提供给乔吉的就是全盘否定一切。

最后，他连否定都带走了。他扔下她一个人走了——在他离开小镇的时候就跟她一刀两断了。

乔吉着实相信他们已经分手了。

尼尔离开后的最初几天，她感到非常痛苦，就好像肋骨撕裂了似的，就好像一滴泪悬挂在肺叶的底端。乔吉会在一阵惊惧中醒过来，意识到自己严重缺氧——或是她已经丧失了将氧气积聚在体内的能力。

接着，她一下子又有了呼吸，就好像被棒球猛地砸中了心脏。

空气就在身边；她只是要想一想。吸入，呼出。吸入，呼出。她想知道是否这辈子都要提醒自己记得呼吸。或许从此刻开始，那将会成为她的内心独白。吸入，呼出。吸入，呼出。

那个星期，尼尔也没有打电话向乔吉道歉。

人家凭什么呀？那时她就想。他要为什么事情而向她道歉呢？为不能想乔吉之所想？为意识到了自己的局限？

他能对自己有如此清醒的认识，实属难得。

他能把问题看得透彻，令人起敬。

尼尔爱她，这个乔吉知道。他的手一刻也不离开她——连他的墨水都跑到她身上了；他总在她的肚子上、大腿上或者肩膀上涂鸦。他在床头放了一套霹雳马绘图笔，乔吉洗澡的时候，水就像彩虹一样从她身上流下来。

她知道尼尔爱她。

他能意识到仅仅有爱还不足以使他感到快乐,这很了不起。说明他的思想已经相当成熟了。他或许能使他们俩免受更多的心痛。

哦,天哪,哦,天哪,哦,天哪。

吸入——呼出。吸入——呼出。吸入——呼出。

留下来跟我在一起,留——下来。

到了圣诞节那天早晨,乔吉依然饱尝着分手的悸痛。她的心情没有好转,人也打不起精神。

有一点她非常肯定,那就是以后每年的圣诞节都会因为尼尔的离去而蒙上一层阴影。就像乔吉再也没法儿忍受《铃儿响叮当》这首歌,因为那会让她想起尼尔驱车离她而去,而拖链那头牵着她的心。

塞斯不断打电话过来想询问她的情况,可她不想跟他说话。她不想听他说,没有尼尔她就好过了。

乔吉过得一点儿都不好。即便尼尔是对的——即便他们永远都合不来,即便他们从根本上来说就是配错了对——没有他,她还是不会过得好。(即便你的心碎了,还把你折磨得半死,可没有了心,你还是没法儿活。)

圣诞节那天早晨,妈妈说服乔吉到客厅来看海瑟拆礼物。海瑟才三岁,就明白一件事:树底下所有的礼物都是给她的。乔吉坐在沙发上,把煎饼抓在手里吃,身上穿着一条法兰绒睡裤跟一件破旧的T恤衫。

肯德瑞克也在客厅。那个时候他跟乔吉还不熟。他给乔吉带了一张系着蝴蝶结的电影礼品卡。海瑟得到的是一个会说话的天线宝宝,她正拿在手里高兴得跟什么似的。

他——肯德瑞克,不是天线宝宝——一直试图跟乔吉聊天,他十分殷勤,她都不好意思不搭理他。(可她心里空荡荡的什么都没有,这样就很难谈下去了。)门铃响起来的时候,肯德瑞克一跃而起去开门,或许正是为了摆脱尴尬的局面。

"是你的朋友尼尔。"他走回客厅的时候说。

"你是说塞斯。"她说。

肯德瑞克挠了挠下巴上的山羊胡——以前他下巴上的山羊胡非常搞笑——"尼尔是那个小个子,对吗?"

乔吉把盘子放下,从沙发上坐了起来。

"你怎么不请他进来?"她妈妈问肯德瑞克。

"他说他情愿在外面等。"

乔吉不相信那会是尼尔。她没法儿相信那会是尼尔。首先,因为尼尔在奥马哈——他不可能不在奥马哈过圣诞节。其次,因为他们已经分手了。再次,因为如果乔吉确实相信他是尼尔,结果却不是那怎么办?那就彻底完蛋了。那可能会要了她的命。

她走到门口的时候,前门还是开着的。

尼尔就站在纱门外面,咬着嘴唇,眯着眼睛看她家所在的街区,就好像他在等她从那一面走出来。

尼尔。

尼尔,尼尔,尼尔。

乔吉推开纱门的时候,手颤抖着。

尼尔朝她转过身子,眼睛睁得大大的。就好像他不敢相信那个人就是乔吉。

他向后退了一步,这样乔吉就走到了门廊上。她想抓住他。(抓住他或许不会有事的——尼尔在圣诞节早晨跑到她家,不可能就为了跟她彻底一刀两断吧?他不可能跑回来就为了跟她说一声他要走了吧?)

尼尔眯缝着眼睛,面部表情绷得紧紧的。看他的神情就好像乔吉还在折磨他似的。"乔吉。"他说。

乔吉顿时哭了起来。声音从小到大,越来越高。"尼尔。"

尼尔摇摇头,她一下子扑上去抱住他。即便他此次前来就是为了让她确定无疑地知道他们之间已经结束了，乔吉无论如何还是想再拥抱他一下。

他用胳膊搂住她的肩膀，他搂得那么紧，两个人都站不稳了，身体前后摇晃起来。"乔吉。"尼尔说着，把她拉开了。

她不放手。

"乔吉，"他说，"等一下。"

"不行。"

"不，等一下。我有事情要做。"

她还是不松手；尼尔只好把她的胳膊分开，然后向后退了一步。

他刚一后退，立马单膝跪在地上。乔吉以为他可能要为摔倒在她的脚边而致歉。"不用，"她说，"你不需要。"

"嘘。就让我做完吧。"

"尼尔……"

"乔吉，求你了。"

她交叉着双臂，露出痛苦的神情。她不想让他说他很抱歉，那样就会把双方一下子扔回他们那极其可悲的境地。

"乔吉，"他说，"我爱你。我爱你胜过我讨厌别的一切。我们有爱就足够了——你愿意嫁给我吗？"

乔吉正在扣胸罩的钩扣，猛然停了下来，然后转身看着试衣间镜子里的自己……

哦……

第二十二章

圣诞节。

单膝跪地。

直愣愣地看着她。

"我们有爱就足够了。"他说。

昨晚的电话上,乔吉还问尼尔是否有爱就足够了。

而十五年前,他就给出了回答。

那是不是……那会是个巧合吗?

或者那就意味着……

那一幕其实已经发生过了。

还有这个——所有这一切,打电话,吵架,四个小时的谈话——都已经发生了。对尼尔来说。就在十五年前。

倘若乔吉拨打的电话并没有扰乱这条时间线呢——倘若这就是那条时间线呢?倘若这始终都是那条时间线呢?

"我们有爱就足够了。"尼尔那天在她家门口说。

乔吉记得他说过那句话,还记得那句话听起来十分悦耳——不过她的注意力当时全都集中在他手里的戒指上。

会不会尼尔提到的是他们之前进行过的一次谈话呢?

"倘若这一切就是还不够呢?"乔吉昨晚问他。

"我们有爱就足够了。"他在1998年向她保证。"你愿意嫁给我吗?"

第二十二章

"哦。"乔吉惊愕地望着镜中的自己,"我的天哪。"她倒吸了一口凉气。

"不至于很糟糕吧?"海瑟在试衣间外面说,"你还不到四十岁。"

"不是,我……"乔吉把她妈妈那件印有哈巴狗头像的运动衣从头上套了下去,然后从那个淡紫色的小隔间走了出来。"现在我得回家了。"

"我还以为尼尔会把电话打到咱们家呢。"

"没错,我得回那儿去了。现在就走。"

就在试衣间外,一位导购员看见了她们。"有没有哪一件适合您穿的?"

"这件还好吧。"乔吉说。她把手伸到衬衣底下,一把扯下胸罩的标签,然后递给那个销售人员。"这件我要了。"她说着就朝收银台走去。

尼尔从来没有告诉乔吉为什么他改变了想法——为什么他原谅了她,为什么他回到加利福尼亚并向她求婚。乔吉始终都没有问过。她不想给他重新考虑的机会……

不过,或许这就是为什么。或许,问题就出在她身上。还磨蹭什么。

"不好意思,"那位导购员说,"您不能把那个穿出去。店里的规定。"

乔吉瞪眼望着她。她是一位身材纤瘦的白人,比乔吉稍微年轻一点儿,嘴上涂着灰褐色的口红。她有好几次试图进到试衣间里面以确保胸罩合身。"可是这件我要买的。"乔吉说。

"对不起,女士。店里的规定。"

"好吧,"乔吉说,"我得走了——那我就把它脱下来,改天我再来吧。"

"可是您已经把标签撕掉了。您就必须把它买下来。"

"好。"乔吉点了点头,"行吧。"

她把手伸到背后去解胸罩的钩扣,一阵儿折腾之后,她把胸罩从一条袖子里扯了出来,然后扔到了柜台上。

"扫描两次吧,"海瑟说,"她要买两件。"

那个导购员就去拿另一件。

"你简直太狂放了,"海瑟朝她咧嘴笑了起来,"我有没有跟你说过长大后我要像你一样?"

"我没工夫听你扯闲话。我们得走了。马上。"

"可我们不是要去苹果店吗?乔吉,求你了。我想要个平板电脑,我都说了。"

"你可以在网上订购。我们得走了。"

"真的吗?你真的要给我买平板电脑?我还能订购一匹小马吗?"

尼尔离开加利福尼亚的那个圣诞节,他跟乔吉就算是分手了,等他再回来的时候,却要跟她结婚。在此期间,在此期间……

也许原因就在这里。也许原因就是她。

也许这个星期,这些电话——所有的一切——都已经发生过了。在某一天,在不知不觉中……

而乔吉只需确保它再发生一次。

"乔吉?嗨。"

海瑟把装着胸罩的袋子往乔吉怀里一扔。乔吉接住了。

"不好意思打扰你的脑抽风了,"海瑟说,"不过你可说过现在时间很宝贵。"

"没错,"乔吉说,"没错。"她跟着海瑟朝车子走去,然后把那串钥匙递给她,"你来开。"

"怎么啦?"海瑟问。

"我要想事情。"

乔吉爬到副驾驶上,用已经关机的手机拍打着下巴。她甚至都懒得给手机充电了。

第二十四章

乔吉坐在床上,把那部黄色拨盘电话放在面前,然后盯着它看。她很想查看一下拨电话的提示音是否正常,可还是止住了自己,她担心尼尔恰巧会在那一刻把电话打过来。

这部电话改变了一切。

难道不是吗?

如果尼尔在过去已经向她求婚了,那一定是乔吉在未来说服了他。现在无论发生什么都不重要了。无论她会说些什么。不管他是否会给她打过来。

乔吉接下来要做的事情都已经发生过了。她不过是在踏着原来的脚印走路而已——她根本不可能把任何事情搞砸。

她俯下身子,把听筒拿起来放到耳边,一听到拨电话的提示音,就赶忙挂掉电话。

难道整个星期就为了这个,维持现状?或许,她应该为此心存感激……

不过乔吉原本以为——她原本希望——时空里泛起的这点涟漪能给她带来一次更好的机遇。

上帝啊,一部魔法电话到底能有多大作为?它又不是一台时间机器。

乔吉无法改变过去——她只能对着过去言说。如果乔吉有一台真正的时间机器,或许她真的可以拯救她的婚姻。她可以回到问题刚开始出现的时间点,然后进行改变。

只不过……

那个时间点从来就没有出现过。

乔吉跟尼尔之间的问题并不是逐渐形成的。要说有问题那天天都有问题——要说没问题天天也都好好的。他们的婚姻就像一架架天平，始终都在努力保持平衡。然后，在某个节骨眼儿上，当两个人一不留神的时候，就一下子跌入谷底，并且困在了那里。现在，只有大量的好事出现才会扭转乾坤。可好事到哪里去找呢？

他们之间剩下的那点儿美好实在微不足道……

他们之间的亲吻感觉还跟从前一样。当乔吉很晚回到家，会看到尼尔在冰箱上贴的小纸条。（纸条上画着一只睡意蒙眬的卡通乌龟，旁边的文字泡泡告诉她剩下的墨西哥菜放在最下一格。）当其中一个孩子说了傻话，他们会意地彼此交换一下眼神。一家人去电影院的时候，尼尔依然会用胳膊搂着她。（或许他只是觉得那样更舒服些。）

他们之间尚存的美好多数都跟爱丽丝和诺米有关——不过爱丽丝跟诺米却是如此坚硬地横在他们之间。

乔吉坚信，生孩子是对婚姻最大的摧残。当然啦，你会挺过去的。即便一块儿巨大的鹅卵石砸在你的脑袋上你也不见得会死——可那并不意味着那样做就对你有好处。

孩子无穷无尽地消耗着你的时间和精力……她们当仁不让。你给他们什么，他们有权立马拒绝。

一天下来——下班后，乔吉尽量陪爱丽丝和诺米玩一会儿——乔吉通常都累得半死，她们入睡之前，她根本没有精力顾及她跟尼尔之间的问题。于是问题就搁在那里。之后孩子们源源不断地为他们提供交谈的话题，源源不断地吸引着他们的注意力……

源源不断地为他们找到别的热爱的东西。

当乔吉跟尼尔彼此相视而笑的时候，几乎每次都跟爱丽丝和诺米有关。乔吉不确定她会不会冒险改变那个……即使她能够做到。

生孩子就好比给婚姻发射了一颗鱼雷,使你痛并快乐着。即便你能够重建从前一切,你永远也不想那么做。

如果在天平倾向另一端之前,乔吉能对过去的自己说几句话,她会说些什么呢?她能说些什么呢?

爱他。

爱他多一些。

那样做有意义吗?

乔吉怀爱丽丝八个月的时候,她跟尼尔还没有敲定日托事宜。

乔吉觉得他们或许应该找个保姆,保姆的工资差不多也能支付得起。她跟塞斯刚开始忙他们的第三部电视剧,是哥伦比亚广播公司的一部情景喜剧,讲的是四个配错对的室友在一家咖啡店的经历。尼尔称之为酒水朋友。

那个时候,尼尔在做药品方面的研究。有一阵子,他想过要读研究生,但不知道自己要研究什么,于是他就找了份实验室的工作。后来他又在另一家实验室找到了工作。他并不喜欢实验室的工作,不过他的工作时间至少要比乔吉的强多了。尼尔每天五点准时下班——六点到家后就开始做晚饭。

他们想过电视台附近那家不错的托儿所。他们前去参观了一下,乔吉还把他们的姓名登记在等待名单上。

会好起来的,尼尔说。一切都会好起来的。

只是一切发生得太快了。

一直以来,他们都觉得要孩子是早晚的事,但却从未真正谈论过细节问题。第一次约会的时候,这个问题就非常直接地摆在面前,乔吉说她想要孩子,尼尔没有发表意见。

结婚七年后,两个人觉得或许该要孩子了——只要行动,不要空谈。乔吉已经三十岁了,她的很多朋友都有生育问题……

他们停止使用避孕套的第一个月,乔吉就怀上了。

再接着,孩子就生下来了。他们还是没谈过孩子的问题。根本没有时间谈。乔吉每天忙完节目回到家的时候,已经疲惫不堪了,大多数晚上,乔吉看着黄金时段的电视剧就在沙发上睡着了。尼尔会把她叫醒,并扶着她走上狭窄的楼梯,他用手搂着她的臀部,脑袋靠在她的肩胛骨之间。

一切都会好起来的,他说。

他们出去庆祝结婚八周年的时候,乔吉已经怀孕三十七周了。他们步行到房子——他们在银湖的旧房子——附近的一家印度餐馆,尼尔说服她要了一杯红酒。("你的月份都这么大了,一杯红酒不会有事的。")他们又谈到了工作室那边的日托,名字叫作蒙恬索瑞,乔吉说——可能是那天晚上第三次谈到了——那里的孩子还有自己的菜园。

邻桌坐着一家印度人。在生孩子以前,乔吉根本不会判断小孩子的年龄,那一家有个小女孩,应该有一岁半的样子。她东倒西歪地从一把椅子走到另一把椅子,然后伸手抓住了乔吉椅子的扶手,并朝她露出胜利的微笑。那个女孩穿着一身粉色的绸裙,腿上穿着粉色的长筒绸袜。她头上戴着黑色的发帽,耳朵上缀着金耳钉。"哦——不好意思。"女孩的妈妈说着便俯身把孩子抱到自己的腿上。

乔吉把酒杯重重地往桌上一放,结果红酒溅到了黄色的桌布上。

"你没事吧?"尼尔问,目光落到她的肚皮上。自从乔吉的肚皮开始鼓起来之后,他就对她另眼相待了,就好像她的肚皮会在没有任何征兆的情况下突然爆开。

"我没事。"她说,可她的下巴却在颤抖。

"乔吉——"尼尔握住她的手,"——怎么啦?"

"我不知道我们这是在做什么,"她小声说,"我不知道为什么我们要这么做。"

"为什么我们要做什么?"

"要孩子，"她说着，含泪瞥着那个一身粉色、走路摇摇晃晃的小女孩，"我们只是——没有孩子的时候，我们谈的唯一话题就是有了孩子以后会怎么办。现在谁来抚养孩子呢？"

"我们啊。"

"从早上六点到晚上八点？"

尼尔往椅背上一靠。"我还以为这就是你想要的。"

"或许是我错了。或许我就不应该得到我想要的。"或许，我就不配有孩子。

尼尔没有跟她说一切都会好起来的。他似乎震惊得说不出话来了。或者他已经怒不可遏了。他只是看着乔吉在那里哭——他低垂着眉毛，下巴前倾——不想再吃他的玛莎拉鹰嘴豆了。

第二天早上，他告诉她他要辞掉工作了。

"你不能辞掉工作。"乔吉说。她还在床上躺着没起来。尼尔给她端来一杯热红茶外加一盘炒蛋。

"为什么不能？"他说，"我不喜欢那种工作。"

他的确不喜欢那种工作。他已经工作了三年，薪水少得可怜，老板又是个不知天高地厚的自大狂，总喜欢大肆吹嘘要"治愈癌症"。

"嗯，"她说，"可是……你真的愿意待在家里吗？"

尼尔耸耸肩膀。"如果我们把孩子送到日托，你会受不了的。"

"我会好起来的。"乔吉嘴里那样说，心里却很清楚，她不但会难过，还会觉得歉疚。

"你不想让我待在家里吗？"

"这个我没想过，那你呢？"

"没什么需要考虑的，"他说，"这个我能做到。你做不到。咱家也不需要我那份薪水。"

"不过……"乔吉觉得自己应该辩驳两句，却不知道从何说起。何况，事实上,她非常非常喜欢这个主意。一想到孩子(他们还不知道孩子的性别,不过已经决定取名"爱丽丝"或者"伊莱")会跟尼尔待在一起,而不是一天有九个小时都交给一个陌生人照看,她的内心就已经好受多了。

"你确定吗?"她说着就开始起床了。她的身体非常笨重——乔吉两次怀孕身体都异常笨拙——每次只要坐起身,腰部就会发生痉挛。尼尔在她面前弯下腰,这样她就能够用双臂抱住他的脖子,然后用双手抱住她的臀部向上用力使她坐直。"这是很大的牺牲。"她说。

"照顾我自己的孩子不算牺牲。这是当父母的应该做的。"

"嗯,可你真的想好了吗?你要不要再考虑考虑?"

尼尔表情严肃地看着乔吉的脸——他们的目光相遇时,尼尔的眼睛眨都不眨一下,于是她明白他是认真的。"我很肯定。"

"好吧。"说罢,她亲了他一下,内心已经非常释然了,还有某种不断攀升的满足感。就好像选择这个男人是个正确的决定;他会找来所有最好的树枝来建造他们的窝,并赶走一切捕食动物。

他们站在一起,弯腰看着给孩子买的一大堆东西,乔吉觉得一切都会好起来的。

就这样,尼尔成了一个居家奶爸。

就这样,在尼尔还没搞清楚工作的意义何在时就放弃了职业生涯。

现在会发生什么呢?如果他们待在一起?(上帝,她真的在问那个问题吗?)

诺米明年就要上学了。尼尔会重新开始工作吗?他想做什么工作——他想成为一个什么样的人?

一名铁路警探?

第二十五章

尼尔没有给她打过来。

乔吉躺在床上,眼睛看着电话。她很想知道,如果她目不转睛地看着电话,会不会看见魔法。当魔法出现的时候,电话是否会发出微弱的亮光,或是闪着耀眼的光芒,或是发出像《疯狂星期五》里面奇迹发生那刻时的声响。

其中有只哈巴狗,是只公的,溜达着进了房间。它站在床边不停地吼叫,最后乔吉只好把他拽到了床上。

"我不喜欢你,"她说,"我连你的名字都不知道。在我心里,我管你叫'爱出汗的小子',管另一个叫'貌似咬了一口砖的家伙'。"

她实际上知道它们的名字。它们分别是珀基跟佩特尼亚。

珀基用扁平的鼻子在乔吉的肚子上蹭来蹭去并发出哀求的声音。她用指关节在它的后背上摩挲着。

门开了,海瑟把身子探了进来。

"我挺好的。"乔吉说。从购物中心回来后,乔吉就跑到房间对着电话焦虑难安,海瑟不时过来瞅上两眼。

"我给你拿了点品客薯片。"海瑟说。

"我不想吃品客。"

海瑟走过去,坐到床上。"嗯,你现在就不说实话。"她把一些薯片倒在床罩上,乔吉跟珀基就吃了起来。一罐薯片吃完后,海瑟在乔吉借穿的天鹅绒裤子上抹抹手,然后在狗的旁边躺了下来。"你没事吧?"

乔吉没有回答。相反,她哭了起来。

珀基爬到她的大腿上。

"它不喜欢看人家哭。"海瑟说。

"嗯,我讨厌它,它让我更难受了。"

"你不讨厌它。"

"我讨厌它,"乔吉说,"它的鼻子总是湿漉漉的,身上最好闻的就是熏肉的味道。"

"你为什么不给尼尔打电话呢?"

"他可能不在家。再说了,如果他不想跟我说话,我也不想跟他说话。"

"或许你会让他改变想法的。"

乔吉试图抚平珀基眼睛上方的褶子。

"如果你跟尼尔分手了,"海瑟问,"你会搬回来住吗?"

"怎么啦?我碍着你啦?"

"不是。你住在这儿我挺高兴的。感觉就像自己有姐姐啦。"海瑟用胳膊肘戳了一下乔吉,"哎,你应该说:'我们没有分手——尼尔只是去看望他妈妈。'"

乔吉耸了耸肩膀。

不一会儿,海瑟又用胳膊肘戳了她一下。"我饿了。"她说。

"妈去哪儿了?"

"去参加她的圣诞工作聚会了。"

"我们可以再做些奶酪苹果。"乔吉说。

"我把奶酪片给吃光了。"海瑟侧着身子,用手撑着脑袋,"我想我们可以订个比萨饼……"

乔吉勉强挤出一丝微笑。"太好了。"

"那我就给安吉路餐厅打电话了。"海瑟说。

"太好了,"乔吉说,"不过你得告诉他们,我们可不要送错的比萨饼。

如果送错了，我们就把比萨饼送回去。"

海瑟朝她笑了一下。"你喜欢洋蓟菜心吗？"

"我喜欢洋蓟菜心。所有的心我都喜欢。"

海瑟从床上跳了起来，然后按了手机上的重拨键。订比萨饼的时候，她就不停地晃着双腿，咬着嘴唇。"我要到客厅里去等。"她刚挂断电话就说。

"好主意。"乔吉表示赞同。

于是乔吉跟珀基又恢复了各自忧郁的凝视。乔吉瞅着电话。珀基瞅着乔吉。

"很抱歉，"乔吉在它的项圈底下挠着说道，"可我真的不喜欢你。"她想到了诺米。诺米喜欢哈巴狗；她说它们看起来就像长得非常难看的小猫咪。"喵呜。"诺米这么说着时，会尽可能把身子凑近珀基的脸。（珀基能让人如此近距离地接近它，实属难得。）

"喵呜。"此刻乔吉说。

珀基打了个喷嚏。

两只哈巴狗都喜欢尼尔。乔吉知道他会把桌上的饭菜喂给它们吃。（因为他心肠很软。还因为他不喜欢他妈妈做的饭菜。）尼尔刚在沙发上坐下来，两只哈巴狗就开始啃他的牛仔裤，最后他只能把两只狗都抱在腿上。每年的感恩节下午和每隔一年的圣诞节，尼尔最后都以这样的场景收尾——两个孩子跟两只小狗都在他的腿上睡着了。尼尔觉得又累又无趣，却还是冲着房间另一头的乔吉微笑，酒窝还跟她玩着藏猫猫。

她感觉泪水又盈满了眼眶。

珀基呜咽着。

"我的天哪，"乔吉说着坐了起来，"有件事差点就忘了。"

她又看了一眼电话。它没响。

"起来吧。"她把狗放到地板上，然后离开了房间。

"你干什么呢？"海瑟问。她早把头发放了下来，上面的卷儿还喷了什么东西，她就在门口等着——事实上她就靠在门框上。

"我要疯了。"乔吉说。

"那你能到自己的房间去疯吗？"

"我还以为你挺关心我呢。"

"以前是。将来也是。不过现在——"海瑟郑重地指了指门，"——比萨就要到了。"

"你订了比萨后就成了这副德行。"

"没错，"海瑟瞪着乔吉说，"比萨随时都会到。"

"嗯，那行吧。"乔吉说，"我这就……"

门铃响了。海瑟跳了起来。

"我这就去拿烘干机里的衣服。"

海瑟点了点头。

"可能会耽搁一会儿……"乔吉继续说，"比萨到了你就……喊一声什么的。"

海瑟又点了点头。门铃又响了起来。乔吉很想跟海瑟说，比起自己那部能够摧毁生活、掌控命运的魔法电话，她大可不必为个送比萨饼的男孩子而神经兮兮——不过，她还是特意朝洗衣房走去。

乔吉刚进门，就听到了哀求声。

珀基在开着门的烘干机外冲着烘干机吼叫着。"真见鬼，海瑟。"海瑟肯定又把佩特尼亚放到烘干机里面去了——让它在乔吉那干净暖和的衣服上小睡片刻。

乔吉重重地踩着后面的台阶下去了，就好像房子里所有的活物都招惹了她似的。珀基仰头看看她，然后叫了起来。"怎么回事呀？"乔吉问，"你也想把口水都流到我的衣服上吗？"

她朝烘干机的门弯下腰，想在里面找那只又老又胖的"咬砖头"。这时，

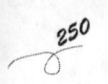

乔吉发现了血迹。"我的天哪……"

珀基又开始叫了起来。乔吉趴在烘干机跟前,以免挡住光线。可她只能看到一堆血迹斑斑的衣服。尼尔的"金属乐队"T恤衫在最上面,而且在移动;于是她把那件衣服拿开。佩特尼亚就在衣服下面蜷缩着,嘴巴咬着什么东西,那东西看起来黑乎乎的,还在蠕动。

"不好啦,不好啦——海瑟!"乔吉大喊起来。她跳起身朝房子里跑去。"海瑟!"

等她跑到厨房,海瑟正站在门口用眼睛瞪她,就好像她正盘算着待会儿怎么收拾她。送比萨饼的男孩就站在……

哦,送比萨的竟然是个女孩。

她比海瑟要瘦小一些;穿着黑色的牛仔裤,细细的皮背带下面穿着一件白色的短袖T恤衫,头上戴着一顶印着"安吉路"的棒球帽。那个女孩看起来有点像维斯利·克拉肖①,不过脸蛋更漂亮,胳膊也更好看。她确实长得不错。

嘿,乔吉本想说,然而却大声说:"海瑟。是佩特尼亚。"

"什么?"

"佩特尼亚要生小狗了。"

"什么?"

"佩特尼亚!"乔吉更加急切地说,"它在烘干机里生小狗哪!"

"不会吧,不可能。两个星期后它要做剖腹产的。"

"好极了!"乔吉大声说,"那我去跟它说一声!"

"我的天哪!"海瑟冲她喊道。她跑步经过乔吉朝洗衣房去了。乔吉紧随其后,一直跑到了洗衣房门口。

海瑟在烘干机跟前跪下,旋即就尖叫起来。珀基在瓷砖地板上来回跑着——那声音听起来就好像谁在金属桌面上把指甲敲得叮当响。由于叫

① 维斯利·克拉肖(Wesley Crusher),美国科幻系列剧《星际迷航之下一代》(*Star Trek: The Next Generation*)中的角色。

得太厉害，它的声音已经沙哑了。"我的天哪，我的天哪，我的天哪。"海瑟反复叫着。

"哇。"有人说。

那个送比萨的女孩在乔吉身边的台阶上来回走着。"哇。"她又说了一声，并在海瑟背后蹲了下来。

"它会死的。"海瑟说。

女孩摸了摸她的肩膀。"它不会的。"

"它会的。小狗们的脑袋太大了，它必须得做剖腹产。我的天哪。"海瑟狂乱地喘息着，"我的天哪。"

"它会没事的，"乔吉说，"它生来就是干这个的。"

"它不是，"海瑟说着哭了起来，"哈巴狗生来什么都不会。我们得把它送到兽医那里去。"

"我看已经来不及了，"比萨女孩朝烘干机里面仔细看了一下说，"里面有小狗。"珀基又跑到烘干机跟前，那女孩一把将它抱了起来，用手抚摸着它的脑袋并小声说道，"别出声。"

"说的没错。"乔吉说。

海瑟还一个劲儿地哭，瞧她喘气的样子就好像要使出浑身解数使自己晕过去。

"说的没错，"乔吉又说了一遍，"海瑟，让开。"

"为什么？"

"我要帮佩特尼亚一把。"

"你都不喜欢它。"

"让开。"

比萨女孩扯了一下海瑟的胳膊肘，海瑟就退到了后面。

"我的妇产科医生也不喜欢我，"乔吉小声说，"去拿你的手机，海瑟。用谷歌搜一下'哈巴狗分娩'。"

"我要是有智能手机就给你搜!"海瑟吼了起来。

"我有,"那个非常打眼的比萨女孩说,"接着,"她把珀基递给海瑟,"——也许你们应该拿些干净的毛巾来。"

"你以前干过这个吗?"海瑟接过狗,在它身上擦了擦眼泪,满怀希望地问道。

"没有,"女孩说,"不过我常看动物星球频道。"

"谷歌搜一下。"乔吉说着就把手伸到烘干机里面。佩特尼亚又在T恤衫下面掏了一个窝,它浑身发抖,显然很担心嘴巴里的东西。乔吉试着把更多的衣服拽到旁边,这样她就能看清楚了。

"好了,好了,"比萨女孩说,"正在下载呢。好了,听着——'分娩对哈巴狗和它们的主人来说,都是一场特别严峻的挑战。'"

"这会儿一切还好……"乔吉说,"太黑了,我什么都看不见。"

"哦。"女孩把她的钥匙链从乔吉的肩膀递过去。"上面有个手电筒。"

"太及时了。"乔吉接过重重的钥匙链,找到不锈钢手电筒。

"我晚上送比萨饼的时候要看信用卡的号码,挺有用的——好了,上面说哈巴狗的怀孕很复杂,我们应该在经济上为剖腹产做好准备……"

"往下跳着看。"乔吉说。佩特尼亚身上湿漉漉的,还沾满了血迹。它嘴里那个东西正在动。我的天哪,它在吃它呢。

"它在吃小狗!"海瑟尖叫起来。她靠在乔吉身后,手里抱着一摞毛巾和三瓶水。

"它没有吃小狗。"比萨女孩把手放在海瑟的胳膊上说道。她举起手机,以便两个人都能看见。"小狗在胞衣里面。它们生下来就在胞衣里面,狗妈妈会把胞衣咬破让小狗出来。现在它是想让小狗出来呢,这是个好迹象。上面还说哈巴狗是出了名的不会管孩子。如果它不那样做,我们就得动手。"

"我们要把小狗咬出来吗?"乔吉问。

女孩看着乔吉,就好像她已经精神失常了——不过她依然显出很有耐心的表情。"我们用毛巾擦擦就行了。"她解释道。

"我把毛巾带来了!"海瑟说。

女孩朝海瑟微微一笑。"干得不错。"

"上面还说什么了?"乔吉问。

那个依然很精干却显然有点分神的比萨女孩又看了看手机。"嗯……好了,小狗——可能会有一到七只。"

"七只。"乔吉重复说。

"胞衣……"女孩说,"咬……哦,它还应该把脐带咬断。"

"太好了。"

"还有胎盘——每只小狗都有一个胎盘。这一点很重要。你必须找到胎盘。"

"胎盘什么样子?"

"你要不要我谷歌一下?"

"不用了,"乔吉说,"继续念吧。"

佩特尼亚还在用牙齿给那个蠕动的小家伙咬胞衣。"好姑娘,"乔吉说,"也许吧。"

她用手在佩特尼亚周围一阵乱摸,当摸到一个软软热热的东西时,给吓得往后一缩。

"发现什么啦?"海瑟依然有些惊恐地问道。

"我不知道,"乔吉说着又把手伸进去。她又找到了那个东西,暖暖的湿湿的。那是一只小狗吗?乔吉把像是一包血的东西举起来,随后往地上一扔。"胎盘。"

"那是第一个。"女孩情绪高涨地说。

"你是不是应该接着往下念?"乔吉又把手伸了进去。

"没有别的内容了。要让狗有舒适的感觉。要确保它会帮小狗咬破胞衣。数一下胎盘的个数。要保证它们吃奶……"

乔吉在佩特尼亚身子下面摸到一个湿乎乎的东西,她本能地抓起来一看。"我的天,"她说,"又是一只小狗。"还裹在胞衣里面呢。它看上去就像一根生香肠。乔吉伸手去拿海瑟带来的毛巾,然后开始擦那层薄膜。"像这样吗?"

比萨女孩从手机上抬起头。"我看要再用力一点儿。"

乔吉继续擦着那个胞衣块儿,直到胞衣破掉,这时她能看到里面灰不溜秋的粉嫩嫩的小狗。

"它活着吗?"海瑟问。

"我不知道。"乔吉回答。小狗身上暖暖的,不过却没有多少生气。乔吉继续给它擦净身子,泪水不由溅落到手上。佩特尼亚哀叫起来,海瑟的女朋友越过乔吉把手伸进烘干机去安慰它。

海瑟跪在乔吉旁边。"它活着吗?"她也哭了。

"我不知道。"小狗动了一下,乔吉擦得更带劲儿了,并用手给它按摩着。

"我想它在呼吸呢。"海瑟说。

"它有点冷。"乔吉把小狗抱到胸前,然后把它放到运动衣里面接着擦。小狗颤抖着,尖叫着。"我想……"

海瑟拥抱了乔吉。"哦,我的天哪。"

"小心点。"乔吉说。

比萨女孩离开烘干机,坐回原来的地方,并把另一只小狗挨紧自己的白衬衣摇晃着。

"哦,我的天哪。"海瑟说,也给了她一个拥抱。

一共有三只小狗。

三个胎盘。

直到最后,乔吉才想到要给妈妈打个电话。

然后,她给兽医打了个电话,兽医指导她们如何切断最后一根脐带,以及如何让佩特尼亚感觉舒服一些。

她们用海绵给小狗们洗了个澡。乔吉洗的是她仍然抱在衬衣里的那只。然后,她们给烘干机里铺上干净的毛巾,把小狗放到里面。"这是它的小窝啦,"海瑟拍着烘干机说,就好像它也帮了忙似的。

乔吉本想把那件"金属乐队"T恤放进洗衣机,海瑟却一把抓住它,脸上现出厌恶的神情。"乔吉,不行,不能制造噪音。"

"海瑟。那是尼尔的T恤。是高中穿过的。"

"它已经为一项光荣的使命英勇献身了。"

乔吉把手松开了。海瑟把T恤衫递给比萨女孩,她正在清理现场。

比萨女孩名叫艾丽森,海瑟的眼睛始终追随着她在房间里转,就好像向日葵在追逐太阳。

"我还是不喜欢你,"乔吉把手伸进烘干机,抚摸着它松弛的肚子说,"看看你,简直就是个冠军奶妈。现在,谁还敢说哈巴狗是出了名的不会带孩子?"

小狗们已经收拾干净了,可乔吉、海瑟跟艾丽森的身上却还沾着黏糊糊的血迹和羊水——还有狗妈妈的呕吐物,这一点乔吉很肯定。

终于,她们的妈妈朝洗衣房跑过来了,高跟鞋在台阶上踩得呱嗒响,一看那情势她给吓蒙了。

"挺好的,"乔吉试图安慰她,"一切都挺好的。"

"我的小宝贝儿们在哪儿呢?"她妈妈问,当她看见一堆血迹斑斑的毛巾跟三个浑身沾满血迹的女人就明白了一切。海瑟跟艾丽森一块儿坐在烘干机前。艾丽森抱着珀基抚摸着,生小狗的整个过程它一直被关在走廊的卫生间里。艾丽森身上那件白色T恤血迹斑斑的,使她看上去活像个屠夫。

"它们就在这儿,"海瑟说,"在烘干机里面。"

乔吉的妈妈急忙走过去,艾丽森赶紧起身给她腾地方。"我的小妈妈,"乔吉的妈妈说,"我的小英雄。"

艾丽森朝后退了一步。"我想……"她看了一眼海瑟说。

海瑟的脑袋还在烘干机里面呢。

"我想我该走了。"艾丽森说。过了一会儿，她把珀基递给乔吉（而乔吉立刻把珀基递给肯德瑞克），把手在牛仔裤上蹭了蹭，就朝门口走去了。

"艾丽森，"乔吉说，"谢谢你。你真是个救星。如果我再生孩子的话，一定要你来接生。"

艾丽森挥了一下手，就好像那算不得什么，然后继续往外走。

"那是谁啊？"艾丽森刚从视线里消失，肯德瑞克就问道。

"比萨——"乔吉刚要说，却见海瑟猛地把头仰了起来，露出满脸的惊恐，就打住不说了，"海瑟，你到厨房来给我帮个忙吧？"乔吉弯下腰抓住妹妹的袖子，拉着她走上台阶再进到屋里，正巧前门刚刚合上。

"你到底是怎么想的？"乔吉盘问道。

"没怎么想，"海瑟说着，闪到一旁，"你到底是怎么想的？"

"你可不能让那个非常漂亮稳重的女孩子就那么走了。"

"乔吉，我不想谈这个。"

"海瑟，那个女孩刚刚帮我们接生过小狗呢。"

"那是因为她是个好人。"

"不对。她心甘情愿跟血水和羊水搅和在一起，完全是为了讨你欢心。"

乔吉翻了个白眼。

"你没毛病吧？"乔吉说，"很明显，你想吻那个女孩。我都有点想吻她了。那就去做吧。要不就朝，我也说不清，那个方向努力吧。"

"没你说的那么简单，乔吉。"

"我觉得也许没那么难。"

"我不是你。我可不能……想要什么就拿什么。再说妈就在眼皮子底下，她会猜出我是同性恋的……"

"反正她迟早会知道的。她才不在乎呢。"

"最后她是不会管。我终究要跟她摊牌。可只要我还住在这儿,我就不能说。我不想说,不值得——这一切都不值得。我的意思是,为了什么呀?我要自取其辱吗?我把妈吓个半死不说,自己也可能会受伤……就因为我或许跟那个我根本不了解的女孩子有缘而要毁掉现在的一切吗?"

"是的,"乔吉说,"爱情就是那样的。一点儿都没错。"

海瑟叉起双臂。"对了,你不懂那是怎么回事——这是你亲口跟我说的。那可是你活了大半辈子的经验之谈。不值得。"

乔吉一个劲儿地摇着头。"我的天哪,海瑟——不要管我说过什么。不要听我的话。你为什么要听我的话呢?当然值得。"

"可是,八字还没见一撇呢,"海瑟痛苦地看着门说,"几率太小了。"

"可那是幸福的几率。"

"说不定还是心碎的几率呢,就跟你一样?"

"是要活得好的几率。是要……海瑟,忘掉我之前告诉你的一切。这是值得的。你觉得我现在不会为了让尼尔回心转意而甘冒一切风险吗?爱情本来就是那样的。你要不断地冒险。此外,你要不断地希望你能够使他不再离开。"

"是她。"

"哎呀,是谁都一样。"

门铃响了,她俩都转过身。不一会儿,门开了,艾丽森小心翼翼地走了进来,她把挡在眼睛上的刘海往旁边一撩。"不好意思,"她说,"我以为大家可能还在后面呢——我想我把钥匙落在烘干机上了……"

"我去拿钥匙,"两个女孩还没来得及说什么,乔吉抢先说道,"我马上就回来。"往洗衣房去的时候,她捏了一下海瑟的胳膊,然后在她妈妈旁边坐下来,用手指着说哪只小狗是她的。

乔吉任艾丽森的钥匙就在烘干机上放着,没再管。

第二十六章

乔吉的妈妈又给她找了一条丝绒裤子,另外还有一件印着"粉色"字样的T恤衫。

海瑟给艾丽森找了一件戴克T恤衫,结果脖子周围露了一大片。

她们在圣诞树旁边给小狗们重新做了个窝,乔吉的妈妈决定她跟肯德瑞克不去圣地亚哥过圣诞节了,她可不能丢下小狗们不管。"这下我们可以陪你了,乔吉。"

人家都觉得,艾丽森帮了很大的忙,可不能就那么回去上班了。她在电话中紧张地说了十多分钟,试图向安吉路比萨店解释自己的处境。

"你被炒鱿鱼了吗?"艾丽森走回客厅的时候,海瑟问道。

艾丽森耸了耸肩膀。"反正我下周就要回伯克利了。"

把事情想得乐观一点儿,她车子后面放着三张大比萨饼,一份意大利面,一些冰凉的炒蘑菇,还有十二个帕尔马奶酪面包卷。

"各位,上帝真是眷顾我们呀。"乔吉说着,噼里啪啦打开其中一个盒子。

海瑟运气还不错,她妈妈的眼睛始终都在小狗身上,根本就没看坐在沙发上的海瑟跟艾丽森,她俩腮帮子吃得鼓鼓的,咯咯地笑得合不拢嘴。

电话在厨房里响起来的时候,乔吉已经干掉了三大块儿比萨。响的是那部座机。

海瑟看了看乔吉,乔吉连忙扔下比萨,过去接电话的时候她甚至踩到了珀基。

电话响第三声的时候,她拿起听筒。"喂?"

"嗨,"尼尔说,"是我。"

"嗨。"乔吉说。

海瑟就站在她身后。她伸出一只手。"去你房间接电话吧,"她说,"我会挂断的。"

"尼尔?"乔吉朝电话里说。

"怎么了?"

"等一下,好吗?不要走开。你要去什么地方吗?"

"不去。"

海瑟还在伸手要电话;乔吉把听筒捂在胸前。"你要保证不跟他说话。"她小声说。

海瑟把手放到听筒上,点了点头。

"你以爱丽丝跟诺米的生命发誓。"乔吉说。

海瑟又点了点头。

乔吉放开电话,沿着走廊跑了。当她拿起那部黄色的电话,双手不由得颤抖起来。(以前心情不好的时候,她的手也从没抖过;或许那是糖尿病的前兆吧。)

"接到了。"她说。她听到厨房的电话咔嚓一声挂断了。"尼尔?"

"我还在呢。"

乔吉不由得坐到了地板上。"我也在这儿呢。"

"你还好吧?"

"还好,"乔吉说,"还好。就是今天过得最离奇了。还有,我想我……我没想到你会打过来。"

"我说过我会打的。"

"我知道,可是……你当时在生气。"

"我……"尼尔停顿了一下,接着又说了起来,"我们最后跟姨婆待了一会儿。我们不忍心离开。她见到我们非常开心,后来我们就在疗养院里吃了晚饭。那场面非常压抑,甚至有点儿恶心,所以我们在回家的路上去了柏南萨。"

"柏南萨是什么?"

"是个类似咖啡馆、自助餐、牛排店的混合餐馆。"

"是不是内布拉斯加所有东西的名字都是从西部片中来的?"

"大概是吧。"他说。

"我敢跟你打赌,你们那儿的意大利餐馆的名字都是从塞尔吉奥·莱昂内①的电影中来的。"

"今天为什么过得非常离奇呢?"

乔吉笑了起来。她的笑声听起来就好像是倒过来播放的。

"乔吉?"

"对不起。只是……"是什么让她度过了非常奇怪的一天?"我接生了三只小狗,还发现凯瑟是同性恋。"

"什么?哦——你等会儿,我还以为你在说你妹妹呢。你表妹是同性恋?"

"那个不重要。"乔吉说。

"你怎么会接生小狗呢?谁的小狗?"

"那个也不重要。不过我想我们会养一只的。"

"'我们'——是你跟你妈妈?还是我们俩的'我们'?"

"我们俩,我们俩,我们俩,"乔吉说,"一路回到家。"

"乔吉?"

"对不起。"

"你接生了小狗?"

"我不想说那个。"

"那你想说什么?"

---

① 塞尔吉奥·莱昂内(Sergio Leone),意大利电影导演、制片人、编剧,开创了美国"意大利西部片"的热潮,代表作有《西部往事》(Once Upon a Time in the West)、《美国往事》(Once Upon a Time in America)等。

"我不知道。我要想一下。"乔吉把听筒从耳边拿开,然后把它扔到地毯上。有那么一阵儿,她像海瑟在哈巴狗分娩的紧急关头那样紧张地呼吸起来。乔吉把头发向后拢顺,重新扎了一遍马尾,然后她把眼镜摘下来,揉了揉眼睛。

好吧,乔吉,重新回到游戏中。

不,这不是一场游戏。这是她的生活。她那荒谬的生活。

现在说什么其实并不重要,她对自己说。反正尼尔会在圣诞节那天求婚。他已经求过婚了。他说,"我们有爱就足够了。"这是命运。

除非……

除非那不是。或许,尼尔说"足够"只是因为他那天就是那么想的,而不是因为他们之间的这些电话。这么多年来,他有没有给过乔吉一点点暗示,证明这些谈话的确发生过?(如果尼尔是那种会给人暗示的人,那还容易判断些。)

这是在尼尔前往加利福尼亚之前,乔吉最后一次跟他说话的机会了。她最后一次确保他一定会前往的机会——她该说些什么呢?

她深深地吸了一口气,吸入,然后慢慢松开来,呼出。最后,她拿起听筒。

"尼尔?"

"嗯。我在呢。"

"你相信命运吗?"

"什么?什么样的命运?"

"比方说,你相信一切都是提前决定的吗?我们都逃不过命运的安排吗?"

"你在问我是不是个加尔文主义教徒吗?"

"也许吧。"乔吉又接着试探,"你相信一切都是提前决定的吗?早都白纸黑字写清楚了。未来是不是就坐在那里等着我们到达?"

"我不相信天命,"他说,"如果你是指那个意思。或是天缘。"

"为什么不呢?"

"那个没有可信度。我是说,如果一切都已经刻在石头上了,那我们还努力什么?我更愿意相信,我们每一刻都在为下一刻做选择。我们选择自己的路——乔吉,这个对你重要吗?"

"我不知道。"听筒里她的声音似乎离自己非常遥远。

"嗨……乔吉。"

"怎么啦?"

"对不起,我让你等了那么久。"

"你是说刚才?"

"不,"他说,"今天。一整天。"

"哦。没关系的。"

尼尔哼了一声,灰心沮丧。"你以为我不会给你打电话的时候,我很不高兴——我不喜欢现在我们之间的一切变得如此扑朔迷离。什么时候一切变成了这个样子?"

"我想是从你丢下我去奥马哈开始的。"

"我只是回家过圣诞节。"

当乔吉试图说话的时候,她的声音变得若有若无。"那不是真的。"

她能够听见尼尔咬紧牙关的声音。"好吧,"他说,"你说的对。"

乔吉沉默了。

尼尔也沉默了。

"我没有跟你分手,"他终于说话了,"你是知道的,是吗?"

"我知道,"她说,"可我们还是破裂了。"

尼尔吼了起来。"我们会修补好的。"

"怎么修补?"

"你什么时候变得这么绝望,乔吉?上次我们说话的时候,一切都还好好的。"

"不对,上次我们说话的时候,你因为塞斯而冲我发脾气。"她的舌头停在牙齿之间,她真想彻底咬下去。

"因为你又把他放在第一位。"

"我没有,"她说,"他突然就出现了。他叫醒了我。"

"他突然就出现在你的卧室里。"

"对。"

尼尔又吼了起来。"我烦的就是那个。我都要烦死了,乔吉。"

"我知道,尼尔。"

"那就是你能给予我的一切?说个你知道?"

"我可以告诉你的是,我永远都不会请他到我的卧室来,"她说,"可有的时候,他径直就来了。你说过你不会让我在你们之间做出选择。"

"你说过你会选择我。"

"我会的,"她说,"我选择你。"

尼尔又哼了一声。

乔吉等待着。

"我们为什么要吵架?"他问,"是不是你要惩罚我今天没给你打电话?"

"不是。"

"那我们为什么要吵架?"

他们为什么要吵架?他们不应该吵架。乔吉原本就在追求他,想使他原谅她,使他爱上她——让一切都变成现实。

"因为,"她语无伦次地说,"因为我想吵!"

"什么?"

"我就想把一切都说出来。我想把一切丑陋的东西都摆到桌面上。现在我就想好好地跟你吵一架,这样我们就再也不会吵架了!"她喊着说。

尼尔一肚子怒火。"我觉得那不可能。"

"我受不了啦!"她说,"我不能总为同样的事情而跟你吵个没完。可我又忍不住不为同样的事情而跟你吵个没完。我再也受不了了,当我知道你在生我的气,当我知道你只是在平静地怨恨我,我就没法儿视而不见,没法儿假装一切都好好的,没法儿再用那种愚蠢的欢快语调跟你说话。"

"乔吉。"尼尔似乎有些吃惊,还有点儿委屈,"我从来不恨你。"

"你恨我。你会的。你恨我给你的生活带来的改变,这就跟恨我是一样的——那没有什么区别。如果你因为我而恨你自己的生活,那就更不幸了。"

"天哪,我可不恨自己的生活。"

"你会的。"

"那是个威胁吗?"

她勉强地压抑住抽泣。"不,那是个可能性。"

"真他……"尼尔打住了。他从未当她的面骂过人,她不知道他是否从没骂过人,到此为止吧。"……你晚上怎么啦?"

"我就是想把该说的都说出来。"

"什么?我们吗?"

"不是,"她大声说,"也许吧。我想把一切可怕的真相都说出来。我不想耍手段把你骗回我的身边,尼尔。我不想跟你说一切都会好起来的,因为我知道这不是事实。"

"你胡说些什么呀。"

"一切不会好起来的。如果你回到这里,如果你原谅我或者做任何你需要做的事,如果你跟自己说只要习惯一切就好了,习惯塞斯,习惯洛杉矶,习惯我的工作……你就错了。你永远都不会习惯的。然后你就会怪到我头上,你就会恨我把你给困住了。"

尼尔的声音冷冷的。"不要跟我说我恨你。不要再用那个字眼。"

"那个字眼属于你,"她说,"不属于我。"

"你为什么要这样?"

"因为我不想欺骗你。"

"你为什么要反复说这个？"

"因为有一部分的我的确想欺骗你。一部分的我想说一切有用的话以确保你依然会要我。我想跟你说，那样事情就不一样了——会更好。我会更加敏感，我会更多地让步。但是我做不到，尼尔，我知道我做不到。我不想欺骗你。一切都不会改变。"

尼尔一言不发。

乔吉想象着他站在厨房的另一头，他们的厨房，盯着水池发呆，想象着他面朝墙躺在自己身边，想象着他抛下她开车扬长而去。

"一切都会改变的，"尼尔冷不丁儿地说，"不管我们喜欢还是不喜欢。你是——乔吉，你是说你不愿意为我变得更好吗？"他没有给她答话的机会，"因为我想为你变得更好。我保证我要为你变得更好。"

"我不能向你保证我会改变。"她说。乔吉不能做出那个二十二岁的自己无法兑现的承诺。

"你是说你不想那样做？"

"不，"她说，"我……"

"你甚至都不能向我保证你会试试吗？从这一刻开始？你能不能试着多顾及一下我的感受呢？"

乔吉把黄色的电话线一圈圈缠在手指上，最后指尖都变白了。"从这一刻开始？"

"对。"

她不能替二十二岁的自己做出任何承诺。可如果是为了眼前的这个自己呢？这个正在电话中跟他说话的自己。这个依然拒绝让他离开的自己。

"我……我想那个我可以保证。"

"我没有叫你向我保证一切会变得非常完美，"尼尔说，"你只需要向我保证你会朝那个方向努力。你会保证当塞斯在你卧室里的时候，你会考虑一下我的感受,想想你工作的时候,我要等多久才能把你等回来。还有,当我在一个陌生人举办的派对上手足无措的时候,想想我心里是怎样的一番滋味。我知道我一直都在犯浑,乔吉——我要努力改变自己。你愿不愿意跟我一起尝试改变?"

"从这一刻开始?"

"对。"

从这一刻开始,从这一刻开始。她抓住这个念头,抓得紧紧的。"好,"她说,"我保证。"

"好。我也是。"

"我会为你变得更好,尼尔。"她让自己稳稳地靠在床上,"我以后不会再拿你不当回事儿。"

"你没有拿我不当回事儿。"

"不对,"她说,"我不拿你当回事儿。"

"你都说乱了……"

"无论我做完任何事情,我都想当然地认为你会在那里等我。无论发生任何事情,我都想当然认为你会爱我。"

"真的吗?"

"是的,尼尔。对不起。"

"不要说对不起,"他说,"我想要你想当然地那样认为。无论发生任何事情,我都会爱你的。"

乔吉觉得自己又要失控了。"不要说那样的话。收回去。"

"不。"

"收回去。"

"你疯了,"他说,"不。"

"如果你说那样的话,就好像你在告诉我,我做的所有没心没肺的事情都没什么大不了的,就好像你给了我全部的自由,就好像你提前原谅了我。"

"那就是爱，乔吉。意外伤害防护。"

"不，尼尔。我不值得你那样做。那也不真实。因为如果我真的可以为所欲为，你就不会离我而去了。"

"对不起。"他说。他发的那个"对"音比较含糊，就好像他的嘴巴紧贴着听筒。"我不会再离开了。"

"你会的，"她说，"而且那是我的错。"

"天哪，乔吉。你有完没完了。如果你再这个样子下去，我就没法跟你说话了。"

"嗯，我就是这个样子。以后我的样子会比现在更加可怕。"

"我要挂电话了。"他说。

她摇摇头。"不行。"

"那么我们就从头开始谈。"

"不行！"

"行的。我们再重新开始这次谈话。"他依然没有大声嚷嚷，可他的音量在逐渐加大，好像很快就要爆发似的。

"我不想那样，"她喘着气说，"那样没用的。好与不好，一切都已经发生了。"

"我现在要挂电话了，乔吉。我们都深呼吸一下吧。等我再打过来的时候，我们就重新开始说话。"

"不。"

他还是挂了。

尼尔挂断了电话。

乔吉试着深呼吸了一下——感觉却好像有块儿磨石卡在了嗓子眼似的。

她把听筒放下，溜达着向过道走去，然后进了海瑟的卫生间。乔吉几乎认不出镜中自己的那张脸了。她看上去面色苍白，呆傻迟钝，就像一个鬼突然碰见了另一个鬼。她用凉水洗了一把脸,然后用手捂着脸干哭了起来。

乔吉就是这样说服她的丈夫向她求婚的。恳求他不要那样做,结果还把自己给吓得半死。

如果有魔法电话的是尼尔,他一定也给吓坏了……

尼尔的确有部魔法电话,他甚至都没意识到。

上帝,她为什么要说那些可怕的话?乔吉再次朝镜子看了一眼,看着那个最终跟尼尔在一起的女人。

她之所以说那样的话,是因为她说的都是真的。

乔吉回到卧室,低头看着那部黄色电话。

她拿起听筒,听了听拨号提示音,然后把听筒往地板上一扔就爬到床上去了。

你知道当听筒没放好电话就会发出的那种声响吗?它响了一会儿就停了。

DECEMBER

S	M	T	W	T	F	S
1	2	3	4	5	6	7
8	9	10	11	12	13	14
15	16	17	18	19	20	21
22	23	**24**	25	26	27	28
29	30	31				

2013年圣诞节前夕

星期二

2013

第二十七章

乔吉醒来的时候,不敢相信自己竟然睡着了。(她怎么会睡着了呢?说不定发生空袭的时候她也能睡着呢。)

她坐起来看了看表,上午九点钟,然后看了看地毯上摊开的电话。

她都干了些什么呀?

她用双手支撑着爬到床下,腿还没着地就把电话挂好了。她在那里捣鼓了好一阵儿,电话才又出现了提示拨号的声音。然后她很不耐烦地拨起了尼尔家的座机,拨号盘还没有完全转回原位,她的手指就急不可待地放到下一个数字上……

占线的声音。

她都干了些什么啊?

尼尔的妈妈一定在用电话。或是他爸爸在用。(老天,他爸爸。)

乔吉想起过去经常发生的状况,那就是如果你遇到了紧急情况,就可以插进某个人的电话。你可以给接线员打电话,她会进行干涉。乔吉上中学的时候就经历过一次,那时还没有电话等待的服务;她妈妈的一个朋友需要跟她妈妈取得联系,乔吉跟鲁迪却已经在电话上聊了两个多小时了。当接线员插话进来的时候,乔吉还以为那是上帝的声音。过了好一阵子,乔吉打电话的时候,才不会想象接线员会在那里偷听。

她挂上电话,又重新拨了一次。还是占线。

她挂上电话——电话铃响了起来。

乔吉一把抓起听筒放到耳边。"喂?"

"是我,"海瑟说,"我在家里给你打电话。"

"我挺好的。"乔吉说。

"我听得出。好人总是跟人说他们好得跟什么似的。"

"你有事吗?"

"我待会儿要出去,妈想让你出来吃早点,然后说声再见。她正在做法式烤面包。"

"我不饿。"

"她说抑郁的人吃饭、洗澡都需要有人提醒。所以你或许还应该洗个澡吧。"

"好。"乔吉说。

"好,再见,"海瑟说,"爱你。"

"爱你,再见。"

"不过你马上还要出来说再见的,对吧?"

"对,"乔吉说,"再见。"

"爱你,再见。"

乔吉挂上电话,又试着拨了尼尔的号码。占线。

她抬头看看钟表——9:05。如果尼尔明天上午要开车来加利福尼亚,他应该几点从奥马哈出发呢?圣诞节那天他是几点到的呢?

她想不起来了。他们分手的那个星期只留下了痛哭流涕的模糊记忆。这点模糊的记忆在她的脑海中留存了十五年。

乔吉再次拿起电话。1、4、0、2……

4、5、3……

4、3、3、1……

占线。

"洗个澡吧!"她妈妈冲着过道那边喊道,"我正在做法式烤面包呢。"

"就来了！"乔吉在门口喊道。

她爬到衣柜跟前，开始把里面的东西往外翻。

溜冰鞋。包装纸。成沓的旧《勺子》。

衣柜最里面放着一个红绿相间的盒子，里面原本是圣诞节要用的装饰物。乔吉用黑色的夏普记号笔在盒子的每一个面上都写着大大的"存储"字样。她把盒子抽出来，打开盖子，然后跪在旁边的地板上。

盒子里装着满满一盒子纸。乔吉跟尼尔结婚后，就开始用第二个存储盒（那个盒子在她家阁楼上的某个地方），可到了那个时候，她已经用上了电脑跟互联网，因此她保存的无非是些书签跟屏幕截图之类的东西——就是些她拖到桌面上的 JPEG 格式的图片，很快又忘了，或者下次她的硬盘出问题的时候就弄丢了。乔吉再也没有打印过照片。如果她想看圣诞节的旧照片，她就得在内存卡里搜索。他们有一整盒录像带，那是从爱丽丝还是个婴儿的时候开始拍的，不过他们却无法观看，因为他们的播放机根本没法儿播放那些盒式录像带。

放在存储盒最上面的都是乔吉从她妈妈家搬走之前的东西。就在她跟尼尔举行婚礼之前。（那个已经发生过了，她提醒自己。）

她发现了婚纱的收据——三百美元，二手货，是从一家寄售商店买的。

"我希望第一个穿它的人现在是幸福的，"乔吉对尼尔说，"我可不想染上失败婚姻留下的晦气。"

"不要紧的，"尼尔说，"我们会生活得非常幸福，我们会赶走晦气的。"

那个时候他是快乐的，就是他们订婚期间，她从未见过他那么开心过。

乔吉刚说完"我愿意"，尼尔就忙着给她戴戒指——谁知戒指却卡在了无名指的第二个关节上，于是他干脆把戒指戴在她的小拇指上完事——尼尔跳起来拥抱了她。他笑得如此灿烂，酒窝都深深地陷了下去。

他一手托着她的尾骨，一手托着她的后背将她抱了起来，并且在她脸上亲了个遍。"嫁给我，"他不停地说，"嫁给我，乔吉。"

她不停地说好。

现在,她的记忆有些模糊不清了,真让人难以置信——她怎么会遗忘了那么多细节?在某个时段,她的大脑一定对整场婚礼采取了无所谓的态度。现在,她跟尼尔实实在在地结婚了,至于他们是如何走到那一步的,似乎并不重要。

她记得他那会儿是快乐的。她记得他用手搂住她的头说,"从这一刻开始。从这一刻开始。"

天哪——尼尔真的说过那样的话吗?难不成她对自己的订婚竟是一知半解?

乔吉又在存储盒里热切地翻着……

她的大学学位证书。

她从《间谍》杂志撕下来的一张可笑的表格。

最后一期《拦住太阳》漫画,就是尼尔那只短小精悍的刺猬上天堂那个故事。

啊——找到了。宝丽来快照。

乔吉的妈妈始终舍不得丢掉她的宝丽来相机;因为她总是无法跟进冲洗 35 毫米胶卷的事宜。

盒子里装着尼尔求婚那天拍的三张快照——三张都是在房间里的圣诞树前面拍的。乔吉穿着一件宽松的 T 恤衫,那是高中的即兴表演剧团成员穿的,上面还写着"现在,开始吧!"——她看上去就好像整个星期都在哭似的。(因为她的确如此。)尼尔穿着一件皱巴巴的法兰绒衬衣,而且开了一夜的车。不过,他们看上去还是如此年轻,活力四射。乔吉瘦巴巴的,尼尔胖乎乎的。

只有一张照片还算比较清楚:乔吉翻着白眼、把手举得老高给大家看那枚小得可怜的戒指,尼尔则咧嘴笑着。这可能是尼尔唯一一张咧嘴笑的照片。这可能是他绝无仅有的一次咧嘴笑。当他笑得如此灿烂的时候,他的耳朵上下两端就向外突出,活像两个放反了的括号。

拍照过后,乔吉的妈妈非要尼尔吃煎饼不可,他还坦言自己已经两个晚上没合眼了。"我想我开到内华达州的时候把车停在路边歇了几个小时。"乔吉把他拽到自己的房间,一把将他推到床上,然后脱掉他的鞋子,摘掉他的皮带,解开他的牛仔裤扣子,这样她就可以摸他的臀部、肚子跟后背了。他俩在羽绒被下好一番折腾。

"嫁给我。"他不停地说。

"我愿意。"她不停地说。

"没有你的话,我想我照样能够活下去,"他说,好像这就是他花了二十七个小时想好要说的话,"但那不是真正意义上的生活。"

乔吉把宝丽来快照拿出来放到地板上。三个瞬间的动作。他就在那里——他是那样快乐,满怀希望。她的尼尔。那个对的尼尔。

"乔吉!"她妈妈喊道,"快点!"

她把照片放到地板上,直到自己对照片视而不见。

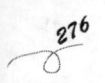

第二十八章

她妈妈没敲门就进了乔吉的卧室。"我说了马上就来。"乔吉说。

"太晚了,"她妈妈说,"现在我们要开车送海瑟去卫斯纳医生家。"

乔吉总是忘了海瑟的姓跟自己不一样。她们这一家子每个人的姓都不一样。她妈妈姓里昂斯,海瑟姓卫斯纳,乔吉姓莫库。乔吉很想改姓格莱夫顿,可尼尔不同意。"你来到这个世界上可不是随随便便就能叫乔吉·莫库这么好的名字的,你不能刚看到一个帅哥就连姓都不要了。"

"你没那么帅。"

"乔吉·莫库。你在开玩笑吗——你可是邦女郎啊。你可不能改名字。"

"可我就要成为你的妻子了。"

"我知道。可我不需要你为我改变任何事情。"

"你今天跟孩子们说过话了吗?"她妈妈问。

"还没有,"乔吉说,"我昨天跟她们说过话了。"

她昨天跟孩子们说过话了吗?没错,跟爱丽丝说过。好像是关于《星球大战》的事情。不对……那是一条语音留言。

前天她跟孩子们说过话吗?

"你就应该跟我们一道出去,"她妈妈说,"兜兜风嘛。呼吸点新鲜空气对你有好处。"

"我还是不去了,"乔吉说,"尼尔可能会打电话过来。"

如果他此刻打电话,那将意味着什么呢?他还在内布拉斯加?那么满盘皆输了吗?

"把你手机带着就行了。"她妈妈说。

乔吉只摇了摇头。

她妈妈挨着乔吉在地板上坐了下来。她跟乔吉穿着款式相同的休闲裤。她妈妈那条是湖蓝色,乔吉那条是粉色。她妈妈把手从乔吉的腿上伸过去,然后捡起一张宝丽来快照——照片不太清楚,照片上尼尔看着乔吉,乔吉则看着别处。

"上帝啊,你还记得那天吗?"她妈妈叹息道,"那孩子在一天之内开车穿过了大半个国家,我看他连停车喝口咖啡的工夫都没有。他做事情总是令人刮目相看,不是吗?"

单膝跪地。在塞斯兄弟会的房间外等候。用颜料在她的肩膀上画樱花。

他一直都那样。

她妈妈把照片放下,然后把乔吉穿着天鹅绒裤子的膝盖捏了捏,又摇了摇。"会好起来的,"她妈妈说,"就跟那些广告词一样。'会好起来的。'"

"你说的是同性恋少年维权运动的口号吗?"

"你管他是为什么呢。这对任何事情都适用。我知道你现在不好受,你正处在最痛苦的阶段。事情或许会变得更糟——我不知道你是怎么给孩子们打算的。不过,时间会抚平一切伤痛,乔吉,没有例外。你只要熬过去就好了。将来有一天,你跟尼尔都会过得比现在幸福。你必须得挺过去,还要有耐心。"

她亲了亲乔吉的脸,乔吉尽量不让自己躲开。(可是没有用。)她妈妈又叹了一口气,然后从地上站了起来。"厨房里有留给你的法式烤面包,还剩了很多比萨……"

乔吉点了点头。

她妈妈在门口停下脚步。"你说我要是给你妹妹也发表一番'会好起来的'演说,她会不会承认自己有个女朋友?"

乔吉差点笑了起来。"她以为你不知道呢。"

"我是不知道,"她妈妈说,"自从她穿着那件西装去参加返校节,肯德瑞克就一直在我耳边嘀咕,可我跟他说,一个胸部丰满的女孩子想要淡化她的身体线条,那样穿再正常不过了。看看你——你就不是同性恋。"

"说的是……"乔吉说。

"不过,要是她在我的沙发上抓着一个女孩的手——即便是个非常漂亮的女孩子——嗯,我可不是瞎子。"

"艾丽森看着挺好的。"

"我没意见,"她妈妈说,"反正咱家的女人就没有遇到好男人的运气。"

"你怎么能那样说呢?你就遇到了肯德瑞克。"

"嗯,我现在运气是不错。"

乔吉走到客厅去跟海瑟说再见,随后洗了澡,把她妈妈的衣服重新换上。她实在想不通,自己专门去了一家内衣店,竟然忘了买内裤。

她想过要去洗衣房把尼尔那件T恤衫从垃圾桶里翻出来……

她在尼尔的公寓里过第一个周末的时候,第一次偷穿了那件T恤。那会儿乔吉身上的衣服已经穿了整整两天了,闻起来有股子汗臭味跟辣番茄酱的味道——可她不想回家换衣服。他们俩都不想周末就这样结束。于是,她在尼尔的公寓里洗了个淋浴,他给她找了一条田径裤,可是屁股部分太紧了,还有一件"金属乐队"的T恤衫和一条宽松的平脚条纹内裤。

她冲他笑了起来。"你想让我穿你的内裤?"

"我不知道。"尼尔脸红了,"我不知道你想穿什么。"

那是个星期天的下午,尼尔的室友们都上班去了。乔吉洗完澡出来后,身上穿着他的T恤衫跟平脚内裤——这两件都太紧了——尼尔假装没有看见。

接着，他笑着把她摁到床垫上。

要使尼尔笑起来太不容易了……

乔吉过去常逗他说，可惜他那对酒窝了。"你那张脸就像一个欧·亨利故事。世界上最甜美的酒窝和世界上最不苟言笑的少年。"

"我会笑。"

"什么时候？你一个人的时候？"

"对，"他说，"每天晚上等大家都睡着之后，我就坐在床上狂笑不止。"

"你从来都不对我笑。"

"你想让我对你笑吗？"

"没错，"她说，"我是个喜剧作家。我希望每个人都被我逗乐。"

"我这个人可能就是不爱笑。"

"或许是你觉得我不够幽默。"

"你非常幽默，乔吉。不信你问大家。"

她在他的肋骨上捏了一下。"再幽默也让你笑不起来。"

"事情再好笑，我也笑不出来，"他说，"我就在心里想，'瞧，那个挺逗的。'"

"我的生活就像一个欧·亨利故事，"乔吉说，"世界上最幽默的女孩与从来不苟言笑的男孩。"

"'世界上最幽默的女孩'，是吧？我这会儿正在心里笑呢。"

甚至当尼尔只是想到微笑，他的酒窝也会显现出来，他的蓝眼睛也会闪耀着光彩。

这么多年来，这个话题他们始终都在谈，只是没有以前那么好玩了。

"我知道你不看我们的节目。"乔吉说。

"要不是你们的节目，你也不会看的。"尼尔回答的时候，有时在叠洗干净的衣服，有时在切牛油果。

"没错，可那的确是我的节目。而你是我的丈夫。"

"上次我看你们节目的时候,你说我是个自大狂。"

"你确实很狂妄。看你那副架势,就好像我们的节目你根本没看上眼。"

"因为我就是没看上眼。老天,乔吉,你也没看上眼吧?"

就算他是对的也不能那样啊……

不管怎么说。

第一次她穿着借来的T恤衫,尼尔笑着把她摁到床上。

当他觉得某件事好笑的时候,他根本笑不出来——他只有在快乐的时候才会笑出来。

第二十九章

现在大家都出去了。她妈妈特意把客厅的电视开着,这样哈巴狗们就能听圣诞歌曲了。

乔吉坐在厨房的餐桌旁,眼睛盯着安装在墙上的按键壁挂电话机。

此刻,过去那个尼尔是不会打电话过来的。其实她也不想让他打过来。她只是不想让一切结束。

乔吉还没做好失去尼尔的心理准备,就连过去那个她也是如此。她还没做好放弃他的心理准备。

(有人给了乔吉一部魔法电话,而她只想熬夜给过去的男朋友打电话。如果他们给她一台真正的时间机器,她或许会用它跟他依偎在一起。干掉希特勒的事还是让别人去做吧。)

或许跟她说了一个星期话的尼尔正在来加利福尼亚的路上,或许他并没有那样做,或许他只是她凭空想象出来的——不过那个尼尔依然让人觉得近在咫尺。乔吉依然相信她能够处理好他俩之间的问题。

她的尼尔……

她打电话过去的时候,她的尼尔再也不接电话了。

她的尼尔不再试着跟她联系了。

也许,那就意味着他并不属于她。并不真正属于她。

尼尔。

乔吉站起身走到电话跟前,用手摸着听筒冰凉的弧线,随后拿起听筒。

按钮亮了起来，她小心翼翼地按下尼尔的手机号码……

电话随即转入语音留言。

乔吉打算留条语音——虽然她并不知道要说些什么——可她并没听到语音留言的提示音。"我们很抱歉，"一个声音说，"这个邮箱现在……已经满了，"另一个声音说。接着电话就切断了，乔吉听见重新拨号的提示音。

她绝望地瘫倒在墙上，手里还握着听筒。

如果尼尔现在不会回到她身边——那1998年的他是否在去找她的路上又有什么要紧呢？如果要在未来失去他，那在过去赢得了他又有什么意义呢？

再过几天，尼尔就会带着孩子们回到加利福尼亚的家。她会去机场接他们。沉默了十天之后，他们会有什么话要说呢？

上周尼尔离开的时候，他们就弄僵了。现在，他们已经彻彻底底地僵了。

拨电话的提示音变成了没有挂听筒的声音。乔吉把手一松，听筒就在螺旋形的电话线上慵懒地弹跳着。

这就是尼尔的感受吗？昨天晚上？（在1998年。）当乔吉始终都没把听筒挂上？之前他已经非常伤心了，听声音他甚至非常害怕——当他无论如何都拨不通电话时，他一定都要崩溃了。他该拨了多少次电话啊？

乔吉总是在想，一定是某种强大的浪漫冲动，使尼尔为了能在圣诞节早上看到她而开了整整一夜的车。不过，或许他能坐到车上是因为他打不通她的电话。或许，他只是想见到她，并想知道两个人之间没什么矛盾……

乔吉慢慢地站了起来。

尼尔。举止非比寻常的人。那个为了见到她可以穿越沙漠、翻越大山的尼尔。

尼尔。

乔吉的钥匙就在餐台上，是海瑟放在那里的。她一把抓起钥匙。

她还需要带什么呢？驾驶证、信用卡、手机——全都在车上。她可以不开前门的锁,悄悄从车库溜出去。出门的时候,她查看了一下小狗们。

这件事乔吉能做到。

反正又没有别的事情可做。

第三十章

车库的门正在关闭时,乔吉突然弯下腰钻了出来。

"你不该那样做,"有人说,"很危险。"

她转身一看——塞斯正坐在门前的台阶上。

"你在这儿干什么?"她问。

他摇了摇头。"我只是在想敲门的时候要跟你说点什么。在我的想象中,你已经发疯了。说不定极度亢奋。穿着一定像个精神病人。我可能什么都不会说,直接把你打晕就得了——不过我需要重一点儿的东西,我想到你家那部黄色电话了——然后把你拖回办公室。"

乔吉朝他走了几步。他穿了一条黑色的牛仔裤,向上翻起的裤边裁剪得非常齐整,脚上穿着一双尖头牛津鞋,上身则穿着一件绿色的开襟羊毛衫,平·克罗斯贝[①]很可能会穿那样的衣服演唱《白色的圣诞节》。

她抬起头仔细看他的眼睛。他看起来糟透了。

"我想你出门可不是奔上班去的。"他说。

她摇摇头。

"你也什么都没写。"

她注视着他。

"我什么都没写,"塞斯说——然后笑了起来。他的笑声很真切,虽然听上去很痛苦。他把手插进裤子后兜,放眼望着草坪。"那样说其实不对……我给你发了很多邮件。'嗨,乔吉,在忙什么呢?''嗨,乔吉,看

[①] 平·克劳斯贝(Bing Crosby),美国歌手、演员、喜剧明星,影视代表作有《与我同行》(Going My Way)、《乡下姑娘》(The Country Girl)等。

看这个好笑吗？''嗨，乔吉，我一个人做不来的。我以前甚至都没有试过，现在我知道我就是做不来，这太糟糕了。'"他把目光投向乔吉，"嗨，乔吉。"

"嗨。"她说。

他们密切注视着对方，就好像两个人同时抓着烫手的东西似的。塞斯首先把目光移开了。

"对不起。"她说。

他没有回答。

她又走上前一步。"我们可以换个时间开会。马赫·杰法瑞跟我们关系还不错。"

"我不知道我们能不能那样做，"他说，"我不知道那样做有什么意义。"

"当然有意义了。"

他猛地把头转向她。"那我们应该换个什么时间开会，乔吉？你能不能保证下周不再心不在焉？一月份对尼尔合适吗？想着他也许会让你消停几天吧？"

"塞斯，不要……"

他从台阶上站起来，朝她走了过去。"不要什么？提到尼尔？我就应该装作一切都风平浪静是吗？就像你那样？"

"你不明白。"

他沮丧地举起双手。"还有谁比我更明白？你们之间的事从一开始我就是见证人，从一开始就是。"

"我现在不能跟你谈这个。我得走了。"她转身要走，塞斯却抓住她的胳膊不放。

他的声音变得柔和起来。"等一下。"

乔吉停住脚，回头看着他。

"我一直在想，"他说，"你问过我，如果我可以回到过去，我会不会试着改变什么。我跟你说我会的——我会的——可我没跟你说……"他大声吐出一口气，"乔吉，也许这一切本不该是这个样子的，你知道吗？"

她摇摇头。"也许吧。"

"我总会想到万圣节。尼尔那会儿简直就是个混蛋！你叫我把你送回家，我照做了。然后我，我……我把你一个人丢在那里。也许我不该那么做。也许我应该留下。"

"不，塞斯……"

"也许我们不该是这个结果，乔吉。"

"不。"

"你怎么会知道？"他捏了一下她的胳膊，"你不快乐。我也不快乐。"

"你平常看着挺快乐的。"

"跟你比起来或许是。"

"不，"她说，"你看上去真的快乐。"

"你每次见到我的时候，我都跟你待在一起。"

乔吉微微地吸了一口气，轻轻地把胳膊抽了回来。

"我……"塞斯把手重新插进裤兜，"这是我所能把握住的唯一的感情，你跟我。我爱你，乔吉。"

这些话使乔吉紧紧地闭上了眼睛。

她睁开眼睛。"但是你并没有跟我热恋。"

塞斯又苦笑了一下。"我们俩在一起的时间实在太长了，长得我都说不清了……看到你这个样子，我知道我真的难受死了。"

他的衣领钻到了毛衣下面，她伸出手给他弄平整了。

"看到你这个样子，"她说，"我也很难受。"

他们面对面站得很近，并看着彼此的眼睛。过去他们在很多场合都肩并肩地站在一起，不过乔吉很清楚，在这里绝对是第一次。

"如果我能够回到过去，"塞斯说，"那就是我想改变的。"

"我们回不去了。"她轻声说。

"我爱你。"他说。

她点点头。

他靠得更近了。"我想听你说那句话。"

乔吉的目光没有躲闪；她认真地想了一会儿，最后说，"我也爱你，塞斯，可是……"

"别说了，"他说，"快……别说了。我明白。"他的肩膀松弛下来，身体的重心转移到另一侧以跟她保持距离。这样他们的举止又恢复到了平时的状态。

两个人都沉默了。

"那……"塞斯看着车道，"……你要去哪儿？"

"奥马哈。"她说。

"奥马哈，"他重复道，"你总是要去奥马哈……"他很快伸手把她的头揽过来，在她头上亲了一下。然后，他迈开步子，优雅地朝车子走去。"别忘了我的沙拉酱。"

第三十一章

乔吉从来没有自己开车去过机场。

她只独自坐过一次飞机,那年她十一岁,要去密歇根看望爸爸。那次探望并不愉快,此后她再也没有回去过。

乔吉上高中的时候,爸爸去世了,妈妈问她想不想去参加葬礼,她说不去。

"你没去?"她跟尼尔说起这事的时候,尼尔非常震惊。你能看出他受惊不小,因为他左边的眉毛向上抬高了两毫米。(尼尔的脸就像一朵正在绽放的花——你需要借助延时摄影才能看清他脸上的表情变化。不过乔吉仔细研究过他的面部表情,大多数时候,她都能读懂些微的肌肉抽动所代表的含义。)

"我压根儿就不认识他。"乔吉说。他们坐在尼尔父母家地下室里的那张折叠床上。那是他们结婚后的第二个或是第三个圣诞节,他们那次来差不多要待一个星期。

虽然尼尔从前的卧室里有张双人床,他妈妈却让他们睡地下室的折叠床,"她可不想让我们玷污了你卧室的圣洁。"乔吉打趣地说。自从尼尔上大学离开家后,他的父母就没有动过他的房间。他高中时期的摔跤剪报和队员合影依然贴在墙上。衣柜里还放着他的衣服。

"这就好比你到迪士尼乐园去,"乔吉说,"他们会给你看华特办公室的复制品,跟他离开的时候一模一样。"

"你更喜欢狗的照片吗?"

"跟你那些穿着古怪的十九世纪的游泳衣、汗流浃背的照片相比吗？"

"那叫运动背心。"

"实在让人受不了。"

尼尔的妈妈把所有的家庭相册都存放在地下室。乔吉跟尼尔睡在那儿的那个星期，乔吉把架子上所有的相册都给拿下来了。"如果你哪天当了美国总统，"乔吉说，她的腿上放着一本印花图案的大相册，"历史学家会感谢你妈妈给每张照片都做了详细的说明。"

"我是独苗儿，"他说，"她想尽可能留下关于我的全部记忆。"

尼尔小的时候，就是个身体结实、不苟言笑的孩子。蹒跚学步的时候，他身体圆圆的，眼睛大大的。五岁生日的时候，他看相机的眼神非常率真。上小学的时候，他比以往任何时候都要矮胖——T恤衫裹住圆圆的肚子，下端掖到栗色的耐穿牌牛仔裤里，那头七十年代式样的头发乱蓬蓬的。等到上了初中，他站立的姿势就开始彰显出坚毅，肩膀微微前倾，一副你可不敢跟他叫板的派头——他的个头并不算太矮，就是看上去不像那种能被打倒的人。到上高中的时候，他长得粗壮结实，俨然一座岿然不动的雕塑。

乔吉坐在沙发上翻看相册，尼尔就坐在她身边，悠闲地玩着她的头发；所有这些照片他都看过了。

乔吉的目光停留在尼尔跟道恩盛装出席某次高中舞会的照片上。天哪，他俩活脱就是从约翰·库格·麦伦坎普的音乐视频里出来的。

"可以理解，"他说，"不过还是……"

"还是什么？"乔吉把照片上的塑料纸抚平。

"他毕竟是你的爸爸。"

她把目光从照片上挪开，抬头看着坐在身边的尼尔。尼尔二十五岁了。比上高中的时候要柔和些。眼睛周围的皮肤也没有绷得紧紧的。那神情就好像等他把要说的话说完，他马上就会吻她似的。

"什么？"乔吉问。

"我就是不明白你怎么会不参加你父亲的葬礼。"

"我没觉得他是我爸爸。"她说。

尼尔在等她说得更详细点。

"他跟我妈妈的婚姻生活只有十几分钟——我甚至都不记得跟他一块儿生活过,我四岁的时候他就搬到密歇根去了。"

"你难道不想他?"

"我不知道我该想他什么。"

"可你难道就不觉得有什么缺失吗?即便只是概念上的他?"

乔吉耸耸肩膀。"我想没有吧。我从来不觉得我有什么缺失,你是指这个意思吧?我觉得父亲一定不是非有不可的。"

"你的话从根本上就错了。"

"哦,反正你懂我的意思就行了。"乔吉又继续看相册。尼尔毕业那天的照片足有几十张,而照片上的他是一副痛苦万状的样子——就好像十八年后,他终于受不了妈妈整天神经兮兮地拿着相机对着他了。每张照片上基本都能看见他的爸爸,他看上去有耐心多了。

"我真的不知道你是什么意思。"尼尔说。

乔吉翻过一页。"嗯,如果你有爸爸,你就觉得他们挺好的——如果你有个好爸爸的话——不过,爸爸不是非要不可的。"

尼尔有意往旁边一挪,身体坐得笔直。"爸爸绝对是必要的。"

"他们一定不是必要的,"她转身面对沙发上的他说,"我就没有。"

尼尔紧锁眉头,嘴唇拉得平平的。"那并不代表你不需要爸爸。"

"可我就是不需要呀。我没有爸爸,我就挺好的。"

"你才不是呢。"

"我就是,"她说,"我怎么就不好了?"

他摇了摇头。"我不知道。"

"你反常地不通情理。"乔吉说。

"我不是不通情理。在这个世界上没有人会在这个问题上跟我争。爸爸不是可有可无的。我的爸爸就不是。"

"那是因为他在你身边,"她说,"可如果他不在你身边,你妈妈就得填补这个空缺。当妈的都那样做。"

"乔吉——"他把胳膊从她肩膀上和头发上拿开,"——你心理有点扭曲。"

乔吉把相册抱在胸前。"我心理怎么就扭曲了?我好端端地坐在这儿,我就是一个运转非常正常的单亲家庭生产的产品。"

"你妈可不太正常。"

"嗯,那倒是真的。或许小孩子也不需要妈妈。"这会儿她又在打趣了。

尼尔可没那个心情。他从沙发上站起来,又摇摇头。

"尼尔……"

他离开她,朝楼梯走去。

"你犯得着为这个发这么大的脾气吗?"她说,"我们还没孩子呢。"

他在楼梯中间停下脚步。头上是天花板,他必须俯下身子才能跟她进行眼神交流。"因为我们还没孩子呢,你就已经认为我是可有可无的了。"

"又不是说你,"她不想承认自己说错了——也不想弄清楚自己说那番话到底是什么意思,"是一般意义上的男人。"

尼尔直起身子,乔吉就看不见他了。"我现在不能跟你说了。我要到楼上帮忙做晚饭。"

乔吉把相册重新推到腿上,很快就翻到了最后一页。

"今天您飞哪里?"柜台后面的女人埋头问道。

"奥马哈。"

"您姓什么?"

乔吉念出莫库的字母拼写,那个女人便开始在控制台的键盘上噼里啪啦地敲着。她皱起眉毛。"您的订票号码是多少?"

"我没有订票,"乔吉说,"我需要订一张。我来这儿就为这个。"

售票员抬起头看着乔吉。她是个黑皮肤的女人,大概五十八九、六十出头的样子。她把头发在脑后绾成一个发髻,正透过一副金边老花镜打量着乔吉。"你没有票?"

"还没有。"乔吉说。她看都没看就走到第一个柜台前。她甚至不知道这家航空公司飞不飞奥马哈。"我能买到机票吗?"

"能……你今天就要飞走吗?"

"越快越好。"

"今天是圣诞节前夕。"那个女人说。

"我知道。"乔吉点点头。

那个女人——她的工作牌上写着埃斯特尔——扬起眉毛,然后低下头看着操作台,紧接着又传来一阵儿噼里啪啦的敲键盘声。

"你要去奥马哈。"她说。

"对。"

"今晚。"

"对。"

她又敲了一阵儿键盘。时不时地,她会发出一声表示不满的"嗯——"。

乔吉把重心换到另一只脚上,然后把钥匙在腿上抖得哗啦响。她一点儿也想不起来自己把车停在哪里了。

那个售票员——埃斯特尔——从柜台边走开,并拿起安装在墙上的电话。那部电话看上去也挺特别的。电话上方有一盏嵌在墙里的橘红色的灯。看见了吧,魔法电话就应该是那个样子,乔吉心想。

随后,埃斯特尔回到噼里啪啦敲键盘的操作台。过了一会儿,"好了。"她长长地松了一口气说。

乔吉抿了抿嘴唇。嘴唇有些干燥,可她没带唇膏。

"我可以给你订晚上飞丹佛的联合航空。之后,就要看你的运气了。我们整个航空系统都有飞机晚点的问题。"

"我就订那个,"乔吉说,"谢谢你。"

"不要谢我,"埃斯特尔对她说,"我可是那个圣诞节前夜把你丢在丹佛机场的人。证件号码?"

乔吉把驾驶证和信用卡递给她。

机票简直就是天价,可乔吉眼睛都不眨一下。

"这些钱都够你飞到新加坡了,"埃斯特尔说,"直飞……你有托运行李吗?"

"没有。"乔吉说。

埃斯特尔把手伸到在打印机上方等着出票。"奥马哈到底有什么?除了两英尺深的雪。"

"我的孩子,"乔吉说罢,感到心脏一阵儿抽紧,"我的丈夫。"

从乔吉走到柜台跟前到现在,那个女人的脸第一次变得柔和起来。她把登机牌递给乔吉。"嗯,我希望你能尽快赶到那里。快走吧,还有二十分钟就要登机了。"

接下来的二十分钟里,乔吉感觉自己就像一部浪漫喜剧里的女主人公。

她甚至连背景音乐选哪首歌曲都想好了——肯尼·罗根斯现场演唱的《庆祝我回家》,场面相当壮观,演唱非常成功。(开头缓慢而轻柔,然后逐渐达到最强音,整首歌洋溢着纯真的气韵。)

她跑步在机场里穿行。没有拉行李箱,也没有孩子紧拉着跟在后面。

她跑步经过那些拖家带口的人,经过恩爱的老年夫妇,经过那些穿着红红绿绿的毛衣唱圣诞颂歌的志愿者们。

每前进一步,乔吉内心就变得愈发坚定。

尼尔上周离开家十分钟后,她就应该这么做了。飞越整个国家去和你的真爱团聚，这从来都是正确的举动。（从来都是。）（对每个人来说都是如此。）

只要乔吉来到尼尔身边，只要她能听到他的声音，只要她能感觉他的双臂拥抱着自己，一切都会好起来的。

就像十五年前他出现在她家门口，之后一切都好了起来一样。（就是明天早上。）那天她一看到他的脸，立马就原谅了他。

当乔吉到达登机口的时候——脸涨得通红，上气不接下气——她的航班已经开始登机了。一位漂亮的金发空乘微笑着接过她的机票。"祝您飞行愉快——圣诞快乐。"

第三十二章

飞机并没有起飞。

大家都系好了安全带。所有人都关闭了电子设备。那位漂亮的空乘正在给他们讲解,一旦遇到了灾难或濒临死亡,应该从哪一个出口逃离。接着,飞机滑行了几分钟。

飞机又滑行了几分钟。

飞机大概滑行了二十分钟。

乔吉坐在一个女人跟一个小男孩之间。那个女人穿着非常讲究,光鲜亮丽,每次乔吉不小心碰到她的大腿,她就一阵紧张。那个小男孩跟爱丽丝差不多大,身上穿一件写着"这太太太太太太太垃圾了"的T恤衫。(乔吉觉得他年纪太小了,根本不适合看《杰夫窘事》。)

"看来,你喜欢崔佛?"乔吉问他。

"谁?"

"你的T恤衫。"

男孩耸了耸肩膀,然后打开手机。不一会儿,那位空乘走过来叫他把手机关掉。

飞机滑行了四十多分钟后,乔吉才意识到小男孩就是那个神经紧张的女人的儿子。她不时俯下身子越过乔吉去跟孩子说话。

"你要不要换下座位?"乔吉问她。

"我一直都要在我们中间留个座位,"那个女人说,"通常情况下,我们都会多占一点儿空间,因为没有人愿意被夹在中间。"

"你们想坐在一起吗？"乔吉问，"我不介意换座位的。"

"不，"女人回答，"最好还是待着别动。他们要用座位号识别尸体。"

机长用内部通话系统向乘客致歉，因为他不能把空调打开——并告诉大家再"坚持一会儿，我们第五个起飞"。

接着，他又回到通话系统说他们不再排队了。他们要等丹佛那边的消息。

"丹佛那边怎么啦？"那位空乘第二次走过来让小男孩关掉手机时，乔吉向她询问。

"末日暴雪。"那位空乘欢快地说。

"那里下雪啦？"乔吉问，"丹佛不是一直都下雪吗？"

"那是场暴风雪。从丹佛一直到印第安纳波利斯。"

"可我们还是会起飞？"

"风暴正在转移，"空乘说，"我们只是在等候确认，然后我们就起飞。"

"哦，"乔吉说，"谢谢。"

飞机返回到登机口，接着又开始滑行。乔吉看着那个男孩打游戏，最后把手机打没电了。

她在机场感受到的所有紧张与激动都从脚底溜走了。她又饿又难过。她沉重地向前俯下身子，这样就不会总蹭到旁边那个女人了。

乔吉不断地想起她跟尼尔最近一次通话，最近一次吵架。接着，她开始猜想，那或许会成为他们最后一次吵架。如果她把他吓得不敢求婚了，那会不会抵消他们之前所有的争吵？

等机长再次回到通话系统向大家宣布一个好消息——"我们可以起飞了"——乔吉反倒不着急了。这就是炼狱，她想。隔着距离。隔着时间。完全联系不上。

周围的乘客都欢呼了起来。

乔吉不习惯坐飞机。每次飞机起飞或遇到气流，尼尔都会握住她的手。

自从家庭成员剧增之后，他们没法连坐一排了，而是在过道两侧分别坐两个人——乔吉跟尼尔靠过道坐，如果有需要的话，他就可以握住她的手。

有的时候，他正在玩猜字游戏，飞机开始抖动的时候，他头也不抬就把胳膊伸过去握住她的手。为了顾及孩子们的感受，乔吉尽量不让自己露出害怕的神色。可她每次都怕得要死。如果她发出某种声音或突然猛吸一口气，尼尔就会捏一下她的手，并抬起头看着她。"嗨，宝贝儿。没什么要紧的。你看那边有个空姐——她正在打盹儿呢。我们会没事的。"

飞机朝丹佛飞行了一个小时后遇到了气流。坐在身边的女人一点儿都不在乎，不过飞机倾斜起来，乔吉的大腿又碰到她时，情况就不一样了。

她儿子靠在乔吉右边早就睡着了。乔吉就靠向他，握紧拳头，闭上眼睛。她试着想象尼尔冒着这场暴风雪开车去找她的情景。

可是1998年的时候并没有暴风雪。

或许尼尔并没有试图去找她。

她又使劲儿回想着昨晚她在电话中跟他说过的话，试图想起他都说了些什么。

尼尔或许会觉得她是个疯子。她就应该把魔法电话的事告诉他，一五一十地告诉他，然后他们合起来就能把问题解决了。他们本可以在时空的两头像夏洛克和华生一样巧妙地把问题解决了。

或者，尼尔单枪匹马就能把一切解决好——他就是他们婚姻关系中的夏洛克和华生。

飞机上升的时候，乔吉把头重新靠紧椅背，并强迫自己想想尼尔的声音。没什么要紧的。我们会没事的。

到达丹佛的时候，太阳正在落山。飞机在空中盘旋了（抖动了）

四十五分钟后，暴风雪暂时平息下来，他们终于可以降落了。

当她终于踏上通往机场的通道，乔吉很肯定自己马上就要呕吐，不过那种感觉很快就过去了。通道里冷飕飕的。她匆忙走过那个不让人碰一下的女人和她的儿子，然后拿出去奥马哈的登机牌。

乔吉没有赶上下一趟航班，不过肯定还会有另一趟——奥马哈是丹佛跟芝加哥之间最大的城市。（尼尔是那样说的。）

她茫然无措地朝候机室走了几步。登机口黑压压全都是人，大家都背靠着窗户坐在地板上。每一个登机口，机场大厅上上下下，全都是人。

乔吉需要赶到航站楼的另一端。她发现有一辆载客车，就加快了步伐。从人群中间经过的时候，她感觉时间就好像为她而走得更快了。别人似乎一点儿也不着急。时间才不过六点，而几乎所有的商店都关上了金属护窗，看上去一片漆黑。圣诞节前夜，她想。然后，末日暴雪。

等她到达登机口的时候，座位上全都坐着人。人们站在一台静音的电视跟前，看着气象频道的节目。服务台上方的屏幕显示有三架飞机全部晚点。严格地说，她并没有错过航班——因为那架飞机根本就没有起飞。

乔吉排到登机队伍里，她就觉着老老实实排队等着是她到达奥马哈的唯一保证。

等她终于走到服务台，竟没料到航班的工作人员情绪异常高昂。"你最好的办法就是幻影移行。"

"您说什么？"

"只是一点儿哈利·波特的小幽默。"他说。

"哦。"

乔吉没看过"哈利·波特"系列图书。有的时候，塞斯不想待在办公室，他们就出去看电影，几乎所有的哈利·波特电影他们都看过。她对巫师不感兴趣，不过她觉得艾伦·里克曼①是个如梦似幻的人物。

① 艾伦·里克曼（Alan Rickman），英国舞台剧演员、影视演员，影视代表作有《哈利·波特》系列、《理智与情感》等。

"你是从什么时候开始对中年男人感兴趣的?"塞斯问。

"从我变成中年人开始。"

"快打住,乔吉。我们不过才三十多岁。"

"上帝,我真喜欢那个表演。"

"我知道。"他说。

"那就证明我已经是个中年人了,"她说,"我很怀念三十多岁的生活。"

登机口旁边的星巴克已经关门了。麦当劳也关门了。章巴果汁店也关门了。乔吉在一台自动售货机上买了一个火鸡三明治,又在另一台自动售货机上买了一个苹果手机充电器。唯一没有关门的是一家西部主题运动吧,乔吉在那儿买了一杯非常难喝的咖啡,然后走回登机口,她在墙跟前发现了一个空位,于是就靠在那里。

她身后的玻璃墙冷冰冰的。乔吉斜瞅了一眼窗外。她什么也看不见——没有雪,只有黑影——不过她能听见刮风的声音,听起来就好像她还在飞机上似的。

在她对面,一个女人正把一块饼干掰成两半分给孩子吃,两个女孩年纪非常小,一个座位都容得下。她们腿上放着叠好的餐巾纸跟几盒牛奶。那个女人就坐在她的丈夫旁边,他把胳膊慵懒地搭在她的椅背上,并且漫不经心地摩挲着她的肩膀。

乔吉很想走近他们。她想把那个年纪最小的女孩外套上的面包渣拍掉。她想跟他们说说话。"我也有这样一个家,"她想对那个女人说,"跟你的一模一样。"

但是她有吗?

还有吗?

乔吉不断地测试自己,梳理记忆,追溯往昔。爱丽丝的七岁生日。诺米第一次在迪士尼乐园过万圣节。尼尔给草坪除草。尼尔被堵车弄得心烦意乱。乔吉失眠的时候,尼尔在睡梦中摸到她身边。

"你没事吧?"

"睡不着。"

"过来,疯子。"

尼尔教爱丽丝如何做爆米花。尼尔在乔吉的胳膊上涂了一只沙鼠……

乔吉从来搞不清楚沙鼠、仓鼠跟天竺鼠之间有什么区别——因此尼尔闲得无聊的时候,就喜欢把它们画在她身上。"打个小抄。"他说着就在她的胳膊肘上画了一只文字气球,写上"我是一只天竺鼠"。

她用手上下摸了摸一片空白的胳膊。对面的小女孩把牛奶给打翻了——乔吉俯身向前把那盒牛奶给接住了。那位母亲朝她微微一笑,乔吉也朝她笑了笑。我也有这样一个家,乔吉的笑容似乎在说。

她想孩子们了。她想见到她们。她的手机上有她们的照片……

乔吉扫视了一下登机口,发现几步之外的墙上有插座;已经有两个人把手机插在那里充电了。她走了过去,问等他们充好后她能不能给手机充电。"我只需要充一会儿,"她说,"我就查点东西。"

"你用吧。"一个看上去二十多岁的男孩说。他跟尼尔的年龄差不多——跟1998年的尼尔。那个男孩拔掉他的手机,然后站到一旁给乔吉腾出地方。

乔吉在那个男孩跟一个正在电脑上敲字的女人中间笨拙地跪了下来。她把新买的充电器外包装撕开取出充电器,接着从口袋里摸出手机,把充电器插上电源后,就等着那只白色的苹果现身了。

手机一点儿反应都没有。

"很久都没电了吧?"男孩问,"有的时候,开机需要好几分钟呢。"

乔吉等了几分钟。

她把充电线的两端插上又拔下,又摁了一下电源键和 Home 键。

一滴泪水落在手机屏幕上。(她的,很明显。)

"要不你用我的手机吧?"男孩说。

"不用了,没事的,"乔吉说,"谢谢。"她拔掉充电器,双脚刚刚站起来的时候,身子笨拙地向后晃了好几下。她转身要走,然后又转回来。"事实上,嗯,是的,我能用下你的手机吗?"

"当然了。"他把手机递给她。

乔吉接过手机,然后拨了尼尔的手机号码。"我们很抱歉。这个邮箱现在……已经满了。"她把手机还给男孩,"谢谢。"

她之前靠墙站的离两个小女孩很近的那个位置已经没有了。一个女人现在正跟她的学走路的孩子坐在那里。

乔吉又看了一下柜台上方的显示器。还是晚点。其中有一趟航班已经被取消了。她从登机口走开,然后把手机扔进垃圾桶。

转念又一想,她把手伸进垃圾桶捡回手机。(手机就在最上面。)(机场的垃圾相对比较干净。)一位穿着厚厚羽绒服的老年男子正看着她。她拿着手机使劲儿晃了几下,这样他就不会以为她是在翻东西吃。

随后她把手机扔进口袋,并朝载客的车子走了过去。她沿着车开的方向坐到了最远处,再原路返回,然后又坐上车再来一遍。

乔吉看不到手机上孩子们的照片,并不表示那些照片已经不存在了。

乔吉看不到手机上孩子们的照片,并不表示孩子们已经不存在了。

在某个地方。

诺米的床上放着十多只猫咪毛绒玩具。爱丽丝的纸玩偶。诺米嚼着她的马尾巴,尼尔正从她嘴里把马尾巴往外拽。诺米又开始啃另一根马尾,尼尔就把她的两根马尾在头顶上扎成一个发髻。

尼尔在厨房里。尼尔在准备热巧克力。尼尔在做感恩节的晚餐。乔吉加班很晚回到家,尼尔就站在炉灶跟前。"我不知道你打算带什么衣服,不过,我把你洗衣篮里的脏衣服全都洗了。别忘了,那边比较冷——你总是不长记性。"

如果乔吉能看一眼那些照片,她或许会好受些。

要是她能拿出一点儿证据——并不是她需要证据——不过,要是她能拿出一点儿证据证明她们还在那里就好了。她揉搓着那只没戴戒指的无名指。她把口袋里所有的东西都掏了出来，试图找寻曾经生活的蛛丝马迹：可她只有一张信用卡和一张驾驶证，用的都是出嫁前的闺名。

机场的光线越来越暗淡了。

机场的夜晚总是光线暗淡，这个机场就更别提了，所有的商店都在沉睡，外面又下着大雪。虽然此刻她并不在窗户跟前，却依然能听见刮风的声音。整座航站楼似乎跟风一同哀号着。

她在中途某个地方下了载客车。下车后，由于惯性，她一时间有些站不稳。等她站定之后，便走到最近的卫生间，站在长长的穿衣镜前。

等卫生间里几乎没有人的时候，她马上把T恤衫撩起来，用手摸着肚子上的妊娠纹，以及肚皮下那绳状的伤疤。

还在那儿。

第三十三章

乔吉知道出什么问题了,因为她以前就经历过这一幕,而那一次,孩子很顺利就生出来了。

生爱丽丝的时候,乔吉就做过侧切,孩子轻轻一拉就出来了——就好像谁刚刚在乔吉肚子里钓到了一条大张嘴巴的鲈鱼,一下就给拖了出来。接着,一位护士急忙把孩子抱出去了,听到孩子的哭叫声,乔吉在心里感谢着上帝。

生下爱丽丝后,医生们花了很长时间才把乔吉的问题给解决了。尼尔告诉她,事实上医生把她的子宫取出来放在了她的肚子上,然后在她腹部戳来戳去的,以确保一切都仔细检查过了。

生爱丽丝的时候,尼尔一直坐在她的身边。

此刻,他就坐在她的身边。乔吉的双手被绑在两侧,而他握着其中一只手。

乔吉知道这次出问题了,因为又做了侧切之后,她能感觉医生的手在她体内产生的压力——结果,并没有看见孩子。医护人员一点儿也不着急。那个原本应该把孩子抱走的护士紧张地站在医生背后(还有一个实习生跟两个医学院的学生),两手空空。

看到尼尔紧绷的下颌,乔吉知道出状况了。还因为他看每个人的那种表情。

她感到体内承受着更多的压力——有很多只手,绝对不止两只。

麻醉师不断地小声跟她说话。"你现在状况挺好的,妈妈。你太棒了。"

就好像静静地躺在手术台上需要特别的天赋似的。(或许事实如此。)她用一根牙签戳了戳乔吉的胸部。"你有感觉吗？""有。""你有感觉吗？""没有。""你可能会觉得喘不上气，"麻醉师说，"不过你能呼吸。继续呼吸就行了，妈妈。"

眼下，所有的医生跟护士都在说话；从他们嘴里说出来的全都是数字。手术台突然朝后松动了一下，这样乔吉的身体就处于微微倾斜的状态，头则冲着地板。

情况不好啊，她眼睛向上看着灯光，平静地想到。

在这种情势下，保持镇定或许是明智之举，她的身体敞开着，身上的血不知道朝哪个方向奔流呢。她看见她上方的照明灯打在谁的胳膊上——袖子是红的。

然后，尼尔捏了一下乔吉的手。

他从医生身边以及本该放婴儿的地方走开了，而在乔吉的肩部上方转来转去。他的下巴紧绷着，眼神却犀利，眼睛大睁着。

或许这就是为什么尼尔总是保持着警惕。不保持警惕的话，他的眼神简直能把大山烧穿。

乔吉不断地呼吸着。吸入，呼出。吸入，呼出。"你做得太棒了，妈妈。"麻醉师喃喃地说。乔吉知道她在撒谎。

尼尔的眼睛正在朝她喷火。如果他总是这样看着乔吉，那就让人太不舒服了。如果他总是像这样看着她，或许她永远都不会转移视线。

不过，她再也不会怀疑他对她的爱。

她怎么能怀疑他对她的爱呢？

尼尔就是用那样的眼神跟她道别的。他在恳求她不要离开。他在告诉她一切挺好的——继续呼吸就行了，乔吉。

她怎么能怀疑他对她的爱呢？爱她，是他这辈子做得最精彩的事。

麻醉师把一个塑料面罩摁在乔吉的嘴巴上。

乔吉的眼睛一直看着尼尔。

那天晚上很晚的时候,她才在康复病房里醒过来,她明白她压根儿就没想到自己还会醒过来。

她的床跟前放着一只医院的摇篮,尼尔在椅子上睡着了。

第三十四章

机场里连小床都搬了出来,放在登机口之间的走廊里,看上去就像一座部队野战医院。

乔吉觉得当着陌生人的面她可能没法儿睡觉——至少今晚一点儿都睡不着。不过她倒希望自己有条毯子……如果机场里哪家的商店开着门,她就会去买橱窗里陈列的那种宽大的蓝色和橘红色相间的野马队运动衣。

她周围的人也都在睡觉,有的在椅子上睡,有的靠在墙上睡。他们睡觉的时候,脑袋下面枕着手提包,手上抓着随身的行李,就好像他们担心有小偷似的。乔吉不担心小偷;她什么也没带。

时间一定很晚了。或者还早吧。乔吉完全失去了时间概念——她习惯性地查看着已经关机的手机。机场并没有把灯光减弱,不过没有书灯还是看不清楚。风似乎正在把黑暗推向航空楼。

风暴似乎停了下来。或许只是在逐渐减弱——乔吉不知道暴风雪是如何平息的。

登机口有变动,接着又是等待。然后她就开始登机了,她只隐约记得自己要坐哪趟航班,要到哪里去。

"奥马哈?"乔吉踏上飞机时乘务员问道。

"奥马哈。"乔吉回答。

那架飞机大概只有十五排座位,每排四个座位,两两隔开。她从未坐过这么小的飞机；她只听说过坠毁的飞机里就有这么小的。

乔吉在想飞行员会不会跟她一样疲倦。都这个点儿了,犯得着起飞吗?三更半夜的?除非机组人员也要赶着回家。

DECEMBER

S	M	T	W	T	F	S
1	2	3	4	5	6	7
8	9	10	11	12	13	14
15	16	17	18	19	20	21
22	23	24	**25**	26	27	28
29	30	31				

2013 年圣诞节

星期三

2013

第三十五章

他们离开丹佛的时候,太阳正在升起,此刻下面的奥马哈是一片令人目眩的白。乔吉在飞机降落的整个过程中都紧抓座椅的扶手,在安全带的指示灯熄灭之前,她就从座位上站了起来。

她做到了。现在她已经到了。她近在咫尺。

爱丽丝。诺米。尼尔。

奥马哈机场看上去就像一片荒原。咖啡店没有开门。卖杂志的小报刊亭也没有开门。以前,乔吉每次过安检的时候,尼尔的父母——或者只是他妈妈——就在一小排座椅那里等候了。

今天,只有一个人坐在那儿。是一个穿着厚厚的紫色风雪大衣的年轻女人。她突然从椅子上一跃而起,朝乔吉跑了过来。接着,有人从乔吉身边跑上前去——就是在丹佛机场把手机借给她的男孩子。

女孩子跳到他的怀里,他狂喜地抱着她转了好几个圈。那种快乐像冲击波一样震撼了乔吉。男孩的粗呢包掉到了地上。他的脸隐没在女孩那长长的黑色鬈发里。

乔吉屏住呼吸,从他们身边走了过去。

继续走。很近了。眼看就要到了。

除了跟乔吉坐一趟飞机的十来号人和一个保安,航站楼里空空如也。如果孩子们在这儿的话,她就会让她们在前面跑着。如果爱丽丝愿意的话,她甚至有可能会翻个跟头。眼下就算想被麻烦也连个人影都看不见。

乔吉沿着扶梯跑了下去。她离得很近。太近了。她跑到出口，推开旋转门——然后停下脚步。

眼前是一片冰雪覆盖的世界。

就像——嗯，就跟电视上一样。马路对面的停车场看起来就像一座姜味饼干形状的房子，顶上盖着厚厚的白糖霜。

雪看起来就像糖霜一样松软。滑滑的，不过几乎是毛茸茸的。她推开门，走到外面，吸了一口气之后，感觉整个人都凉透了。（她的T恤衫根本不保暖。她的皮肤也不保暖。）

上帝。我的上帝啊。孩子们见过这一幕吗？

乔吉在一个空花盆跟前俯下身子，把手伸进雪里，看着手指印出四条大峡谷。雪轻飘飘的，却保持着它的形状。她把手心向前移动，划出一道柔软的弧线。

她原以为雪是冰凉的，但不是。一开始并不是。雪开始在指间融化的时候才会觉得冷。她给脚上揽了一些雪，现在她的脚也是冰凉的。她使劲儿把平底的芭蕾鞋子上的雪抖掉，然后在四下里张望着寻找出租车停靠点。路上连一辆车都没有。

乔吉把双臂抱在胸前，沿着人行道找指示牌。

"我们能帮你找什么吗？"有人问。

乔吉转过身。正是欢天喜地的那对儿小年轻。两个人依然黏在一起，就好像彼此都不敢完全相信对方就在身边似的。

"出租车点在哪儿？"乔吉问。

"你在找出租车？"那个男孩问。那个男人。她或许应该称他为男人。他一定有二十二三岁的样子；他的头发已经有点稀疏了。

"是的。"乔吉说。

"你电话预约过了吗？"

"呃。"乔吉浑身颤抖着，不过她却努力不让人看出来，"没有。我应该打电话预约吗？"

男孩看着女孩。

"这儿根本就没有出租车，"女孩抱歉地说——不过听那口气，似乎把乔吉当成了白痴，"我的意思是，出租车有几辆，不过你要提前预约……可现在是圣诞节。"

"哦，"乔吉说，"明白了。"她又朝马路四下里看了看，"谢谢。"

"你需要用我的电话吗？"男孩主动说。

"不用了，"乔吉说着，朝门那边走去。"再次谢谢你们。"

她听见他们小声说着什么。她听见那个男孩说什么约瑟夫跟玛丽，还有小旅馆里没有空房子之类的话。"嗨，你需要搭车去什么地方吗？"他冲乔吉喊道。

她回头看着他们。男孩咧开嘴笑着。女孩则显出关切的神情。他们或许是刚刚加入内布拉斯加死亡崇拜的信徒，每逢假期的时候，这帮人就在机场晃悠，带走那些迷路的人。

"需要，"她说，"谢谢你们。"

"你没有行李吗？"女孩问。

"没有。"乔吉回答。她不知道接下来该说些什么，才可以解释自己没有行李、没穿外套、没穿袜子的境况。

"好吧。"男孩说，（乔吉还是没法把他称作一个男人）"到哪儿去？"

"庞卡山。"她说。

男孩扭头看着女孩。他们都坐在一辆红色的旧卡车前排，女孩夹在中间。暖气坏了，前面的挡风玻璃已经变成了雾蒙蒙的一片。他用绿色的粗布外套袖子擦了擦玻璃。

"那在北面，"女孩说着掏出手机，"地址是哪儿？"

地址，地址……"雨林路。"乔吉说。她庆幸自己隐约记得尼尔父母家的住址，然后就盼着雨林路可不要长得绕城一圈。

女孩把地址输入手机。"行了，"她对男孩说，"就在这儿右转。"

乔吉琢磨着他俩有多久没见面了。

男孩不断地亲女孩的脑袋，还掐她的腿。乔吉看着窗外，以便给他们一些私人空间——还因为整座城市看起来就好像童话世界一样。她从未见过这番景象。

感觉就好像这一切突然从天而降似的。

然后，看起来确实如此。就像叮当①亲笔所画一样。

人们怎么会习惯这一切呢？

乔吉一开始并没有意识到往市区开有多难。车子走得很慢，不过卡车依然溜过了一个红灯。"我真不敢相信你是开这个来的。"男孩说。

"我可不能把你丢在机场，"他女朋友说，"我开得很小心。"

他咧开嘴笑笑，又亲了她一下。乔吉想知道他们是否已接近尼尔家的那个街区。路上几乎看不见一个人。只有几个人在外面铲雪。

他们一定快到了。乔吉认出了那个公园。那座桥。还有保龄球馆。女孩在给男孩指路。乔吉认出一家比萨饼店，她跟尼尔曾经步行去过那里。"我们就在附近了。"她说着，身体前倾，一只手搭在仪表盘上。

"雨林路应该是在下一个路口右拐。"女孩说。

"没错……"男孩赞同道。可卡车却突然不动了。

他的女朋友从手机上抬起头。"哦。"

乔吉抬头看着那座山，不知道出了什么状况。

男孩叹了口气，挠了挠脏兮兮的金发，然后扭头看着乔吉。"那座小山坡我们有可能会开上去一半。不过，我不知道我们还能不能开下来，或者开出来。"

"哦……"乔吉说，"嗯，很近了。我从这儿

① 叮当（Tinker bell），苏格兰作家 J. M. 巴里的童话故事《彼得·潘》中的小精灵。

走过去就行了,我认识路。"

他们都盯着她看,就好像她在说疯话。

"你连外套都没穿。"他说。

"你甚至连棉鞋都没穿。"女孩说。

"我会没事的,"乔吉向他们保证,"最多五个街区。我不会冻死的。"听她的口气,就好像她知道冻死是怎么一回事,可她显然对此一无所知。

"等等。"男孩下了卡车,不多会儿,拿着一只粗呢包跳上卡车。他把拉链拉开,里面的衣服就掉了出来。他把衣服堆到女孩的腿上。"给你。"他说着,抽出一件厚厚的灰色羊毛毛衣,"拿着。"

"我不能拿你的毛衣。"乔吉说。

"拿着。你可以给我邮回来——我妈妈把我家的住址缝在了所有的衣服上。拿着吧,没什么大不了的。"

"就拿着吧。"女孩说。

"让我想想我有没有多余的靴子……"他把衣服一股脑儿塞进包里,"我的长筒胶靴有可能放在卡车后面。"

女孩白了他一眼,有那么一会儿,她看起来就跟海瑟似的。

"或者——倒不如你告诉我你家住哪儿?"他对乔吉说,"我可以跑到你家里去,给你把鞋子、外套什么的拿过来。"

"不用了。"乔吉说。她把毛衣从头上套了下去。"你们已经做得够多了,谢谢你们。"

"可你不能光着脚在雪里走啊。"他坚持说。

"我会没事的。"乔吉把副驾驶边上车门打开。

他也把他那边的车门打开了。

"哦,看在上帝的分上,"女孩说,"你可以穿我的靴子。"她开始脱鞋子。乔吉注意到她戴着一枚小巧的订婚戒指。"你拿去穿吧。我一点儿都不喜欢这双鞋。"

"绝对不行，"乔吉说，"万一你们被困在雪里怎么办？"

"我不会有事的，"她说，"他不会让我的脚弄湿的，他会抱着我走过整座城市。"

男孩朝女孩咧嘴笑了。女孩又白了他一眼，最后脱掉了靴子。"快拿着吧，"她说，"他坚持认为你就是我们的圣诞使命。如果我们不帮你，他就永远成不了天使了。"

乔吉接过靴子。一双冒牌的 UGG 雪地靴。看着跟她的脚差不多大。

她踢掉那双正品的皮芭蕾平底鞋——那是塞斯送她的生日礼物，因此毫无疑问非常昂贵。（塞斯送给乔吉的圣诞礼物总是衣服鞋子之类的，通常是为了让她扔掉衣柜里那些没法儿再穿的衣物。幸好他不知道她胸罩的悲惨情况。）"这双你拿去，"乔吉说，"如果你要的话。"

女孩有点犹豫不决的样子。

"我们会在这儿等上一会儿，"男孩说，"如果你需要帮忙就回来。"

好吧，乔吉边想边穿靴子。万一我丈夫认不出我。万一我丈夫的家人不住在那儿了。万一因为我毁了时间，我认识的人要么死了，要么还没有出生……"谢谢你们。"

"圣诞快乐。"男孩说。

"小心点儿，"他的未婚妻提醒说，"路上可能会结冰。"

"谢谢你们。"乔吉抬起腿伸到车外，接着跳到了地上，她的脚下一滑，赶紧抓住了车门。

雨林路上没有一个人铲过雪。乔吉隐约记得路的两端都没有人行道；他们去比萨店那次，两个人就走在马路上，手牵手，胳膊前后地摆动着。

雪没过了乔吉的小腿肚子——她必须把脚高高抬起才能前行。她的耳朵跟眼皮已经冻僵了，不过走了一个街区后，她的脸颊红通通的，大口喘息着。

上帝，她从来都没想过会有如此的寒冷。

人们怎么会生活在这样一个气候如此恶劣的地方？所有关于雪和季节的浪漫……你每次出门，根本不用担心自己不会被冻死。

周遭的一切如此静谧，乔吉的呼吸听起来就像惊雷似的。她回头一看，却再也看不见那辆红色的卡车了。她看不到任何生命的迹象。这很容易让人觉得，她经过的每一幢房子都是空的。

乔吉感觉到眼睛里盈满了泪水，她试图让自己相信那是因为寒冷，或是因为疲倦，而不是因为即将等待她的一切——或者没有等待她的一切——就在山顶上。

第三十六章

尼尔是在一座殖民地风格的砖砌的房子里长大的,房子周围有一圈环形的车道。他妈妈为此骄傲得不得了;订婚几个月后,乔吉第一次来他家,他妈妈就跟她说,他们之所以买下那幢房子,其中一个原因就是看上了那条车道。

"我搞不懂。"乔吉后来说,当时她从地下室溜到尼尔的房间,而他把她推到了墙上,而头上就是他的雄鹰童子军证书。"就好像你们的前院有一条路,"她说,"那怎么会是件好事呢?"尼尔的嘴唇贴着她的耳朵笑了,接着用鼻子把她的睡衣领口顶开了。

此刻,乔吉走上车道,她的脚印打破了前院如明信片般完美无瑕的雪景。

她把防风门打开,然后敲了敲门——门一下子就给推开了。因为在奥马哈,很显然大家都不怎么关前门。乔吉能听见圣诞音乐和人的交谈声。她又敲了几下,眼睛朝房子里张望着。

没有人应答,她小心翼翼地走进门厅。整座房子闻起来就像是一片苹果、肉桂的林子,还夹杂着松针的味道。"有人吗?"乔吉用非常轻的声音问道。她的声音在发抖,她可是从雪里走来的——她觉得自己像个闯入者。

她试着把声音抬高了一些:"有人吗?"

厨房的门半开着,音乐声——《祝你过个快乐的小圣诞》——在房间里弥漫着。尼尔走了出来。他们之间隔着半个房间的距离。

尼尔。

牛奶巧克力颜色的头发,苍白的皮肤,一件她从未见过的红毛衣。他脸上的表情也是她从未见过的。就好像他根本不认识她似的。

他停住脚步。

厨房的门在他身后来回摆动。

"尼尔。"乔吉小声说。

他的嘴张着。漂亮的嘴巴,漂亮对称的双唇,漂亮的凹陷,要是乔吉把嘴迎上去肯定正好吻合。

他低垂的眉毛透着严肃,当他合上下巴的时候,脸颊边上便显出一条紧绷的血管。

"尼尔?"

五秒钟过去了。十秒。十五秒。

尼尔就在那里。穿着牛仔裤、蓝袜子,还有一件没见过的毛衣。

他见到她高兴吗?他是不是都不认识她了?尼尔?

在他身后,门一下子打开了。"爸爸?奶奶说——"

爱丽丝走了过来,乔吉感觉就好像有人在她的后腿弯儿踢了一下。

爱丽丝跳了起来。就像电影中孩子们常有的那种反应一样。因为高兴。"妈妈!"她跑向乔吉。

乔吉一下子倒在了地板上,她的手机从手里滑落了。

"妈妈!"爱丽丝又喊了一声,躺在乔吉的怀里,"你是我们的圣诞礼物吗?"

乔吉紧紧地搂着爱丽丝,可能都把孩子弄疼了,她不住吻着孩子的脸庞。乔吉没再看见厨房的门打开过,不过她听到了诺米的尖叫声和喵呜声,接着两个孩子都在她怀里了,乔吉跪着的双腿倒向了一侧,她试着保持身体的平衡。

"想你们,"她边亲吻她们边说,她被粉红的皮肤跟黄棕色的头发弄得眼花缭乱了,"想死你们了。"

爱丽丝想从她怀里挣脱开来，乔吉却用双臂紧紧地抱着她。不过，尼尔把爱丽丝抱起来放到一边。"爸爸，"爱丽丝说，"妈妈来了。你吃惊吗？"

尼尔点点头，把诺米也抱了起来，把她俩都放到一旁。诺米发出喵呜的抗议。

尼尔把双手伸向乔吉，乔吉抓住他的手。（他的手在她冻僵的手里是如此温暖。）他双手拉着她站了起来，然后松开她的手。他还是没有一丝笑意，因此她也没有笑。她知道自己已经哭了，可她尽量不去多想。

"你来了。"他不动声色地说。

乔吉点点头。

尼尔快速走过去，把她的脸捧在手里——一只手放在她冰冷的脸颊上，另一只手托住她的下巴——然后把它跟自己的脸贴在一起。

她感到一阵释然，就像鬼魂从她体内穿过似的。

尼尔。

尼尔。尼尔。尼尔。

乔吉摸了摸他的肩膀，摸了摸他后脑勺的头发——还是那么短——然后又摸了摸他的耳朵尖，并在拇指与别的手指之间摩挲着。

她已经想不起上一次他们像这样亲吻是什么时候的事了。或许他们从未像今天这样亲吻过。（因为他俩谁也没有经历过差点儿从悬崖上掉下去。）

"你来了。"他又说了一遍。

乔吉点点头，又向他靠近一步，唯恐他正想着走开。

她就在眼前。

什么也没解决。什么也没有改变。

她还有那份工作。或许还要参加那个会议。她还要考虑塞斯的问题——或者已经用不着了。乔吉还没有做出任何真正意义上的决定……

不过她终于做出了一个正确的选择。

她来了。

跟尼尔在一起。不管从现在开始，那究竟意味着什么。

他亲吻着她，就好像他很清楚她是谁。他亲吻着她，就好像他足足等了她十五年。

爱丽丝跟诺米跳到父母的脚上，并抱住他们的腿。

不知道从什么地方冒出来一只小狗，尼尔的妈妈说要在餐桌边再加一个位置。

"你来了。"尼尔说，乔吉揪着他的耳朵，这样他就没法离开了。

她点了点头。

· 之前 ·

尼尔把土星汽车停在乔吉家的车道上。他俯下身子,把头靠在方向盘上休息。天哪,他就要睡着了。

这将成为圣诞节天大的惊喜——后来乔吉敲着他的车窗,问他能不能把车挪一下。

他把脑袋在方向盘上撞了好几下。

加油,尼尔。你能办到。她可能会拒绝你,不过至少你向她求过婚了。

他努力不去想上一次向人求婚的情景,他早就知道道恩肯定会答应,他也清楚自己并不想让她答应下来。

如果这个星期他再次向道恩求婚,她肯定还会答应;他从她看自己的眼神就知道了。

天哪,他能看到一切。婚礼,婚姻,一辈子跟道恩生活在一起。一切将会如此温馨,如此可以想见,他甚至都不用真正跟她生活在一起就能看到最后的结局。

而跟乔吉生活在一起,接下来的十分钟会发生什么他都无法预测。永远都无法预测。不过今天尤其如此。接下来的十分钟……她可能会拒绝——整个星期,她都在电话中求他跟自己分手。

可她那样做的结果却使尼尔坚信他不能跟她分手。

即便相隔一千五百英里,即便在电话中,乔吉也比他生命中的任何东西都要生气勃勃。

只要一想到又要见到她了,他就觉得自己的脸颊在发热。那就是乔吉在他身上产生的效应。她将他的血液拉伸到皮肤表层,她使他运转起来,如潮水般势不可挡。她使他觉得事情正在发生,就像生活时刻都在发生一样——即便有的时候他会伤心难过,他绝不会浑浑噩噩地过一辈子。

他用手在口袋上摸了一下。那枚戒指还在。

从他离开疗养院那一刻起,那枚戒指就一直在那里;他姨婆硬把它塞到尼尔手里——"我再也不需要这个了。我从来都没有真正需要过它,而哈罗德喜欢看我把它戴在手上。"这是一枚家传戒指,她说。它就应该留给家里人。

尼尔一看见戒指就下定了决心。

未来很快就要发生了,即便他还没有准备好。即便他永远都不会准备好。

至少他坚信,他选择的这个人不会错。

那难道不是生活的意义吗?找一个人跟你共享未来?

如果你把那一点把握住了,你还能错到哪里去呢?如果你就站在爱她胜过一切的那个人身边,别的一切不就只是点缀吗?

尼尔解开了安全带。

· 之后 ·

"看起来不像真的。"

"那看起来像什么呢?"

"像一集圣诞大特辑。"

"嗯……"她能感觉到颈后尼尔的嘴唇送出的温暖。"还分上下集,"他说,"再加上《圣诞颂歌》之类的玩意儿。"

"完全正确,"乔吉说,"或者《生活多美好》。"

尼尔的嘴唇温暖而湿润。"你冷吗,乔吉·贝利①?"

"不冷。"她说。

"你在发抖呢。"

"我不冷。"

他还是把她抱得更紧了。

"雪就这样落下来了?"她问。

"嗯嗯。"

"即便没有一个人在看?"

"我觉得是吧,不过我可不敢打包票。"

"我真不敢相信我差点就错过了这一切。"

"可你没有错过呀。"他说。

"我差点就错过了……"

"不要说那样的话。那个我们已经说过了。"

"我们没有,"她说,"并没有。"

---

① 乔治·贝利(George Bailey),美国经典电影《生活多美好》中的主角,该故事从乔治在圣诞夜失去对生活的信心而后遇到天使展开。

"我们已经说得够多了。"

"不过,尼尔,我……我真的就是很想你。"

"好,不过你现在不要说话了。我就在这儿。不要想我了。"

"好。"

雪还在继续下。不紧不慢的。

"我也想你,"尼尔说,"我想你告诉我。"

"告诉你什么?"

"所有的一切。你在想什么。你在担心什么。你晚餐想吃什么。"

"你是想听我说我又想吃延布鸡了?"

"那个我倒没想过——我就是想让你跟我说说话,知道吗?"

"也许吧。"她说。

"现在跟我说点什么吧,乔吉。"

"说什么?"

"跟我说说我都错过了什么。"他说,然后捏了她一下,"你真的不冷吗?"

"不冷。"

"你可在发抖呢。"

"我……"她扭过头,以便可以看到他的脸,"佩特尼亚生了小狗。"

"是吗?"

"是的,我妈不在家,于是我就帮忙接生了。"

"天哪,真的吗?"

"嗯。还有……我妹妹是同性恋。"

"海瑟?"

"我只有一个妹妹。也许她不是同性恋,不过她肯定有个女朋友。"

"嗯……"尼尔眯起眼睛,接着摇了摇头。

"怎么啦?"

"我……有那么一阵儿,就是……没什么,就是似曾相识之类的。"

乔吉完全扑到他怀里了,她用手托起他的脸。他的脸颊上、鼻子上和睫毛上都是雪。她替他擦掉了雪。"尼尔……"

他再次用双臂紧紧地搂住她的腰。"不要再说了,乔吉。已经说得够多了。够多了,今天。"

"只是……还有一件事。"

"好吧,还有一件。"

"我会变得更好的。"

"我们俩都会的。"

"我会更加努力的。"

"我相信你。"

她依然托着他的脸,目光深深地锁住他的眼睛。她试图点燃那双眼睛。"从今天开始,尼尔。"

尼尔低垂着眉毛,含情脉脉,就好像他在解开很容易在手中坏掉的东西似的。

他张开嘴巴想说些什么,乔吉却迎上去将他封堵。她情不自禁,他的嘴唇就在眼前。尼尔的嘴唇始终都在眼前——这也是为什么当她觉得自己不能吻他时就很伤心的一个原因。

现在,她吻了他。他的手指在她的肋骨上抚摸着,并由着她往后顶着他的脑袋。

当乔吉突然把头转向一旁时,他发出受伤似的一声呻吟。"求求你了,乔吉。不要再说'还有一件事'了。"

"不是,我只是想起来了——我得给我妈打个电话。"

"是吗?"

乔吉要从他怀里挣脱,可他抱住不放手。

"我得给她打电话。我没跟她说我要来这儿——我直接就走人了,消失了。"

"那就给她打吧。你的手机在哪儿？"

"关机了。永远地。"乔吉把手伸进尼尔的外套里衬找口袋，"你的手机在哪儿？"

他有点难为情，肩膀耷拉着。"在屋里。关机了。我让爱丽丝玩俄罗斯方块了——对不起。"

乔吉跺跺那双借来的 UGG 靴子上的雪，然后朝屋内走去，"没关系。我用座机就行了。"

"借我妈的手机就行了，"他说，"她已经把座机给拆了。"

乔吉停住脚，回头看着他。"真的？"

"是的。几年前的事了。就是我爸去世后。"

"哦……"

尼尔用夹克衫把她裹得更紧了。"快点儿，我们进去吧。你都在哆嗦呢。"

"我没事，尼尔。"

"好，那我们就到屋里去暖和一下吧。"

"我就是……"她又抬起手摸了摸他的脸，"我差点就……"

他轻轻地说："好啦，乔吉。现在你人在这里，就不要想别的了。"

致谢

假如我有一部能够接通过去的魔法电话,我第一个就会打给我亲爱的朋友苏·穆恩……

我有好些话要跟她说,她活着的时候,我就应该跟她说,而我当时却对此浑然不知。

而我最想说的就是"谢谢你"。感谢她帮我突破自己——并且让我明白,胆怯并不会带来真正的慰藉。每写完一本书,我就会想起苏曾拍着胸脯对我说,我肯定会写完的。

我还要感谢很多在我的写作生涯中对我施以援手的人:

我的编辑萨拉·戈德曼,对于我的所思所想,她总能心领神会。她深谙《皮革与蕾丝》的力量。

还有圣马丁出版社的工作团队,特别是奥佳·格雷克、杰西卡·布瑞格、斯黛芙妮·戴维斯和艾琳·罗斯恰尔德——他们思维敏锐,见解深刻,有同理心,我真希望能以法律的名义确保他们永远不会离开我。

谢谢妮古拉·巴尔,她写来的"我刚刚看完你的书"的反馈信真是棒到独一无二。

谢谢琳·塞弗罗耐克、贝瑟妮·格龙伯格、兰斯·科尼格和玛格丽特·威尔逊,他们是为我保驾护航的人。

感谢克里斯托夫·谢林,小说中那段惊心动魄的生小狗情节就源于他的奇思妙想。

还有罗塞和莱迪,他们让我爱得心疼,真的。

·附录·

跟《重拨时光》一起
观剧／观影

电视剧

家居装饰（*Home Improvement*）
类　　型：情景喜剧
播出平台：美国广播公司（ABC）
播出时间：1991—1999（共八季）

方挂钩（*Square Pegs*）
类　　型：喜剧
播出平台：哥伦比亚广播公司（CBS）
播出时间：1982—1983（共一季）

我的青春期（*My So-Called Life*）
类　　型：成长剧情
播出平台：美国广播公司（ABC）
播出时间：1994—1995（共一季）

发展受阻（*Arrested Development*）
类　　型：情景喜剧
播出平台：福克斯广播公司（Fox）、网飞（Netflix）
播出时间：2003—2006（前三季）、2013—至今（第四季）

考斯比一家（*The Cosby Show*）
类　　型：情景喜剧
播出平台：美国国家广播公司（NBC）
播出时间：1984—1992（共八季）

黑道家族（*The Sopranos*）
类　　型：犯罪剧情
播出平台：HBO 电视网
播出时间：1999—2007（共六季）

广告狂人（*Mad Men*）
类　　型：年代剧
播出平台：美国经典电影有线电视台（AMC）
播出时间：2007—2015（共七季）

亲情纽带（Family Ties）
类　型：情景喜剧
播出平台：美国国家广播公司（NBC）
播出时间：1982—1989（共七季）

干杯酒吧（Cheers）
类　型：情景喜剧
播出平台：美国国家广播公司（NBC）
播出时间：1982—1993（共十一季）

陆军野战医院（M*A*S*H）
类　型：喜剧
播出平台：哥伦比亚广播公司（CBS）
播出时间：1972—1983（共十一季）

笑警巴麦（Barney Miller）
类　型：情景喜剧
播出平台：美国广播公司（ABC）
播出时间：1975—1982（共八季）

疯狂的士（Taxi）
类　型：情景喜剧
播出平台：美国广播公司（ABC）、美国国家广播公司（NBC）
播出时间：1978—1982（前四季）、1982—1983（第五季）

霍根的英雄（Hogan's Heroes）
类　型：情景喜剧
播出平台：哥伦比亚广播公司（CBS）
播出时间：1965—1971（共六季）

迷失（Lost）
类　型：剧情
播出平台：美国广播公司（ABC）
播出时间：2004—2010（共六季）

量子跳跃（*Quantum Leap*）

类　型：科幻剧情

播出平台：美国国家广播公司（NBC）

播出时间：1989—1993（共五季）

吉杰特（*Gidget*）

类　型：情景喜剧

播出平台：美国广播公司（ABC）

播出时间：1965—1966（共一季）

修女飞飞（*Flying Nun*）

类　型：情景喜剧

播出平台：美国广播公司（ABC）

播出时间：1967—1970（共三季）

辛普森一家（*The Simpsons*）

类　型：动画情景喜剧

播出平台：福克斯广播公司（Fox）等

播出时间：1989—至今（目前共28季）

绯闻女孩（*Gossip Girl*）

类　型：成长剧情

播出平台：哥伦比亚华纳兄弟联合电视网（The CW）

播出时间：2007—2012（共六季）

默克与明蒂（*Mork & Mindy*）

类　型：情景喜剧

播出平台：美国广播公司（ABC）

播出时间：1978—1982（共四季）

电影

指环王（*The Lord of the Rings*）
类　型：奇幻／史诗／冒险
出品方：新线电影公司
上映时间：2001—2003

救难小英雄（*The Rescuers*）
类　型：动画／喜剧／冒险
出品方：华特迪士尼公司
上映时间：1977

绿野仙踪（*The Wizard of Oz*）
类　型：奇幻／冒险／音乐
出品方：米高梅电影公司
上映时间：1939

拯救大兵瑞恩（*Saving Private Ryan*）
类　型：战争／史诗／剧情
出品方：梦工厂公司、派拉蒙公司
上映时间：1998

美丽人生（*Life Is Beautiful*）
类　型：战争／爱情／剧情
出品方：米拉麦克斯影业
上映时间：1997

辛德勒的名单（*Schindler's List*）
类　型：战争／史诗／剧情
出品方：环球影业
上映时间：1993

时光倒流七十年（*Somewhere in Time*）
类　型：科幻／剧情
出品方：环球影业
上映时间：1980

生活多美好(*It's a Wonderful Life*)
　　类　型：爱情／奇幻／剧情
　　出品方：自由影业
　　上映时间：1946

回到未来(*Back to the Future*)
　　类　型：科幻／冒险／喜剧
　　出品方：环球影业
　　上映时间：1985

钢木兰(*Steel Magnolias*)
　　类　型：喜剧／剧情
　　出品方：拉斯达电影公司
　　上映时间：1989

古墓丽影(*Tomb Raider*)
　　类　型：动作／冒险
　　出品方：派拉蒙影业
　　上映时间：2001

大笨蛋(*The Jerk*)
　　类　型：喜剧
　　出品方：环球影业
　　上映时间：1979

红粉佳人(*Pretty in Pink*)
　　类　型：爱情／喜剧
　　出品方：派拉蒙影业
　　上映时间：1986

猜火车(*Trainspotting*)
　　类　型：黑色／幽默
　　出品方：四频道影业
　　上映时间：1996

卡萨布兰卡（*Casablanca*）

类　型：爱情／战争

出品方：华纳公司

上映时间：1942

音乐之声（*The Sound of Music*）

类　型：音乐／喜剧

出品方：二十世纪福克斯公司

上映时间：1965

毕业生（*The Graduate*）

类　型：喜剧／剧情

出品方：迈克·尼科尔斯／劳伦斯·特曼制作公司

上映时间：1967

星球大战之帝国反击战
（*Star Wars: Episode V - The Empire Strikes Back*）

类　型：史诗／科幻

出品方：卢卡斯影业有限公司

上映时间：1980

疯狂星期五（*Freaky Friday*）

类　型：奇幻／喜剧

出品方：华特迪士尼公司

上映时间：1976

"哈利·波特"系列电影（*Harry Potter Series*）

类　型：奇幻／冒险

出品方：华纳公司

上映时间：2001—2011（共八部）

圣诞颂歌（*A Christmas Carol*）

类　型：动画／音乐

出品方：二十世纪福克斯公司、DIC 娱乐

上映时间：1997